中华自强励志书系

走向阳光的爱情

Love to the Sunshine

方华清 · 著

人民出版社

我爱我的祖国（作为"中国好人"参加快闪活动）

当选安徽省残疾人联合会代表

与全国十佳生命关怀志愿者，我的老师张大诺先生

结婚十周年纪念

与全国知名主持人
涂磊留影

中央电视台记者采访方华清夫妇

最喜欢古街的慢时光

喝茶对饮的美好时光

序　言

缺憾与爱，就是诗意

"朝朝为妾画红妆，病骨沐香汤。不觉窗外寒暑，情韵正悠长。"

这是一首词的上阕。

写出这首词的人，叫方华清，只有两个手指可以活动的她，经常坐在轮椅之上，被丈夫阿春推行着，行走在安徽美丽城市歙县的街道；许多人看着他们，都已经习以为常，大家都知道：女人很有才，诗词写得很好；男人从遥远的内蒙古来到这里，是她的丈夫、厨师、保健师、下午茶的茶友、一起品诗的诗友。

女人的词是写给阿春的。

他们很幸福。

十年的行走，一天一天；回到住所，华清写着一本自传，两个手指敲打键盘，一字一字，最终形成面前这本书，记述他们爱情婚姻动人故事的书，这本书，将代替他们，在全国读者的手中继续"行走"。

对于本书的内容，完全不必剧透，仅凭以上的简单概括，就会让人们对书中的内容充满好奇，并且隐约觉得：可能，这本书会给自己的心灵一次"机会"：再次相信爱情及爱情下的人生。

指导华清这本书整整三年，我的感触更加强烈，许多次我都觉得：可能，他们的身体因为行动不便有所缺憾；他们的爱情因为各种压力有所缺憾；但是，两人在一起的感觉没有缺憾。

对于过去的美好回忆，没有缺憾；对于未来携手一生的肯定，没有缺憾；而当下看着对方眼神的温暖，也没有缺憾。

所有这些，都没有缺憾。

这些没有缺憾，又怎能说其他的就是缺憾？

缺而无憾，其实就是幸福。

这是一本关于爱情的书籍，而我在指导的时候，也感受到了另外一个奇妙的事实：两个独立的生命在彼此的温暖依托中，在给予对方的无条件付出中，在给予对方由衷的感谢感恩中，完成了对于自己的完全接纳，并且始终对于未来充满希望，而更奇妙的是，阿春在华清诗词的熏陶下，也开始诗词的创作，最终，两人一起，给予人生以终极美感。

于是，当他们在街上出行时，在外人看来，这是残疾人的艰难出行，而实际上，这是两个诗意伴侣的携手穿行，从容，淡雅，欢喜。

这本书，是整整十年的记录。十年，可以改变的都会改变；不会改变的就很难改变，因此，这本书也在以一种"不会改变"的气度向世间证明：

人生，如有缺憾，请接纳它，就把它当作一场戏剧，然后，把它活成一场喜剧，直至，活成"美"。

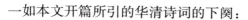
一如本文开篇所引的华清诗词的下阕：

"别梓里，是清狂，笑风霜。此心如玉，身老徽州，一诺天荒。"

张大诺

（中央电视台"中国好书"获奖作家　本书指导老师）

目 录

Contents

第一章

坚守不俗的爱情

把自己嫁了

公元二〇〇九年五月一日，我——一个不能自理的瘫痪女性，要把自己嫁了，去打破命运赋予的生存模式，这是我一生中的壮举！

窗口刚刚泛起微光，我就醒了。一睁眼，紧张感就包围着我，手脚在被窝里凉冰冰的，手心全是冷汗。想着这是最后一天在娘家当闺女，我心情复杂，但并不留恋。

起床后，我像平时一样靠在客厅的旧书桌前，紧张地盼着时间过得快点，出嫁吉时快点到来，好平息我心头的不安。经过前天的那场大闹之后，母亲的情绪反倒平静了。昨天下午，她为我洗了澡，打电话约了送亲的车。我对母亲能够让我平静地出门，心存一丝安慰和感谢。

好不容易挨到上午九点半，妹夫在院门口点燃了一挂鞭炮，这意味着我将要出门了。按风俗，女儿出嫁要由兄弟抱出门，可是弟弟不在家，这个仪式只好由新郎乌热尔图自己来完成。在噼啪作响的鞭炮声中，他郑重地把我从书桌前抱起来，走出了古铜色的大门。

穿过院门口弥漫的烟尘，道路尽头停着一辆半新的灰色面包车，乌热尔图大步走着，一口气把我抱到车上。很快，车子带着我们，带着车窗上的一个大红"喜"字，把村庄抛在后面。没有车队，没有送亲的人，一切都很简单，只有车窗外蔚蓝的天空，依旧用广阔的胸怀拥抱着大地。眼前的路，仍然是昨日的那条路，而我的生活却驶向了一个全新的方向。

午饭过后，在城里读高中的小菲（我的邻家小姐妹），到达我们入住的酒店。小菲已经为我选好影楼，乌热尔图用轮椅推我去化妆。

这是我平生第一次进入影楼，也是我平生第一次化妆。影楼内的花哨和时尚，让我眼花缭乱，好像穿越到某个电影中的场景。乌热尔图把我推到化妆台的大镜子面前，和小菲坐在一旁的沙发上等我。一位三十来岁、长相富态的女化妆师向我走来。她取过化妆台上一个精致的小瓶子，挤出少许乳霜；我平静地看着对面的镜子，看着自己的脸被化妆师擦上乳霜，再用她柔软的双手抹匀开来。接着，她打开化妆台上一个扁平的盒子，取出一个粉扑，往我的脸颊、鼻梁、额头上扑着、抹着……我微微合上双眼，配合她手中的动作。化妆，对这个从未经历过的事物，我表现得落落大方，好像对此很熟悉。我安静地注视着面前的大镜子，看着化妆师手中的每一个动作，细细体会每一个细节，感受着这份属于新娘子的、特殊的美好。

当化妆师为我描完眉的时候，妆已经定型。我看到自己在化妆师的摆弄下，变得明媚秀丽，完全是一个准新娘的模样了。看着对面镜中的自己，我忽然对镜中人感到了陌生，我也有这么美的时候？我盯着镜中如花似玉的自己，不敢动，也不敢说话，我怕自己一动、一张口，这个美梦就会在瞬间破灭。短短一天两夜的时间，也就是三十六小时之前，我还在与强大的世俗做着苦苦的抗争，在亲情与爱情的剧烈撕扯中，痛苦绝望得不知所以。可是今天，这么快的……我却迎来了婚礼。这巨大的反差，让我对眼前的现实有点难以置信，但我却无意去分辨这到底是现实还是梦境，我只想跟随飘忽的感觉，在这令人眩晕的幸福中，多沉醉一会儿。

"好了。"女化妆师梳理好我的发型，带着完成一件优秀作品的满意口吻说。

乌热尔图快步走过来，把我从化妆台前推出。他细细地打量着我，眼底里都是笑意，却什么话也没有说。

"好看，真漂亮!"小菲颔首微笑。

我在轮椅上晕乎乎地冲他俩傻笑。我问乌热尔图："好看吗?"他仍然盯着我微笑，不说话。

"好看吗?"

"妖精。"他满眼笑意地冒出一句。

我先是惊诧，然后又幸福地笑了。妖精就妖精，我今天就是要做一个美丽的妖精，让世界为我惊叹。我这个轮椅上的瘫痪，他人眼中的残废，四肢萎缩、身材瘦小、连自己的生活也不能自理的人，我竟然……也做了新娘。千百年来，世俗对于找对象这件事情，是有公认的标准和框架的，尤其是身体、外貌和经济上的匹配，只有具备这些重要条件，才能赢得他人的爱慕。那些才貌出众的男女，择偶的标准就更高了。如果一旦有人违背了世俗公认的择偶标准，那就是一件咄咄怪事。然而此刻，世俗眼中的怪事正在上演，我这个身体瘫痪的女孩子，已经打扮美丽地坐在轮椅上。我的丈夫是一位鄂温克族男人，他四肢健全、头脑聪明，他深爱着我，丝毫也不嫌弃我的残疾。我们马上就要走上红地毯，步入婚姻的殿堂。

我们出了影楼，来到熙熙攘攘的大街上，我这才从梦幻般的境界回到现实。我在轮椅上甜蜜地微笑着，忍不住想告诉每一个迎面而来的路人，我要结婚了。

梦中的婚礼

　　我们回到酒店，时间是下午两点半。酒店大厅一派喜庆气氛，婚庆公司已经把一切都布置妥当。

　　我像做梦一样在轮椅上穿过高大的鲜花拱门，大厅内桌椅干净整齐，背景是一幅紫红色的大帷幕，一串串彩灯在帷幕间流光溢彩，到处都是喜气洋洋。字正腔圆的男生朗诵回荡在大厅里。我惊喜地发现，是市报社的庞记者，他朗诵的是大诺老师为我的古典词集《罗浮堆雪》写的序言，介绍了我身残志坚的故事和这部作品的意义。这个特殊的节目，使婚礼大厅透着一股庄严高雅的气氛。置身此间，我只觉腾云驾雾，好像掉进了梦里。我们连忙向庞记者和婚庆公司曾总一行问好道谢，正寒暄间，市电视台的吴记者打来电话，说他一会儿就到。我们顾不上多说，赶紧去房间换上结婚礼服。

　　趁着客人到达前的间隙，乌热尔图推着我在大厅内参观了一圈。这是一个中式风格的大厅，两边立着高大的雕花屏风，庞记者的朗诵在大厅内滚动播放着，几位酒店的女员工正挨在屏风一侧倾听，无意中看到我们，她们惊喜地冲我们微笑。面对曾总布置的这个隆重体面的场景，我在欢喜之余更多的是震撼，神魂飘乎乎的，又一次陷入梦一般的境地……这样的婚礼不正是我梦寐以求的吗？为了这一天，我苦苦抗争，多少次心痛欲碎……现在，这幸福的场景，就这样突然降临在我面前了。看着眼前的一切，我像是在梦里游行，又像是在看一件与自己无关的事情。

"乌热尔图，这是我们的婚礼吗？"我忽然恐慌起来，极其迫切地向他求证，"我怎么觉得……是在看别人结婚？"

乌热尔图在我身后温柔地笑了："是咱们的婚礼，看这布置，多好。"

我顺着他指的方向看过去，愣愣的，没有吱声。三十七年了，我一直活在封闭的世界里，从来没有机会去拥有一丁点儿什么。今天，当这么美好的事情来到我面前时，多年的惯性思维仍然在潜意识中有力地暗示我这不是真的。

三点多钟的时候，市、县电视台的采访团几乎同时到达了，大厅里顿时热闹起来。人群接二连三地向我们贺喜，在这份热情的感染下，我的情绪慢慢兴奋起来，心情也恢复正常。其实我很清楚，这一切是属于我的，我只是害怕这些又会突然失去，让我再一次遭受沉重打击。

我和乌热尔图被围成了两个圈子接受采访。我穿着一身大红的古典长裙坐在轮椅上，大方地面对镜头，讲述我们的恋爱史。在对爱情的回溯中，我的心情是甜蜜兴奋的。每一个做女孩子的，都渴望与人分享自己爱情的甜蜜，这是一辈子当中最美好的大事情啊！但是，一个身体瘫痪的女孩子的恋爱，众人除了感到震惊和反对之外，是没有人去关心她的爱情是否称心和甜蜜的。而此刻的采访，却正好顺应了我内心想倾吐的欲望。我乐意分享爱情中的甜蜜和曲折，也想以此让大家知晓：残疾人只是身体不便，情感、心智是和大家一样的。尤其是在我和乌热尔图身上，世俗框定的各种条件，我们都不符合，我们只是因为相爱走到一起，爱情本来就应该是纯粹的。我在镜头前自然地说着，除了女孩子甜蜜的羞涩，并无遮掩。举着话筒的年轻女记者眼睛闪亮地看着我，她受到我的情绪感染，脸上也露出甜美的笑容。当县电视台的张记者在我面前坐下，已经快五点钟了。宴请的宾客大多已到达，有的在桌边喝茶，大多数人则神情复杂地站在采访圈外观看。

"你和乌热尔图相识才一年，你真的认为你了解他吗？"张记者并不掩饰他的怀疑。

这个凌厉的提问，瞬间把我的兴奋和甜蜜浇灭了。我在轮椅上定定神，平静地回答说："打个比方吧，就像我们吃菜，尝一口就知道味道好坏，不需要把一盘菜全吃完，才能得出结论。"

张记者愣了一下，他复杂的眼神显然不赞同这个观点，他接着说："作为朋友，我们有种担忧，如果你不选择婚姻，虽然是一个人，但是还可以平静地过下去，继续写你的诗词。可是，如果你的婚姻失败了，你很可能就……过不下去了，你的文学之路也就毁了。你又这么有才华，那就太可惜了。"

"过去的生活，是平静，但是，那是一种虚无的人生……"

我知道，我（残疾人）对人生的特殊体会，张记者是无法理解的。而张记者表达的担心，实际上也是许多人的真实心理。虽然大家来参加我的婚礼，但并不代表他们认可我的选择。我飞快地看了一眼面前围观的人群，只见大家的神情几乎都是同一个模样，平静而复杂，没有通常参加婚宴的兴奋和快乐。看到我的目光。有人冲我笑笑，笑也是淡淡的，很快又恢复原样。尽管我不怎么在意这些，但眼前这状态，多少还是让我感到不适。我知道，我和乌热尔图在未来很长一段时间内，都不会被谁看好，质疑和冷眼会长期包围着我们。可实际上，我所做的只是一件每个女孩子都会经历的事情啊！这原本很正常，但是因为我的残疾，就让这件事显得很不一般，甚至如惊涛骇浪。我再次感受到世俗的压力，心情有几分沉重。不过，我的情绪没有在这个问题上过多停留，婚礼即将开始！此刻，我最在意的是，我和乌热尔图结婚了；在经历了种种阻力和痛苦之后，以一种新颖隆重的方式，向世俗宣布我们的婚姻。无论惯性的思维如何阻止我接受这份幸福，不管他人又是怎么想的，我终究是打赢了这场艰难的战役。我是这场战役的赢家，这是最重要的！

六点钟过后，婚礼仪式开始。我和乌热尔图守候在红毯一头，听庞记者庄严地致辞。当神圣的婚礼进行曲在灯火通明的大厅内响起，乌热尔图一身藏青色西服，推着一身大红的我穿过高大的鲜花拱门，走上了圣洁的红地毯。明亮的聚光灯追随我们的身影一同前行着。这条红毯铺就的路啊，它是一条美好幸福的路，也是一条异常艰难的路，我们终于走在上面了。过去所有的苦痛和眼泪，都在这一刻灰飞烟灭，一股巨大的幸福感从我心中喷薄而出，冲散我心底的沉重。我的身体变得轻盈，仿佛从轮椅上腾空而起，我结婚了！

镁光灯不停地闪耀，记者在抢拍我们特殊的婚礼，然而有谁知道，为了这一刻，我和乌热尔图历经的千难万苦。

终于见到他

半年前的冬天，古徽州（今安徽歙县）深渡镇，阴天，无雪。

一早起来，我就浑身颤抖，手脚的血管裹挟着一股猛烈的惊悸，不停地收缩痉挛着，仿佛一个急症发作的人，今天有大事要发生！

客厅的窗子外面，天空灰蒙蒙的，北风不时地刮过，满屋的空气飘浮着冬天特有的阴冷。我坐在客厅的角落里，把瘫痪的身体依靠在书桌上，此刻，它因为过度的紧张而有点撑不住了，我心里恐慌得要命。在我对面的八仙桌上，小闹钟的指针指向了八点半。我起床有一个多小时了，这样的早起，特别是在寒冷的冬天，对我而言，一定是有特殊原因的。我的对象……我在网络上谈的对象……就要来了……就在几秒钟前，我刚放下他打来的电话。他从哈尔滨坐了三天两夜的火车，已经转乘中巴到达深渡，再有几分钟就到我家了。尽管他的到来是事先商量好的，为此我也做好了见面的准备。但是，一放下那个红色的电话听筒，我还是慌得不知所措，血液里有一匹野马在狂奔。我筛糠似地哆嗦着，身体软软的直往书桌上趴，我连忙伸手扶住桌沿，茫然地盯着油漆斑驳的桌面，呼吸急促，几近崩溃。这一刻，我突然失去了见他的勇气，恨不得桌底下裂开一条大缝，好让我一头钻进去。

母亲和妹妹正在大门外洗菜，一阵大风掀起她们的头发，向敞开的古铜色大门扑过来，一下子就穿透了我身上的棉袄。我只觉寒意刺骨，连忙缩紧脖子，身子躬得更厉害了。

母亲捧着洗过的青菜进屋，妹妹在院子里收拾洗菜的红塑料盆，忽然，从院墙外传来电动三轮车的动静，紧接着，一位男车夫使劲地叫起门来。

"他到了，这么快……"我心头一紧，像是被这突然的袭击给震慑住了，不知做何反应。

我下意识地、僵硬地把头转向院门的方向，母亲和妹妹已经过去开门。很快，乌热尔图的身影闯入我的眼帘：他个子不高，大约一米六，皮肤比视频上看到的还要黝黑。他左眼清亮，右眼因为失明而浑浊，身上穿着厚实的藏青色棉衣，手中拎着一只棕色的行李箱。他迈进那扇古铜色的大门两步，站在那儿，沉默地看着我。

"你来啦。"片刻，我听见自己的声音细弱地飘在空中。过度的紧张，反倒让我清醒了些，我强作镇静地问候他。他"嗯"了一声，这才把手中的箱子放在地上，就近走到一把掉了漆的收折椅前坐下来。

"他来了。"我心跳得发慌，低头盯着桌面，不敢看他。耳边听见妹妹在招呼他，我又忍不住朝他的方向悄悄地看过去。他坐在椅子上低头喝茶，动作有几分拘谨。我还没来得及看清他的神情，他好像察觉到什么，忽然抬头向我看过来，彼此的眼神冷不

丁撞到了一块儿，使我猝不及防，立刻脸红心跳地闪开。他显然也很紧张，客厅里一时安静极了。

尴尬的时候，哪怕只是片刻的沉默都显得漫长和不安，似乎有如芒刺在背。这时，他忽然起身问我房间在哪里，他很累，想睡会儿。我连忙冲大门外喊母亲，母亲指引他去了楼上。

午饭，乌热尔图没有起来吃。家人出门后，门窗紧闭的客厅里只剩下我。没有了寒风的掠夺，书桌底下的电火盆热力上来，屋里暖了许多，我也放松了一些。想着他一时不会起床，我又不想干坐着发呆，便打开书桌上的电脑，想修改之前写的诗词。然而，往昔让我痴迷沉醉的古典诗词，这会儿却怎么也收不住我的心，我的心就像长了腿一样，不停地从电脑屏幕上往外溜。一想到他在楼上，我就无法安静了。

他是许诺要照顾我一辈子的、我要嫁的对象，我要把自己嫁了，和一个只在网络上见过的、少数民族的男人。我八十六岁的爷爷曾经用颤抖的嗓音，贴切地形容了我的残疾："没人拿去给她吃，她就要饿死！"就是这样的我，要把自己嫁掉，去闯生活。这个决定无疑是大胆到令人惊骇的。我自己也想不到，我有勇气做出这样的抉择。虽然做出决定的是我自己，对这个选择我也反复思考过，但是，在这个重大抉择到来的这一刻，我的心情却是沉重而慌乱的。这不是小孩子过家家，开弓没有回头箭。

不过，想想在楼上睡觉的乌热尔图，我心里又稍微踏实了一些，"不管将来是什么样子，有他和我一起面对，生活总会有办法的。"我相信，他很重视我们的感情和未来，否则，他不会从遥远的内蒙古过来，这可是六千多里的漫长旅途。在没有见面之前，我们已经在网络上把将来的生活反复地讨论、商量过，包括他要如何学习照顾我；他从来没有接触过身体瘫痪的人，这对他是一个不小的挑战。他还把他的脾气、缺点也反复告诉我，他说他不会理财，以后家庭经济都要我管，不合理的花费，哪怕他生气也别给他。他生气也是一时的，很快就会好，叫我别怕他。他如此坦诚地把内心表达出来，以至于我们只是隔着网络，我就已经非常熟悉他了。至于我们将来靠什么生活的重要问题，我们也反复地讨论过，我们都认为，开一个实体店是最适合我们的生存方法，既可以赚钱，他还可以兼顾照料我。上午见面，虽然只是只言片语的交流，但他给我的印象是朴实、踏实的。"不知道他对我是什么感觉？至少容貌气质不会和视频上有很大差别吧！"客厅一角，我心神不宁地靠着书桌，脑海里乱糟糟的。

也不知过了多久，忽然响起他下楼的脚步声，我怔怔地看着乌热尔图走进客厅，径直向我走过来。我突然想到之前和他说好的那个约定，他……他要向我兑现约定……我的心狂跳起来。

走一条偏僻的路

　　乌热尔图站在我对面，一开口，我就尴尬地脸红了。原来他是内急询问卫生间在哪，不是兑现见面拥抱我的约定。阴沉的冬日里，四点钟不到，屋内已经暮色四起。待他出来，我叫他去窗边打开电灯。

　　灯光照亮客厅的同时，瞬间也把我们暴露在彼此的视野中。他有点拘谨地向我走过来："你在干吗呢？"

　　"写东西。"我说着，慌乱地瞥了一眼电脑上的文档，微微低下头。我知道，和他直面相对的时刻到了，仿佛是命运的对决一般，我慌得不敢和他对视。毕竟上午只是匆匆一瞥，现在才真正看清楚对方。面对自己这个畸形丑陋的残疾身体，我怕他会害怕、失望，甚至退缩……我的心在胸腔内不断颤抖，但我还是让自己在书桌前抬起头，保持镇静地迎向他的目光，迎向这个为我而来的男人。我必须要勇敢地面对他。

　　"今天还能静下心写吗？"他很惊讶。

　　他的敏锐让我有点尴尬，也有一种熟悉感；他是一个性格比较粗犷的人，同时对事物的感知力又很强。与他在网络上将近一年的相处，让我熟知他这个性格特点。以前我们视频聊天时，好几次，我的心理反应都逃不过他的眼睛。当然，他并不会让我尴尬，反而是对我格外疼惜。

我来不及说什么，他已经走到我身后，俯身看电脑上的文档。他这一俯身，就离我很近了，我稍一侧头，就清楚地看到他黝黑的脸和下巴上的胡茬，听到他粗重的呼吸。这样的近距离接触，莫名地让我热血上涌，心跳加速，我下意识地朝相反方向躲闪了一下。

我这个无意识的动作，让他察觉到我的紧张，他很快又放下鼠标走开了。他打量着屋子，找了一把收折椅，也就是他刚进屋坐的那把掉漆的旧椅子，提到我的书桌对面，中间与我隔开半米的距离坐下。察觉到他的谨慎，我也极力调节情绪，努力让自己平静。在这短暂的响动过后，客厅又陷入沉默。从天花板上投下的橘红色灯光，为室内增添了几分暖意，此刻彼此虽未言语，气氛却也不尴尬了。

"你穿这么薄，冷不冷？"他问。

他这熟悉的语调，以及眼神中熟悉的关怀，让我心头一暖，这一瞬间，我忽然看到了视频上的那个他。在我们见面之前的日子里，他经常在网络上这样关心我："你冷吗？""今天心情好吗？""桌子上有水吗？"说到水，他还心疼地对我说，等他来了，要让我自由地喝水。

乌热尔图这一句熟悉的询问，让我意识到，坐在对面的这个男人，就是我所熟悉的网络上的那个他，就是他，我的乌热尔图！就在几天前，因为对未来生活的迷惘和压力，他差点就放弃了我们的感情；想起头几天的那场情感风暴，以及他对此做出的抉择，此刻仍使我心头惶然和震撼。他来了，他最终舍弃哈市的工作，不远千里来见我这个残疾的网络女友了，并且，是奔着照顾我一辈子的目的来的。这种抉择，对他而言不亚于背水一战，因为，面对残疾造成的、沉重的生活负担，我们谁也不知道，自己是否担得起这沉重的担子？但是他在上火车前还是打电话对我说："秦华，上了这趟火车，我就把所有退路都断了！"

看着坐在我面前的乌热尔图，这个男人，他是下了破釜沉舟的决心来见我的。他对我的感情，也没有像我恐慌的那样，在见到我残疾畸形的身体之后发生变化，相反，他的眼中仍然满是对我的怜惜和关怀。横亘在我心中的紧张和慌乱，忽然像冰雪一样开始消融。

接下来的两天里，我很快发现，乌热尔图和我在网络上认识的一样淳朴而真实，没有一点儿差别。如果一定要说差别，那就是，他比我在网络上感知到的更朴实。在他来的第二天早上，我不知怎么就感冒了，怕冷、难受，还有点咳嗽。乌热尔图去街上给我买止咳糖浆，喂我喝。一生病就没胃口，当天的晚饭，我剩了半碗。我不好意思地让他拿去垃圾桶倒掉，他却舍不得，二话不说倒在他的饭碗里，毫不嫌弃地吃掉了。他这个举动让我很意外，心里非常温暖。在家里，只有父亲生前曾经吃过我的剩饭。这个细节，让我更加觉得，乌热尔图是一个宽厚体贴的好男人。两天之后，我们之间就恢复如网络上一样的亲切自然。

这天下午，他说天气好，推我上街去玩。三十六年生活在封闭的屋子里，我惊讶地发现，我的大脑已经不能正常接收外界的繁华。走在热闹的大街上，我只觉脑子挤得很满，却又什么也没看清。直到我们穿过大街，来到通往码头的深渡大道上，这里的宽阔和简单才让我恢复了几分正常。

没走几步，迎面碰到表叔和一位熟人。我惊喜地在轮椅上喊表叔，准备向他们介绍我的男朋友。表叔一向关心我，他一定会为我高兴的。意外的是，表叔却尴尬地应了一声就走了，熟人也难堪地走开了。他们的反应，仿佛在躲避瘟疫似的。这时，我注意到附近有人在看我们，见我发现，立刻又转移了视线。

面对此景，我突然意识到：表叔和熟人，以及其他人在我找对象这件事情上，是不会为我高兴的。相反，我的选择对他们是一个巨大的冲击，让他们无法理解。我是残疾人，生活在社会边缘的人，我连生活都不能自理，却梦想和大家一样恋爱、结婚。我的举动，在他们眼中一定是疯了。满心的欢喜挨了一瓢凉水，我感到心情很沉重，一种难言的孤独感瞬间袭来。

"你们这里的人，好像不欢迎我。"乌热尔图声音低沉，听得出来，刚才的事让他也不舒服。

"没事，用不着他们欢迎！"我用刚强的口吻安慰他，也是掩饰自己的失落和郁闷。

依旧是走在这条阳光灿烂的街道上，我却感受不到暖意了，对路人好奇的注视敏感起来。在我的身边，很多女孩子谈恋爱，她们都会骄傲地把男友带给大家认识，同时获得大家热烈的关注和祝福。我当然也希望得到祝福，并认为至少能得到一小部分亲人的祝福。但是，那么心疼我的表叔，他刚才的反应告诉我，我恐怕是想错了。剑走偏锋注定是孤单的。这个意识加重了我心头的压力，不过我不怕，残疾的我，从小走的就是一条偏僻困苦的路，我战胜了残疾带来的种种痛苦和困难，才走到今天，现在，又怎么会被这些所谓的风雨所钳制？还好母亲不知道他们的反应，她要是知道就糟糕了。想到这儿，我突然一惊，一种不妙的预感涌上心头。

都要我放弃他

我没有想到，世俗的风暴会来得这么急迫猛烈。昨天下午，母亲在我的房间里发火了："哪个男人会看上一个瘫痪女人，想得天真！"她焦灼地要我放弃恋爱，要乌热尔图走。

其实，从乌热尔图进门的那一天，我就担心会招来世俗的风浪。虽然隔着厚实的屋墙，我也察觉到，自己的行为刺激到一些人的神经了。对于长年只知种地、挑担的乡下人，网络是个陌生的名词，平时听到的，也大都是一些网络骗子之类的事例；网恋（并且我是个瘫痪女人）这样的新鲜事，极大地挑战了乡人的心理承受力。现在，形势果然急转直下，母亲，我最重要的支持者，她变卦了！我被母亲的决绝吓得心慌意乱，怕她一时情急赶走乌热尔图，那就难办了。

我靠着书桌，望着大门外明媚的午后阳光，不由得在心里焦灼地呼喊："妈，我不是小孩子，我要主宰自己的人生，过我想要的生活，你给我这个自由吧！"

忽然，书桌上的电话叮叮作响，我吓了一跳，伸手去拿听筒，自从一个月前父亲因病去世，家中就很少有电话了。

是天津的二伯打来的，我有点惊喜。二伯是高级知识分子，我和母亲对他都很崇敬，正好和他说说我的事，也许他能理解，如果能争取到二伯的支持，事情就好办得多。

"秦华，听说你谈了个男朋友，到家里来了？你了解他多少，知道他是什么人……"

二伯严肃的架势，让我怔了一下，瞬间明白，二伯他也是一个奉命而来的说客，我欢喜的幻想落空了。难怪母亲镇定自若，没再说我，原来四处找援军了。

与二伯的交流异常沉重困难，二伯句句紧逼，一口气说出无数个质问，好像我还是一个十六七岁的无知少女。他拿个别婚姻失利的亲戚做样板教育我，把嫁人可能遇到的种种问题，化作恐惧往我心里渗。我没有想到，身为知识分子的二伯，对残疾人的偏见也很深。我心里直发凉，瞬间觉得与二伯距离很远。残疾啊残疾，仿佛是命运的一个诅咒，硬生生要把我隔绝在生活之外。可我偏不服软，我就要过自己想要的生活，走自己的路，谁也拦不住！

我与二伯的这通电话，最终在并不和谐的气氛中挂断。我靠着书桌，心情难以平静。我身体是残疾，也没有接触过社会，可我的心智是健全的，我的感情应该被尊重，你们怎么说，我也不会放弃的。我正烦恼地想着，咣当一声，古铜色的屋门被推开，母亲回来了。我一眼就看出，母亲的神情有点得意，她的目光在我脸上搜寻着，流露出某种胜利的期待。她这是在等待我开口认错、认输呢，可我哪里错了？我不就找个对象吗？怎么就跟犯罪似的，大家都来教育我？平时都夸我如何如何聪明，这会儿又都认为我傻，真不明白这是什么逻辑！我没有错，我知道自己在做什么，我更不会放弃乌热尔图，放弃我的命运自主权！

　　我克制着内心的波澜，好像没事似地靠着书桌上网。母亲站在我对面，目光在我脸上扫来扫去，不甘心地希望我开口说些什么。我假装专心修改诗词，眼睛盯着屏幕，一声不吭。这个时候我是不能开口的，我一开口就等于给母亲机会，让她搬来世俗那套观念，对我进行教育和阻拦。我不想让这种复杂难缠的局面发生，我暂时还说服不了母亲，她也不肯接受我的观点，这个时候引发争执，会让事情走向极端，后果很可怕。此刻，我只能用沉默来告诉母亲，我有自己的思想，有自己的选择，不要想着改变我。我和母亲就像两个对手，在各自的壁垒后揣摩对方的心理，随时准备护卫领地。片刻之后，母亲意识到长辈们没有在我这里找到突破口，她满脸不高兴地走了。

　　当客厅里亮起灯火，乌热尔图依旧拿过那把掉漆的收折椅，坐在我的书桌对面。昨天晚上，母亲说要试试乌热尔图，叫他去做小工。他早上出门，天快黑才回来。

　　"今天做得怎么样？累吗？"我迫不及待地问。我不想告诉他白天发生的事情，只希望他做事别太辛苦。

　　"没事"，他神情疲惫，却故作轻松，停顿片刻，他又说，"就是肩膀肿了。"

　　"肩膀肿了！"我吃了一惊，"你以前没挑过担子吗？"

　　"没有，我们那边不挑这个的。"他说。

　　我怎么疏忽了这茬，应该先问问他的，没挑过担的人是挑不了那玩意儿的。我懊恼地呆了呆，叫他解开衣扣给我看看，他不肯，我发火了，他才被迫褪下肩膀处的衣服。我的眼睛立刻定住了，这哪里是个肩膀，皮肉红肿发亮，鼓得像大馒头，让人触目惊心。我心头一颤，整颗心揪成一团。

"肿成这样，明天不去了！"我哽咽了。

"那不行"，他立刻反驳，随即小心地拉过衣服扣上，"你妈是在考验我，我不能让她看不起。"

"可以做别的事"，我急切地想要阻止，"你这肩膀不能挑了，再挑，皮肉就破了。"

"没事，破不了，就是扁担压上去疼。"

他轻描淡写，我却心头一阵紧缩，好像那疼痛正烙在自己的肩膀上。

"真的不能挑了，等我妈回来，把你的肩膀给她看，她会理解的。"我泪汪汪的，仍旧急于阻止，"我妈以前挑担，肩膀也肿过，都是养好了再去挑的。"

"不行，再苦，这几天也要做下来。"他坐在收折椅上，还是摇头，"你别担心，我没那么弱，咬咬牙就过去了。"

他执意不听我的，我又心疼又着急，泪花湿了睫毛，却说不出话。我明白，他不想让母亲对他失望，这种想法是对的，我也希望母亲对他的看法有所改变，可是让他吃这个苦头，我实在是难受和内疚啊！乌热尔图为我舍弃了很多，我没有权利要他再吃苦。从来没挑过担子，却挑了一整天，还是一级台阶一级台阶地往三楼上面挑，我无法想象这是一种怎样的过程。

"是我连累他。"看着他黝黑疲惫的脸庞，我靠着书桌泪光闪闪，双唇蠕动着，却又什么也没说出来。我敏感而难受地意识到：命运对我们的考验，恐怕才刚刚开始！

大娘出的主意

粗犷的北风刮了一夜，从窗帘缝隙透入的天光，传递着寒冷的气息。我躺在被窝里，把被子裹得紧紧的，一边等候着母亲或者是妹妹来帮我穿衣起床，一边望着头顶的天花板神游。生活，仿佛就是一台可笑的大戏，一些戏剧性的变化，我也始料不及。不知是我的态度改变了长辈，还是弟妹们的劝说起了作用，母亲忽然又同意了我的恋情，还热情地设想让乌热尔图去摆水果摊，因为没有被我采纳，她很恼火。

我和乌热尔图一心想开店，但是母亲不同意，说"开店早就天亮了"（不赚钱的行当）。我知道，她是担心乌热尔图，怕他哪天受不了照顾我的辛苦跑掉了，开店的钱就打水漂了。我躺在床上思索着，该如何取得母亲的信任。我必须要找到让母亲放心的正当理由，才能说服她。屋外，传来钥匙的叮当声，我听见那扇古铜色的屋门咣当被推开，母亲从市场买菜回来了。我在棉被下抻抻腿，让双脚尽量贴近尚有余温的热水袋，静静地等候房间里来人。

这时候，房门突然吱呀一声被推开，随着迎面扑过来的一股冷空气，母亲进来了。她没有像往常一样，先洗洗菜，忙点别的，而是放下菜篮子就来我房间。我意识到，母亲有事找我，我下意识地探寻她的双眸。

母亲精神焕发，几步就走到我床前："秦华，我跟你说，这样，先不结婚了。你和他出去租个房子住，让他服侍你半年看看，如果他能做下来，你们再结婚。如果他服侍不下来，就叫他走。"

心头一个滚雷，瞬间把我炸蒙了。过了几秒钟，我才反应过来，一股热流从胸膛直上头顶，冲得我要从床上飘起来。我望着站在床边的母亲，想愤怒地打断她，指责她的荒唐。但是理智却在竭力克制着我，使我一时说不出话。

"这半年我也不去管你，让他一个人服侍你，试试他。"母亲自顾自地说着，没察觉我有什么变化。

"街上有个空房子，我去租下来，钱我出，这样离得近，我也放心。"母亲把我的无语当作默许，一股脑地倾倒她的设想。

"我不！"我躺在床上，用力憋着心头翻滚的波涛，蹦出了两个字。我的手脚在棉被底下冰冷发颤。

母亲没有意识到哪儿不妥，对我的拒绝很意外，她瞪着被窝里的我愣了愣，生气地喊道："这也不行，那也不是，你到底要怎么样？"

母亲摔门而去。我躺在床上，难受极了。这个荒唐的想法深深地伤害了我，我心中充满愤怒和委屈。在我的意识中，这种荒唐的事情，只有过去的山沟里才会发生，可是今天竟然发生在我，一个有知识的女孩身上，发生在崇尚文明的现代社会，而这一切，就因为我是一个残疾人！我越发感到屈辱，全身都在被子里发抖。

当妹妹进房间来为我穿衣起床时，我难抑悲愤，对她说了母亲的荒唐，眼泪也夺眶而出。妹妹慌忙说："不是妈的意思，都是大娘，她出的主意，刚才我和妈去买菜，我都听见了。我跟妈说了，这样不行的。"

妹妹的解释让我好受了些，回想母亲刚才的口吻，只是一种解决困扰的轻松，并没有歧视我的意思。于是，我在床上擦去眼泪，镇定下来。母亲是一个普通的农村妇女，心思简单，想不了那么复杂，而且，因为我恋爱的事情，她也承受了很多流言蜚语。我想起昨天妹妹对我说，爷爷在骂母亲，说我找对象，肯定是因为母亲不想管我了。这些乱七八糟的干扰，连我都觉得烦乱，何况心思简单的母亲。

想到这儿，我理解了母亲的处境，也为自己给母亲带来的压力和苦恼感到内疚。可是，这事情我终究是不能退让的，我不能原谅乱出主意的人，更不会听任世俗的摆布。我冷静地意识到一点，在这个混乱的局面下，我更加不能乱了心智，要保持清醒，用智慧来应对复杂困难的局面，守住自己的阵地。"难道因为我残疾，我就没有尊严，没有选择生活和爱情的权利吗？"我坐在床上气愤地想，"我残疾，但是我也有一颗尊贵的心，不容他人轻践。"

妹妹在床前弯腰给我穿上大棉鞋，把我背到客厅里坐好。我庆幸乌热尔图去干活了，不知道这事儿，否则，这又是置他于何地？这个善良朴实的男人，大老远捧着一颗真心过来，我不能让他遭受这样的践踏，我要维护他的尊严。

我靠着书桌在心中发誓：我一定要像所有健康的女孩子一

样，和乌热尔图光明正大地结婚。我是残疾人，但是我的灵魂和大家是平等的，我要像所有的新娘子一样，尊贵体面地走上圣洁的红地毯，我一定要！

不得已和母亲吵架

我起床坐到书桌前的第一件事情，就是打开电脑文档，校对诗词稿。金黄的阳光从窗户溜进屋子，洒在整洁的客厅，加上脚底的电火盆，屋内很亮很暖。在艰难压抑的日子里，出现了一件让人激动兴奋的事情，我的古典词集《罗浮堆雪》经过县文联的推荐，让出版有了眉目！

出版方让我一星期内交稿，八万字的书稿逐字校对，也不是个小工程。我正在书桌前专心校稿，忽然听见屋后传来急促的脚步声，好像是母亲回来了。我纳闷她怎么走的这么急，一抬头，撞见母亲一脚从敞开的古铜色大门迈进屋。由于我之前的种种"不合作"，挑战了母亲的面子和权威。母亲的态度再次变得恶劣，成天鼻子不是鼻子、脸不是脸的，一句话不顺耳，她就粗暴地呵斥我。此刻，她噔噔噔几步闯进屋，在离我书桌一米开外的地方站住，脸色非常难看。我知道她又在为我的事情不痛快，或许又听外人议论什么了。

我立刻紧张起来，连忙低下头，假装没注意到她的神色。我双眼盯着书桌上的键盘和电脑屏幕，残疾的手指飞快地扒拉黑色的键盘格子，以高频率的动作表示我很忙，我有正事，试图躲过一劫。

我从眼角的余光里瞥见，母亲满身怒气地站在我的斜对面，她的眉毛拧成了一个疙瘩，这怕是要发作的征兆。我心跳得发慌。

客厅里的气氛僵了片刻，见我没有反应，母亲突然冲我一抬下巴，厉声说道："我跟你说，我不同意！"

对应计策失败，我无奈地停下键盘上忙碌的双手，抬头迎向母亲。

"他照顾你一辈子，你想得天真，谁信那好事！"

我还来不及开口，母亲的吼声再次响起，仿佛雷霆霹雳。我被她这暴躁的架势惊呆了，愣了片刻，我才浑身颤抖着，冲母亲脱口喊道："我相信他，我相信！"

我知道，自己和母亲对决的一刻，还是不可避免地出现了。这是一种让人痛苦和纠结的对决，尽管，我并不想做个忤逆的女儿。

突如其来的争执，使原本温暖安静的屋子，顷刻间变成火药四射的可怕战场。

"我问你，他照顾你，你们怎么生活？想得简单，你们会去要饭的！"

母亲的话像一把刀子扎在我的心上，让我震惊，眼泪夺眶而出。母亲怎么能这样看我。我靠着书桌泪流满面，口中大声回应："我们能过好，绝不会去要饭的。"

我长这么大，第一次和母亲这样争执，我的心也在痛，眼泪像断线的珠子掉个不停。我知道，自己对感情的执着不合母意，可是，在这个事关命运走向的重要抉择面前，我不能退却，不能让世俗偏见错误地左右我的人生。虽说我和乌热尔图一无所有，没有把握在经济上给自己和家人保证，但是，我和乌热尔图有爱、有面对困难的勇气和决心。我觉得这是最重要的东西，如果没有这些，再好的经济条件，也维系不了彼此的感情。

"你就犟吧！犟牛！"母亲气得噔噔噔走出客厅，在古铜色的大门外无目的地转着步。满世界明亮的阳光，也掩不住她压抑的一身怒气。

"我就要嫁给他！"

我泪水涟涟，冲着母亲的背影大声喊道。尽管我一直在避免与母亲发生冲突，希望通过耐心的沟通，让母亲恢复对乌热尔图的信任。在乌热尔图过来之前，母亲可是完全赞成我的想法的。然而，眼前的对抗是无论如何也回避不了，而这样的对抗一旦发生，我就必须向母亲表明坚决的态度，让自己的阵地如铜墙铁壁，否则，我就彻底输掉了。可是我不能输，我不能失去乌热尔图，我也不可能再遇到第二个乌热尔图。

"我都三十六岁了，我又不痴不傻，为什么不能嫁人？"我流着眼泪质问母亲。

"我……我真是说不过你喔。"母亲气急败坏，她穿过客厅，头也不回地走出了古铜色的屋后门。

我望着母亲苍老的身影消失在门口，奔流的泪水把眼镜也弄花了。

三十六年了，我一直是个孝顺的女儿，从来没有对父母亲大声说过一句话，可是今天不行："妈，我不能听你的。"我清醒地知道，如果顺从母意，此后的我将活在一种生不如死的境地之中。放弃乌热尔图，放弃我深爱的人，我的心也会跟着一起死掉的！那以后，我的生命再也不会有爱情和欢乐，年复一年麻木地活着，就像一具空空的躯壳，每天面对一个老妇人挣扎着照顾我的痛苦。更可怕的是，我还要在这死寂中强颜欢笑。天啊，这样的生活太令人绝望了！

我靠在书桌上的身体哆嗦了一下："不，我不要那样过一辈子，我不要！"

这个残酷的人生局面，让我彻底断了对往昔所谓安稳生活的留恋，我觉得自己就像一只打翻窠臼的雏鸟，想要生，就得去奋力一搏。

我摘下眼镜，默默地拿纸巾擦干，努力让自己镇静。我看到乌热尔图上工前换在屋里的黑皮鞋，对母亲避开他和我争吵心存安慰，母亲还是给我留了颜面的。

阳光寂静地照在客厅的地面上，除了坐在角落里难过的我，屋内没有留下任何"战争"的痕迹。想想刚刚的争执，我忽然想起鲁迅先生说过的一句话："要么在沉默中爆发，要么在沉默中消亡。"他这话好像就是说给我听的一样，难道我还要这么继续过下去，任凭封闭的生活把自己焖成灰烬？"不，我要爆发，我要爆发！我要冲破这灰暗的世界，哪怕败了，一败涂地，甚至付出生命，我也要去奋力一搏！我真的……真的再也受不了这死水一般的日子了！"

想到这里，我冷静地分析了一下目前的情况：虽然母亲对我的婚事反对强烈，但是，以我对母亲的了解，她还不至于对我以死相逼。这就行，只要母亲不采取极端手段，事情就有转机。我要坚持住，绝不能退让。

"妈，请原谅我的无礼。"

我在书桌前直直身子，吐了一大口气。我相信过不了几年，母亲就会明白我是对的。母亲只看到眼前的困难，被世俗偏见遮住了眼，她没有看到长远的困境，更看不到我内心的绝望和渴望。

母亲把矛头指向他

我从混沌的梦中醒来时，房间窗子还是白蒙蒙的，清晨的浓雾还没有散开。昨天和母亲的争执，让我情绪激动、浑身疲惫，我迷糊地睁睁眼，很快又昏沉沉地睡过去了。

"是你倒的？这是酒酿呀！"

不知什么时候，一个尖利的女声突然将我从昏睡中惊醒，是母亲，她在凶乌热尔图。我猛然睁开双眼，不知道发生了什么，心狂跳着，赶紧在被窝里竖起耳朵听。

"谁叫你倒的？要你那么勤快，我刚做好，等着要用的。"

母亲的斥责很快转为方言，我听见她噔噔噔从我的房门口去了厨房，一路不停地大声发泄。母亲的声声斥责，好像一连串的惊雷炸在我心上，把我吓得浑身发颤，不知所措。我躺在床上，心跳很乱，我怕乌热尔图受不了母亲的态度，两个人吵起来。好在母亲后面说的是方言，乌热尔图听不懂，可是那么凶的口气，傻子也明白是什么意思。

客厅中，回应母亲怒斥的，是一阵长久的沉默。自始至终，乌热尔图一声未吭。他的忍耐让我的心跳趋于缓和，我在被窝里只觉得浑身虚弱。我明白，母亲这是借机向乌热尔图发难了，她在我这儿打不开缺口，最终直奔乌热尔图，要他知难而退。眼看局面越来越糟，让乌热尔图这么难堪，我的心情非常压抑，不知该如何收拾。

当我起床坐到客厅书桌前，乌热尔图正低着头在小方桌旁踱步。我惴惴不安地探寻他的目光，想和他说点什么。乌热尔图发现了，他神情压抑地看了我一眼，指指古铜色的屋门，示意他要出去。

我顿时心头发怵，手脚冰冷，勉强问道："你干吗？"

"出去透透气。"他说。

我靠着书桌，失神地看着他走出古铜色的屋门，什么话也说不出来。片刻，母亲从厨房里出来，脸色难看地也走出去了。

冰冷的客厅里，只剩下我一个人。我在书桌前呆坐了片刻，条件反射地打开书桌上的电脑，登录 QQ，然后双手瘫放在书桌上不动。我的心彻底乱了，我很怕乌热尔图受不了，这一走就不回来了。这个念头一出现，我立刻心头一哆嗦，赶紧把它从脑海里驱逐掉，再也不敢触及。

我蜷缩在客厅的角落中，神情惶恐地靠着书桌，任由满屋的孤寂将我吞噬。忽然间，QQ 的响声打破沉寂，将我从呆滞中唤醒。我下意识地抬头，却看见他的头像在闪动，心头顿时一震："他去网吧了，他在这上面找我，一定是有话想单独跟我说。"我不安极了。

"秦华。"

"你？"

我看着对话框中红色的大字，手脚发颤，不敢再问。

"怎么，走神了？"对话框里蹦出一个带问号的表情，好像没事似的。

"我怕……"我心颤着打字，"你怎么了？"

"在屋里我感觉喘不过气来"，他很快回复，"你不会明白我这种感觉的。早上我洗碗，把剩饭倒在你妈做的东西里了。"

"那是酒酿，你们北方没有吗？"

"我不认识，以为是剩饭，我们那儿没有这个。"

我很清楚，酒酿不过是个导火索，关键是母亲内心排斥他。若他受母亲欢迎，母亲就不会这样计较，更不会怒斥他，说不定，还会拿来当作夸女婿勤快的一个谈资。说到底，都是因为我的残疾，而我这个无能的女友，又没有办法去化解这些阻力。让他跟着承受压力，我很内疚。

"我明白你的心情，对不起！"

"不要和我说对不起"，他那边红色的大字很快跳上荧屏，"这些不是你想要的，但你也无能为力。"

"姐，我理解你的感受，你处在我和家人中间，有些事承受的要比我多得多！你妈是个古板的人，我又是个我行我素的人。她不接受我，我想你应该早就知道了。"

他和见面之前一样，称呼我——姐，看着屏幕上这个称呼，它出现在这个时候，让我感到分外安慰和感动。尽管母亲对他很不友好，而以他那么耿直刚烈的个性，莫名其妙地受了一顿凶狠的谴责，却没有一句抱怨，也不因母亲的态度而对我有一丝改变，他还站在我的角度为我着想。这个其貌不扬、普普通通的男人，用他宽容忍耐的内心彻底征服了我，让我情感涌动，鼻梁发酸。

"再忍耐一下，忍耐到春节后，行吗?"我蜷缩着身子，扒拉键盘的动作快得有点零乱，我始终在恐惧着什么。

几天前，我和他商量好的，等过了春节，为他寻个厂子做事，让他搬到厂里住。这样，我的家人可以慢慢了解、接受他。此刻，我很怕这个计划会落空，很怕……我知道他的处境很难，可还是自私地希望他扛住压力，和我一起熬过这一关，过了春节就好了。

"我是个自尊心极强的人，我怕有一天我会忽然爆发出来，真要那样，就无法收拾了。"他并不隐瞒内心的想法。

蓝色的电脑屏幕上，双方的字幕停止跳跃，陷入沉默。他说的是实话，他承受的压力太沉重了。我发现，事到如今，局面似乎已经很难控制。

"我想问你句话，你真实地回答我。"他突然话锋一转。

我心头一跳，不知道他想问什么，发了一句，"什么?"

"告诉我，我来这么多天了，你对我是什么感觉?我究竟是不是你可以依靠的那个人呢?"

"是!"我立刻回复。

"谢谢你!"网络那边，他似乎松了口气，"相信我，我要陪你走完今生。"

"嗯。"我靠在书桌前，有点想哭。陪我走完今生，还从来没有一个男人敢给我这样的承诺。

"秦华，我有个想法，我们商量一下。"

"你说。"我预感到什么，心颤颤地悬了起来。

"我想回哈市。"

　　我靠着书桌，浑身的血液在瞬间冻结。最恐惧的事情还是发生了，他要走，他要走了……尽管我是多么害怕看到这句话，想方设法地去阻止这个局面出现，可它还是冷酷地出现了。屏幕上红色的大字，那么刺眼地停留着，仿佛一个恶魔，把我和乌热尔图的爱情，把我对生活美好甜蜜的向往，全都夺走了。

他敞开心扉说要走

我真实地感受到世俗的强大。我坚持了这么久，面对了那么多困难，还是败下阵来了吗？我要输在这股势力之下了。我感觉自己像是掉进了一口冰窖，只顾蜷缩着身子，靠在书桌上不停地打冷战，这一刻，我虚弱极了。

"你怎么了？又哭了，是吗？"

没有等到我的回复，乌热尔图的大字跳上屏幕。从我们相识那天，他用的就是这种十八号的大字，我和他一样，也是用十八号大字。

他只有一只健康的眼睛，我高度近视，大字让两个人看起来都不费劲。我用的是淡紫色，他用的是大红色，每次聊天，对话框里艳丽的色彩，就让人心生欢喜。记得那天，当我们发现这种巧合的原因之后，在电脑前笑了半天。聊天框里，两排大笑的表情同时跳出来，好默契、好快乐呀！但是现在，我看着荧屏上熟悉的大字，却不知道该说什么。我下意识地在浑身的冷战中，努力把蜷缩的双臂伸出去，答非所问地在键盘上敲了三个字："然后呢？"

"第一，我走了，可以避免和你妈之间的摩擦；第二，我可以放开地去干几个月活，为结婚备点钱；第三……"

他并不了解我此刻隐藏的绝望和痛苦，红色的大字很快一行行地跳上荧屏。从他有条不紊的回复中，可以看出他很冷静，这也说明，他是想好了，下决心要走了。我的心彻底冻结了。我像个病人似的不停地打战，身子几乎躬到书桌上，只剩下双臂伸在键盘上，脑袋不时地抬起来看一眼屏幕，看他说了什么。

"真的，最主要的是……我在你家真的就像坐在针尖上一样……"

他发得断断续续，这断续让我意识到，他心里不好受，他也在极力克制情绪。

"这样对我、对你的家人都好。我知道，你活这么大，经历了那么多的苦难，你已经看淡了很多事，但你现在最怕失去我，因为你过够了现在这种生活。"

"是的。"我心中一痛，如实地承认。

我活了三十多年，他是最了解也最理解我的人，凡事总能想到我的心里去，就像此刻，他清楚地了解我内心的想法。我很希望他知道，我非常不愿意让他走，希望他能坚持住。我知道这想法对他不公平，可是，只要再坚持一个多月，我们就胜利了！就这样功亏一篑，我不甘心，我也害怕。

"相信我，你永远不会失去我的，因为同样我也不能失去你，永远！"

我趴在书桌上，心头一惊，他好像可以看穿我的内心，竟然看到我隐藏在心底的担忧。

"记得那天你跟我说，你妈说你残疾，身体不好，会先我离开人世。那晚我想了，即使你先我走了，我也会在你的墓前守候着你，直到我也离开人世。"

乌热尔图发自肺腑的语言，让我看到他深沉真挚的内心。在过去一年的网络相处中，我清楚地了解，他是一个不隐瞒、不打诳语的人。他为了保护我的身体，甚至可以放弃拥有亲生骨肉的权利。到我家来之后，他处处小心谨慎，却没有人给他好脸色。他为我牺牲和承受的，真的太多了，我不能再要求他做什么。

"秦华，即使你先走了，也割舍不掉我对你的爱。"

屏幕上，乌热尔图真挚的语言，让我震撼和动容，热泪从我的眼窝涌了出来。

"我很自私，我的爱是自私的爱"，我在书桌前直起身子，泪水涟涟地敲打键盘，谴责自己，"你牺牲的太多了。"

"爱都是自私的。"他说。

"乌热尔图，假如有一天我先你而去，请把我的骨灰带到你的家乡埋葬，我要永远和你在一起，生生世世！"我用尽双手的力气，在键盘上敲下最后一个字符。

"不，你的家乡在黄山，你离不开这儿，我死后会和你合葬在一起。"

"可是你的根在内蒙古。"

"是的，但是内蒙古太冷了。"随着他发过来的大字，荧屏中突然冒出一个大笑的表情。

这个戏剧性的反差，让我在满脸泪痕中扑哧一声笑了出来。我的乌热尔图，他就是这样坚强、豁达的人，即使面对恶劣的处境，他也能让我笑出来。

"我不奢望别人明白或看到我的爱"，屏幕上，他回归严肃认真，"我只要你明白就够了！我们的路很不好走，真的，我在你妈面前真的手足无措。"

"我妈脾气不好，你承受的太多了。"

"算是次考验吧"，他回复，"答应我，明天我走，你千万别哭，好吗？"

"我……不知道……"我如实回复，一说到他要走，我的心顷刻又碎了。

"你不要这样，你一哭我就乱了。"他也如实地回复我，接着又说，"秦华，我仔细想过了，最多六个月，我就回来了。回来了我们就结婚，那时我们自己手里有点钱了，不需要任何人的帮助，你的家人也不会像现在这样看我。我这样说，你能明白我的用心吗？姐！"

乌热尔图说的每一句话都有道理，都是为了我们好。他对我说着这些贴心话，一声声地叫着姐，表白他的情义。他这份真挚的情感，缓解了我的绝望和痛苦，让我万分感动和温暖。我靠着书桌，感觉到自己冰冷的身体在回温，情绪也平稳了很多。面对他如此的良苦用心，我即使有十二万分的不情愿，也不得不同意让他走。最起码，我大他几岁不能白大了，我要有个做姐姐的样子，站在他的角度理解他、支持他，和他一起解决目前的困境。尽管从心里明白这些道理，可是，当我关闭聊天框之后，心还是像被掏空了一样感到悲怆。我苦苦坚持了这些日子，却还是不得不退败一步。

不要做坚强的女人

早上，母亲搭车去了市里。妹妹从家里过来，伺候我穿衣起床。她在客厅的书桌前为我洗漱的时候，八仙桌上的小闹钟指向了八点，乌热尔图还没有下楼。

天气十分阴冷，客厅的门窗一直紧闭着。我靠着书桌，麻木地打开电脑，点开音乐播放器，然后把内心的苍凉抛在一首歌曲里。"你在我身边，把我的手牵……"是玉萨演唱的《手心里的温柔》，她的音色恬美沧桑，在封闭的客厅中反复飘荡，"我牵着你的手，牵着你到白头……"

"白头、白头……"我伤感地在心中重复，眼泪涌了上来。再过一会儿，乌热尔图就要走了，不在我身旁了。这个念头加重了我满腹的悲伤和无助，我连忙抬头仰靠在椅背上，阻止泪水掉下来。从感情上，我是根本不愿意让他走的，只是理智在约束，并告诉我要坚强。此刻，我懒得理会坚强这个词，也忘了昨天对自己的承诺，要做个好姐姐支持他。我改变不了冷酷的现实，只想沉浸在悲伤中。

得知乌热尔图要走，妹妹感到很意外。她在客厅里徘徊不走，我却在心中焦急地盼她快点走。我想单独和乌热尔图道别，我还想向他索要一个紧紧的拥抱和亲吻，他来了一个多月，我们连一个吻都没有过。

过了不多时，屋内响起乌热尔图下楼的脚步声。当他洗漱完毕来到客厅，等待已久的妹妹立刻问他："怎么了？好好的怎么要走呢？"

乌热尔图站在客厅里，看着书桌前一脸悲伤的我，沉默着。除了行李箱没拿，他已经穿戴整齐，随时都可以抬脚走人。

"不是都说了，春节后结婚吗？"妹妹又回头看看我。

结婚，听到这个词，母亲之前和我说的租房子那些话，一下子又涌现在我的脑海中。所有的压力都迸发了，我再也控制不住满腹的委屈和无助，冲妹妹大喊了一声："别说了！"我捂着脸失声痛哭，所有的坚持在这一刻崩溃。

"秦华，别哭"，昏乱中，我听见乌热尔图在身后呼唤，语气焦灼，"我不是跟你说好的吗？"

我无法回答他的问题，自顾在书桌前捂脸痛哭。

"秦华，你听我说！"乌热尔图急了，大声喊道，"你听我说！"

我哭得很凶，但头脑依然清醒地知道，我要是停下来，他把那些无可辩驳的道理再跟我说一遍，我就得做回坚强的女人，兑现对他的承诺，再也找不到哭的理由了！"不，我要哭，就要哭，我要号啕痛哭，哭他个昏天黑地，把心里的憋屈和压抑统统哭出来。"于是，我发疯般地喊道："我不听，我不听，我什么也不听……"这一刻，我真的是悲伤得要疯了。

当我最终从疯狂中清醒过来的时候，看到乌热尔图背对我站在小方桌旁，客厅里只剩我们两个人。我的头昏沉沉的，脸颊被泪水浸泡得冰冷生疼。我靠着书桌压抑地抽泣，然后努力回忆这段时间里都发生了什么。

记得乌热尔图很焦急，劝了我好一会儿，后来，他恼怒地冲我喊："秦华，我不走了！我死也不走了！"

于是，我稍微平复情绪，对他说："你走吧，我不想勉强你。"

"你已经勉强了！"小方桌旁，乌热尔图一声怒喝，"你这么一闹，我还怎么走！"

"我会跟她们（家人）说清楚的。"我说。

他没有理会我的话，烦躁地在原地转着圈。突然间，噼啪一声巨响，他手中那个蓝色的手机，在楼梯口散成几块。

我心头一震，沉默地抱着双臂，靠在书桌前一动不动。他在原地站了片刻，又过去把散落一地的手机捡回来、拼装好。他在那里不停地按键："屏摔坏了。"他懊恼地说，把坏手机丢在小方桌上。

中午，我们谁也没有吃饭，双方一直在客厅里沉默地坐着。屋外，北风呼啸着刮过，风猛烈的时候，把客厅那扇古铜色的大门也摇得发出沉闷的呼呼声。这安静寒冷的气氛，让人心生肃穆和庄严，也让我从悲伤昏乱中镇静。虽然乌热尔图一直没吱声，但客厅中的气氛慢慢缓和了。他坐在那把掉漆的收折椅上，不知望着哪儿出神。从他的神态上，可以看出他的情绪也在恢复。

"什么时候去买票？"我打破沉默。

我的声音和平时一样温柔自然，仿佛之前并未发生什么。满腹的痛苦和压力发泄出来，我轻松了很多。此刻，我已经从一个情绪的"疯子"恢复了正常的自己。我不想多说什么，只想用这个提问告诉他，我的痛哭并非是阻止他走，之前商量好的事情依然有效。我知道他能懂。

"明天买。"片刻，他同样平静地答道。

他果然是能够理解我的，我松了口气。双方又坐了一会儿，他起身走到我身边，神情小心地看着我，帮我理了理棉衣的领子，又握了握我放在书桌上的双手。

"冷吗？"他问。

"不冷。"我说。

"我吓到你了吧？"他不安地抚摸我的头，"对不起！"

"没事。"我说。

上午，他的反应确实让我意外，但并没有吓到我，人在压抑中都需要借点什么来发泄情绪，何况我给了他这么大的压力。有了预感，也就未觉得害怕。

"我会回来的，秦华，相信我！"他靠近我，轻轻地把我揽入怀中，"我不会辜负你的，六个月后我就回来了。"

"嗯。"我柔顺地依偎着他。

片刻，他忽然想起什么，松开我，去我的房间取来一条围巾。这条粉色的羊毛围巾是他上街时买给我的第一份礼物。他笨拙地把围巾打开，围在我的脖子上，往后绕一圈，再拉到前面来。他双手拿着垂在我胸前的半截围巾，想系个好看的样式。但是，他显然又不太会系，粉红的围巾在他粗糙的手掌中穿来绕去，一会儿好像系成了领带，一会儿又系成红领巾模样，一会儿系的……我也不认识。最后，我还是看着他系上了一个最简单的对拉式。看着垂在胸前柔软粉嫩的羊毛围巾，我并不在意这个难看的系法，这是他给我系的，我就觉得温暖喜欢。戴好围巾，他又过去打开大门后的折叠轮椅。

"干吗?"我奇怪地问道。

"带你去吃点东西，你午饭都没吃呢。"他心疼地说。

我这才反应过来，何止我，他也没吃饭。我顺从地让他把我抱上了轮椅，这顺从在潜意识中告诉我，我已经接受他要走的现实了，我让他走了。

他是我的最爱

　　窗外，天空灰白，依旧是满屋空气都发散着阴冷。我靠着书桌，冲着空荡荡的客厅发呆。"乌热尔图到汽车站了吧……车开了吧……半个小时前，他还在这个客厅，站在书桌前和我说话，现在就剩我一个人了。"

　　望着灰白穹顶笼罩下的屋子，我感觉自己非常渺小。在这场复杂艰难的爱情保卫战中，我仿佛是滔天洪水中的一片枯叶，再怎么努力也敌不过强大的命运。下一步，我又会被命运的洪流带往哪里？一阵寒风从虚掩的古铜色大门钻进来，我在书桌前缩缩肩膀，心中不免感到凄凉和茫然。

　　乌热尔图是在下午三点、他走后的第七个小时联系我的。当时，我依旧在电脑上挂着QQ，靠着书桌发呆；从他走的那一刻，我就这样一直魂不附体地靠着书桌发呆，身边的一切跟我没有半点关系，一颗心飘忽不定。

　　当QQ的呼叫把我从混沌中惊醒，我心头一紧，立刻想到他，心狂跳着，整个人都扑到了书桌上。果然是他的头像在闪，仿佛遗失的宝物突然重现，我激动万分。这时候我才意识到：他是回去了，但他仍然是深爱我的男友，我没有失去他的爱，他还是我最爱的那个男人。

他发起视频，很快，那张黝黑亲切的面孔出现在屏幕中，他微笑着，面容沉静。

"干吗呢？还好吗？"他发过来一行红色的大字。

他简单的一句还好吗，让我激动、委屈得心头发颤，泪花立刻迷了双眼。看着视频窗口里的他，恍若时光倒流。过去，我俩就是这样在网络两端见面的，聊着那些兴奋或忧伤的、本质相同的人生经历，一点点走进对方的心里，成为知己。

"我没事"，我连忙克制住情绪，不让眼泪掉下来，然后迫不及待地敲着键盘，"你怎么样，路上顺利吗？中午吃了吧？火车票买了吗？几点的？"

"吃了一份大排档，火车票买好了，明早九点的。晚上住的旅店也订好了，就在这网吧附近。"他微笑着，红色的大字在荧屏上跳动，"想着你不放心，上来让你看看。"

他如此的体贴惦记，让我心头暖暖的，我眨巴着泪眼又笑了。

"这里下雨了，毛毛雨，刚才我把所有事情办好，就在街道上漫无目的地走了一会儿。一个人走在雨中，心情复杂极了。"他黝黑的面容变得沉重，"上午我走时，你妹妹追到马路上，和我说了好一会儿。"

"说什么？"我问。

"叫我别走，她说她会劝你妈的。哎呀，你妹妹可能说了"，荧屏上的大字忽然话锋一转，"我来一个多月，没见她说过那么多话。你知道吗？她再多说两句，我就坚持不住了，不走了。有个陌生女人一直站在马路边上听，真讨厌！幸好送货的车来了，你妹妹去接货，中巴车也来了，我赶紧就上车走了，逃似的。"

乌热尔图幽默的叙述让我感到好笑，心头也闪过一丝失落，"送货的车怎么那时候来，不然他就留下来了，这一切真的……哎，是天意吧！"

我靠着书桌微叹一声，平静地冲他笑笑，说："妹妹接完货又去找你了，但你已经走了。"

"秦华，对不起！"视频窗口，他黝黑的脸上满是愧疚，"我真的实在是无法勉强自己了。"

"别说对不起"，我靠着书桌双指飞快，用跳跃的大字打断他，"我理解你，你没有错，你这么做是对的。"

我不需要他道歉，事实上，让他承受了那么多难堪和矛盾，我才觉得愧对他。

"这次回去，你是直接回内蒙古老家，是吗？"

"是的，现在快过年了，找不到活，等春节过后再到哈市找工作。"

"乌热尔图……"我在书桌前不安地垂下头，心情很矛盾。

"你想说什么？"他敏感地察觉到了。

"如果……你的长辈们也反对我们的事，你怎么办？"我抬起头，鼓足勇气在键盘上敲出隐忧。

他显然没有心理准备，被我这个突然的问题问得一愣。片刻之后，他神情郑重地发来一行大字："你相信我的性格吗？"

他没有直接回答，而是用了一个反问句来表达，简短但掷地有声，有着不容置疑的气势！我顿时心潮起伏，动情至极。从他的话里，我真的感觉到，他在用全部的热血向我表明心迹。面对一个男人这么厚重的承诺，我心头发颤，几乎有点受不住了。我不知道，自己有什么值得他这样倾心，今生遇上他，我真是太幸运了。

我们又说了一会儿话，不知不觉，客厅里的光线暗了下来。

"秦华，我要下了，晚上再来看你。"视频窗口里，他的身后也亮起了灯光。

"嗯"，我看着视频里的乌热尔图，目光穿越时空，温柔地在他黝黑的脸庞上抚摸，心中恋恋不舍。片刻，我忽然想到什么，赶紧又说，"晚上你早点睡觉，别来看我，我没事。你上火车就睡不好了，要坐好几天，很累的，先睡个好觉养精蓄锐。上车了注意安全，凡事要忍耐，钱包贴身放好……"

电脑屏幕上流泻的荧光，照着我残疾的双手在键盘上快速跳跃，照着我像个小妇人一样喋喋不休。六千多里地，三天两夜待在陌生嘈杂的车厢中，睡不好，环境也差，想想就让人心疼。我不要他晚上再来网吧看我，他对屯溪这个城市很陌生，我怕晚上万一有坏人。我宁愿忍受相思的煎熬，只要他安全、好好地休息。

"嗯，答应我，保重自己好吗?"视频窗口，他一脸恳求地说。

"放心，我好好地等着你来。"我说。

"我真的不放心，真的，对不起!"他神情内疚，仿佛欠我很多很多，末了，他又发来一个亲吻和拥抱的表情，"我爱你，特别爱你!"

"下吧，我也爱你!"我温柔地回复。

关闭视频之后，我的心情好了很多，飘忽的神魂已然归体。

回想刚才和他的视频，他说的那些真挚感人的话语，使我身上恢复了力量。乌热尔图离开深渡了，但是他会回来的。他对我的忠贞和坚定，不仅让我重新感受到温暖，也忽然让我有一种奇妙的意识：我和他一起经历了这么多困难，即便是命运，也不能轻易把我们分开！我靠在书桌前，像个傻子似的幸福地笑了。

第二章

追逐幸福

戏剧性的变化

早上起来，屋外天空蔚蓝，阳光明媚。过了春节，气温回升了许多。

乌热尔图的走，让母亲既感到意外，也感到满意，没想到他这么有骨气。我回忆着那短暂的相会，惆怅、惶然与幸福的滋味绕在心头。我盼着时间过快点，他能够顺利归来。

就在这煎熬的日子里，忽然发生了一个极具戏剧性的转折：我的一位朋友帮乌热尔图找了一份工作，于是，他可以在正月就提前过来了。母亲对这事未置可否，以她的性格，算是默认了。事情发生得太突然，我简直不敢相信。

今天恰逢元宵节，母亲和妹妹上街去买汤圆了。我独自靠着书桌，心情焦灼地听着屋外的动静："都快九点了，乌热尔图该到了吧？怎么还没消息……"这是他第二次来我家，我不但紧张得心直跳，还非常的焦灼恐惧，好像他会突然不来了。

屋外，过路的人不少，正是人们从市场买菜回来的时候。我竖着耳朵听着，以免错过那个熟悉的脚步声；一双眼睛同时紧盯着古铜色的屋门，想在第一时间看到他。这样高度的紧张和焦灼，很快就把自己弄疲惫了。我收回目光，靠着书桌歇了歇，就在这时候，我忽然听见屋外混杂的脚步中，响起一个轻快利索的走路声，心头电光一蹿，我紧张又兴奋地意识到：他到了！我连忙挺直腰板，目光紧盯着屋门，轻快的脚步声在门口消失了，我的呼吸也在瞬间停止。

片刻，乌热尔图突然一脚跨进屋门，他穿着深灰色的外套，仿佛从天而降，黝黑的脸上满是微笑。

巨大的激动和喜悦从心底冲上来，我情不自禁地冲他咧嘴笑着，手足无措地说了句废话："到啦。"接着，我咧开的嘴就合不拢，也说不出话来了。他回来了，我患得患失的心被喜悦所充满。乌热尔图回内蒙古那段日子，每次想起他，就觉得不知何年何月才能见面。现在，他站在我面前，我又感觉他就是走了几天亲戚，抬脚就回来了。

"你妈呢?"他看看屋子，有点小心翼翼。

"上街买东西了，要等会儿回来。"乌热尔图的询问，让激动难抑的我这才说出话来。我知道他担心母亲的态度，连忙安慰他，"没事，妈知道你来的，你别担心。"

他放松下来，转身从屋外拎来行李，放在客厅的沙发边。还是他上次来时的那只棕色的行李箱，另一件是一只鼓鼓的蛇皮袋。我知道那里面装着内蒙古的土特产，来之前他就跟我说过了。

"外面人好多。"乌热尔图忽然冲我皱眉示意。

"干吗呢?"我奇怪地问道。

"都在看我！"他的眉头拧得更紧了，"我一进村她们就开始看，还赶紧进屋叫人来看，我这不自在呀！现在她们还在冲这儿看呢，还窃窃私语的……"

　　我愣了片刻，仿佛顺着他的诉说看到那尴尬的一幕："别理她们！"我靠着书桌果断地说。我没心思理会那些好奇，眼睛看着鼓鼓囊囊的蛇皮袋，欢喜地催促他，"把袋子打开，我看看你们那儿的蘑菇。"

　　我的欢喜成功转移了乌热尔图的注意力，他高兴地笑着，利索地打开袋子，掏了一把蘑菇出来："这个叫榛蘑，小鸡炖蘑菇说的就是它……"他把灰褐色的蘑菇举到我面前，让我看。

　　我看着黑不溜秋的蘑菇，心中很欢喜，叫他找个袋子装点儿，一会儿给妹妹带回去尝尝。乌热尔图去厨房找来一只白色塑料袋，蹲在沙发旁边装蘑菇。我含情脉脉地看着他不高的个头，黝黑朴实的脸，看不够似的，分外亲切。

　　"乌热尔图"，我在书桌前叫他，"这些东西都是长辈们送的吗？"

　　"是呀，我老姑她们给我带来的。"他回答。

　　"她们知道我的真实情况吗？说什么没有？"我小心地问。在我心里，还是希望有长辈能够理解我们、祝福我们，哪怕就一位也好。

　　"我告诉她们了，我一说完，她们眼睛、嘴巴全圆了，定在那儿了。"他边抓蘑菇边说，"老姑说，侄儿，那她以后所有的事都要你照顾，你还要做家务，还要赚钱，你可得想好了！"

　　他不说了，我也在书桌前沉默了。

　　"哎呀，没事啊！"乌热尔图意识到什么，停下了抓蘑菇的手，用不容置疑的态度安慰我。

　　我连忙放松神态，给他一个温柔的微笑，表示我并不在意。

其实长辈们说的是实在话，谁不希望小辈找个条件好的，他们的担忧和母亲之前的反对，都是人之常情。

看着沙发边忙活的乌热尔图，我感到了心疼和歉疚。我知道，自己带给他的是一副沉重的担子，我们的路不好走。可是，他却仍然来到了我身边。我多么爱这个善良勇敢的男人啊！在这个世界上，只有他有这个勇气，敢把真诚的爱情，献给我这个残疾柔弱的女人。只有他，我的乌热尔图，敢接过我沉重的生活，和我一起面对重重困难，不畏惧世俗和生活的压力。他不止一次地告诉我，他要让我成为最幸福的女人，他从来没有在困难面前放弃我们的爱情。

乌热尔图的再次到来，使之前一边倒的反对，出现了不同的声音，这声音虽然微小，却因独有见地而醒目。这声音也点燃了母亲残存的希望，使她犹犹豫豫地想去相信：这个男人是真心对她女儿好，这结合没准行得通。但是，外界的声音却不肯轻易停止，面对不同意见的出现，也更激发了"守旧派"的斗志和歧视。在复杂的声音中，母亲一会儿满脸憧憬地对我说："把这房子卖了，用差价在院中盖个小屋，你们和我住，这样我放心。以后我不在了，房子就给你们。"当哪天她听守旧派说了些什么，马上又没好气地冲我说："你们结婚出去租房子，我一个人清闲。"

虽然母亲摇摆不定，但生活相对还平静。乌热尔图每天去工地上班，我则抓紧时间，在张大诺先生的指导下，为词集作最后的补充。我心中阵阵激动，因为我努力已久的梦想，快实现了。

我要做新娘了

吃过午饭，乌热尔图很快走入屋外的阳光，他上班去了。母亲不在家，我舒展身子，一个人靠着书桌出神。一转眼，乌热尔图已经来了两个半月。在这段时间里，家中发生了两件喜事：一是我的古典词集《罗浮堆雪》如愿出版；二是结婚的事情终于定下来了。

"我要做新娘子了。"这个事实令我心生憧憬。我曾经以为：自己是个衣扣也系不上的人，容貌平平，家境清寒，除了有一颗不死的心，就什么也没有了。我这样一个农村残疾女孩，不可能有做新娘子的那一天，穿婚纱，走上红地毯，那只是一个遥远的梦，一个令我幻想片刻也会心惊肉跳的梦。但是现在，这个梦忽然触手可及了。

我，就是我，一个身体瘫痪的残疾女孩子，即将和所有健康的女孩一样，要做新娘子，去书写新的人生。想到这儿，我靠在书桌上的身体，克制不住地袭来一股战栗，胸膛中涌动起热烈幸福的浪潮。我的目光穿越寂静的客厅，穿越时空，看到一个美丽端庄的自己，一身新娘盛装，和乌热尔图并肩站在红毯上。证婚人在宣读致辞，神圣的音乐响起，我和他双双走在红毯上，亲友们在红毯两边，向我们抛洒着大把的花瓣。我那娇美的脸上，洋溢着幸福动人的笑容。忽然间，我意识到什么，不禁好笑地晃晃头，把自己从幻想中拽出来。

"我是站不起来的。"我遗憾地提醒自己。不知怎么回事，在我的幻想世界里，我经常以一个健康女孩的模样出现，不但健康，而且聪慧美丽。我不明白这是什么原因，有时候，我也会多此一举地为自己的想象脸红起来。

其实，在我初解人事的少女时期，我就意识到一个残酷的现实，我的生活早就被残疾锁定在一个旁观者的位置上，并且是一辈子的。这个定位使我长年活在生活之外，我年复一年地被囚困在屋内的一把椅子上，除了孤独，除了我喜爱的诗词能给我安慰，别的就没有了。邻家与我同龄的女孩们读完书，长成曼妙的大姑娘了，她们谈恋爱、结婚，孩子上中学了。我还是孤独地囚困在屋子里，连大门都出不去。身下的椅面，被我长年坐得磨掉了一块漆，换了把椅子，又磨掉了漆……我目睹着自己的生命在灰暗里慢慢消耗，却对这一切无能为力。有时候，我觉得自己就是一个被魔法囚禁在水晶屋里的女孩，四面万丈高墙，一辈子也无从脱身。我只能忧伤地看着那些美好的东西在我的眼前掠过，半点也不能触及。

而现在，囚禁我的水晶屋消失了，我苦苦的坚持和等待，迎来了乌热尔图。他为我解除了魔鬼的法术，让幸福降临在我这个瘫痪的女孩身上。三十七年了，我和命运抗争了又抗争，倒下了又起来，历经绝望和苦痛，我就是不放弃。如今，我的灵魂和生活，都将远离身下这张囚禁我的破椅子（我恨死它了），走向全新的世界。虽然我已经三十七岁，不再是那种娇嫩的、水灵灵的女孩子，但我的心仍然是坚强年轻的，我是最后的人生赢家！我靠着书桌，一个人甜蜜地傻笑。

四月里的太阳，一到午后就热烈得有几分夏天的气息。洒在客厅地面上的耀眼光芒，让我有点头脑昏沉，我斜靠着书桌想瞌睡。"我要结婚了？我这样残疾这么严重的女孩，也要结婚了？"神思恍惚间，一个疑问突然从脑际掠过。我的心瞬间在胸膛里狂跳起来，我害怕眼前的一切是不真实的，我这是在梦里，这让我非常恐慌。

"这是真实的世界吗？"我连忙直起身体，使劲眨眨眼让自己清醒，然后求证般地探寻我置身的这间屋子。在满屋明亮的日光中，屋内的桌椅板凳，各色物件，墙上的字画，甚至角落中的灰尘，一切都是那么的真实和熟悉。这些熟悉的物件，虽然不能开口说话，此刻却似乎都在善意地向我传达一个信息："是真的，不是梦，你是要做新娘子了。"

确定自己是在真实的世界，而不是梦境，我身子软软的，重新靠回书桌，松了口气："是真的，不要吓自己了。"我喘息着安慰自己，"还有几天，结婚的日子就快到了。"

我靠着书桌让自己平顺呼吸，不要惊慌。我内心清楚地知道，一切都不一样了。以前我逆来顺受，像个囚徒活在笼子里，而现在我已经打破牢笼，决绝地扼住命运的咽喉，要主宰自己的人生。从乌热尔图第一次来到我家，一直到现在，我的恋情遭受了多少人的嘲笑和阻挠啊！那些刻薄的流言，不断刺激、挑战着母亲和家人的承受极限，甚至连足不出户的我也一样逃不过。这厚如城墙的世俗偏见，不断在鄙夷和阻挠我迈向新生活的步伐。

也难怪，在这农村、在这方圆百里内外，像我这样的瘫痪女孩，哪里听说有结婚的？现在，所有这些阻力，我都挺了过来，谁也拦不住了。如今，我要告诉世俗，一个残疾女孩也有隆重的婚礼，也有她活着的尊严和尊贵，她和所有人一样可以拥有幸福！

"我要结婚了。"我靠着书桌呢喃，一颗心和满屋的阳光一样豁亮。

梦中的嫁衣

按风俗，女儿的嫁衣是母亲给准备的。眼看婚期一天天接近，却不见母亲为我准备新衣裳。

下午，母亲坐在客厅沙发上和我聊天。趁她高兴，我开口说："妈，我结婚的衣服还没做，我想去买一套。"说这话时，我想母亲会一口答应的，毕竟结婚是家中的喜事。我期待地等着母亲高兴的回应。

"你何必买，把你妹妹结婚那套给你穿就是了。"出乎意料的，母亲脸上的笑容没了，反应冷淡甚至不满。

我在书桌前愣住了，没想到母亲非但不高兴，还让我穿妹妹结婚的衣服！女人这辈子就做一次新娘子，特别是我这样重度残疾的女孩，我结婚容易吗？三十多年了，谁能想到我这个残疾女孩也有出嫁的一天？这么重要的事情，母亲不说特别对待，起码也要正式地操办，怎么能草率应付？随即，我又清醒地认识到，我忽略了，我的婚事原本是不被看好的。母亲表面同意我结婚，内心并不认可我的婚姻，实际上她根本就不相信我的婚姻能维持多久。既然如此，还哪来那么多讲究？

一瞬间，身为残疾人的悲凉涌上心头，滋味万千。我忽然想起世俗对自己的定论："有饭吃就好，其他的不要想。"这个定论，曾经在很长时间内压制我年少的奋争意志，让我不敢去争取活着之外的东西。随着年龄的增长，我逐渐意识到：残疾是身体不便，不是过错，更不是罪过，如果不能和健全人一样追求生活，不能有梦想、有作为，岂不是白白地受罪地活着？不，我偏要去想活着以外的事情，不但要想，还要去做，去活出我人生的色彩。新嫁衣这件事情，我也要按自己的意愿来安排，我一定要让这副残躯在婚礼上美丽一回。

第二天上午，我让乌热尔图带我去了县城。中巴车外，黄灿灿的油菜花在群山、田地间铺了个遍，美得令人震撼。我这个沉浸在幸福中的人儿，多情地认为那是大自然得知我的喜讯，特意为我展开的盛装，心情好生愉悦。

比起我居住的小镇，县城的服装款式非常多。可是一连走了几条街，却没有一家出售新娘装的。难道命中注定我穿不成新嫁衣？我有点急了。走到老街上的一家珠宝行门口，我决定先去把结婚信物买了。

乌热尔图用力压下轮椅，抬高前轮，把我推上珠宝行门口的一级台阶。一位女孩子热情地迎上来，问我买什么，我刚答完，她突然惊喜地叫起来："你是……秦华！我在书上看到过你，你要结婚啦？"顷刻间，一伙女店员全围了过来，热情地祝福我们。我受宠若惊，一时幸福得不知身在何处。

当乌热尔图把我从店员们的包围中推出来时，他的手中多了一条亮闪闪的银项链，上面还挂着两个小银环："好看吗？"他问我，"我看你那么忙，就帮你挑了，本来应该是你挑了送给我。"

我还没有从刚刚的幸福感中回过神来，看着他手掌中精致的银链子连连点头。在这珠光宝气的柜台包围中，在这种幸福气氛的包围中，我已然迷失了正常的审美能力，看什么都赏心悦目。见我说好，乌热尔图高兴地把银链子收了起来。

接着，他把我推到一个玻璃柜台前，里面的水晶饰品流光溢彩，我被一条紫水晶手链吸引住了。我知道紫水晶代表灵性高层次的爱意。我直觉地认为，这物语代表了我和乌热尔图的爱情，从过去、现在，直到未来，我们的爱都不会屈服于庸俗，会一直是充满灵性高层次的。

"我要那条紫水晶手链。"我怦然心动，迫不及待地说，生怕晚一步就被别人买走。

出了珠宝行，我们高兴地沿着老街继续往前走。在一个拐角处，一片大红的色彩突然闯入眼帘，我眼睛一亮：新娘装！这是一款民族风改良的新娘装，大红的对襟上衣，荷叶形领边，下面是一条大红的双层轻纱长裙，古典又不失新潮，大红的色彩在阳光下熠熠生辉。

"乌热尔图，看！"我在轮椅上下意识地叫，"就买它！"

新娘装被女店主从衣架上拿下来，乌热尔图仔细地把它叠起来。我紧盯着他的每一个动作，亲眼看着他把新衣服装入衣袋，放在轮椅与我身体之间的空隙处。我觉得这不是一件普通的嫁衣，而是我过去几十年都不敢触及的一个梦，今天，这个梦终于降临，落在我的手心。我的心在如愿的幸福中微颤。

带着结婚必需的重要物品，我们疲惫又满足地坐中巴车回家。想象着新衣裳穿在身上的模样，我无声地笑了又笑，仿佛车上就没别人。我知道，我嫁人的选择、为婚礼所争取的这些东西，在旁人眼中都是可笑、可怜的愚痴行为。但我不会为此害怕，更不会让步。我要用行动向世界宣告：谁也不能因为一个人身体的残疾，就取消她一生中最美好的体验。

乌热尔图伸手搂紧我的腰，使我不惧怕公路的颠簸。靠在他结实的臂膀上，我忽然意识到：我们办理了结婚登记，他不再是我的男友，而是我的丈夫了。一年多来，习惯了他的恋人身份，对于这个角色的转变，我感到既甜蜜，又有点不适应。我清楚地知道，这不仅仅是一个身份的变化，同时还有一种责任。从今往后，我就要靠自己去生活了！在我的内心深处，还是有点害怕做不好这个新角色，但是我要努力去学习，做他的好妻子。生活对我而言，一切都是新鲜的、懵懂的，美好又陌生。这即将到来的新生活，是我一直想要并苦苦争取来的，我一定要付出全部的努力，让自己迅速成长。

嫁衣惹来大祸

我们乘坐的中巴车刚刚驶入公路，乌热尔图的手机响了。是弟弟打来的，他焦灼地告诉我，母亲对我买嫁衣的事很生气。母亲认为，我一天没出嫁，钱就得归她管，出嫁她就不管了。由于弟弟保持中立，没有倾向母亲，母亲一气之下，跑到父亲的坟上大哭，弟弟让我们赶紧回家劝劝。

我顿时就蒙了，满心的欢喜踪迹全无。没想到结婚买身衣服，家中会闹出这么大的风波。两个人憋屈又担心地回到家，屋内空无一人。乌热尔图出去倒垃圾，屋门又不合时宜地被大风关上了。

他隔着屋门对我说："我到妹妹店中看看，找妈拿钥匙。"

我被锁在空寂的屋内，身子靠着书桌，麻木地应了一声。恐惧着他此去或可发生的可怕遭遇战，心情非常压抑。

大约五六分钟后，屋门传来钥匙插入的声音，乌热尔图回来了。一进屋门，他难看的脸色就把我吓住了。

"你妈怎么了？我们都要结婚（办婚宴）了，她怎么还这样对我呢？"他站在八仙桌旁，压抑而愤怒。

"我妈说什么了？"我靠着书桌勉强开口。

"我听不懂她说什么！她很凶地冲我吼，然后把钥匙摔过来。"

我恐慌又难过，望着乌热尔图黝黑气愤的脸庞，浑身冰冷发颤。我知道母亲伤到他了，这伤害不是我用言语能够安抚的。

乌热尔图在客厅站了片刻，阴郁着脸，什么也没说，就从屋后门走了出去。我的目光紧紧跟随着他的身影，想问他去哪里，心却在胸前剧烈地缩成一团，双唇颤抖着，一个字也说不出来。

屋内瞬间陷入死寂，夕阳的光辉照在院落中，淡淡的，很无力。我知道，乌热尔图，这个要强的男人，这次是真的受不了了！母亲对他的态度，令他的男性尊严一再受挫，终于触碰到他的底线。我的脑际闪过一个可怕的念头："这次，我要失去他了！"一阵止不住的颤抖，令我全身冷若寒冰。

呆愣了片刻，我忍不住在书桌前呜咽起来，我对着案桌上父亲的遗像，哭诉我压抑的心情和委屈。父亲的遗像在相框中，随着我的眼泪一会儿模糊，一会儿清楚，他温柔地微笑着，好像在安慰我，"没事，一切会好的。"可是，乌热尔图都被骂走了，怎么会好起来呢？我流着眼泪问父亲，然而，他却再也不会对我说一句话了。

我独自哭了一会儿，然后头脑空白地靠着书桌发呆。院中的夕阳越来越淡，时间一点点过去，仍然不见乌热尔图的身影，而且，他也没有给我打电话。这反常的表现，加剧着我心头的悲哀和恐惧。我下意识地看看书桌上红色的电话机，却又不想，也不敢拨打，只怕打了他也不愿接吧。就算他接了，我也没脸再恳求他为我留下来。我眼睁睁地看着他承受不公正的待遇，却连他最宝贵的男性尊严也保护不了，我还有什么颜面叫他回来？他为我付出的已经够多了，我实在没脸再联系他了。

忽然，母亲从古铜色的屋门进屋了。她板着脸，径直到院里收衣服，坐在沙发上一件件叠着："你的东西你带走，我不管了。"母亲来了个先发制人。

我突然对母亲的态度感到愤怒，她不讲理。我靠着书桌，大声说着我嫁人的理由、我所作所为的道理。我要维护我的感情、我的丈夫、我的命运。

我不能这样忍下去，乌热尔图的出走，让我意识到自己的懦弱。我多少次想在母亲面前维护他的尊严，却一次也没有做到。我遇事只想息事宁人，退一步海阔天空。没想到，反而让乌热尔图受尽难堪和屈辱。这是我第二次为了爱情和命运，与母亲爆发争执。上次争执势均力敌，这一次，是我占了上风。我用充分的理由，无可辩驳地证明着我的正确。母亲刚开始还针锋相对，后来就叠着衣服不说话了。在绝望和愤怒的迸发中，我为乌热尔图讨回了公道，维护了他的尊严。可是，这似乎为时已晚，他已经离家出走了，这么长时间仍然音信全无。我这时候说的再对也是亡羊补牢，我对不起这个为我全心付出的男人，心中愧疚又绝望。

"他有什么不对？"我喊道，眼泪不断地从脸颊上滚下来。

母亲沉默着，把一摞叠好的衣服放在沙发上，起身往厨房走去，她边走边说："你走吧，去过你的日子吧，我一个人快活。"说完，她突然在厨房里放声号啕，口中叫着父亲的名字，哭诉老来丧夫的不幸。

母亲这激烈的反应让我傻眼了。我担心母亲走极端，又惊又怕，连忙泪水涟涟地给妹妹打电话。大门外，天慢慢黑下来。在妹妹的劝说下，母亲的情绪缓和了一些。但她仍在哭诉年轻时的艰辛，与父亲如何走到今天，好容易盖了房子，他却撒手而去。

我这时才意识到，母亲这过激的反应，并不是完全针对我，而是和父亲刚去世不久有关。母亲内心积压着很多苦楚，而我这令人震惊的婚姻选择，复杂的世俗压力，不断加深着她内心的压抑和痛苦。当有了一个可以发泄的渠道时，她就不管不顾了。

"也是我刚才太强势了，没有给妈留台阶"，我满脸泪水地靠着书桌，有些后悔，"如果我给妈留个台阶下，她就不会来这一手了。是我不好，没有给她留余地。可是，谁又给我留过余地？谁知道我现在的悲痛和绝望，有谁来过问我呢？乌热尔图被逼走了，我刚刚登记结婚的丈夫，就这样被逼走了。"

我望着空寂的屋门，泪水从脸颊上汹涌地滚落了："乌热尔图，我们都登记结婚了，法律上已经是夫妻，你就这样丢下我，不管我了吗？"

天完全黑了，乌热尔图还是杳无音信。心中残存的最后一线希望也毁灭了，我不得不去接受一个极其残酷的现实：在这场婚姻大战中，我所有的抗争和努力都化为乌有，我彻底败下阵来，败给了强大的世俗，败给了冷漠的命运。我呆坐在书桌前，望着漆黑的屋外，望着乌热尔图走出的那扇古铜色的屋门，万念俱灰，只有眼中的泪水，还在不断地倾泻着内

心的痛苦。

　　就在这时，一个熟悉的身影忽然出现在屋门前，"乌热尔图……"我瞪着一双泪眼，瞬间愣住了。

再也不抛下你

乌热尔图显然被屋内的哭泣和嘈杂震慑住了，在门口呆立了片刻才进屋。他把手中拎的面条放在八仙桌上，在沙发上坐下来。我泪眼模糊地看着他，有那么一小会儿，忘了哭泣。

母亲在这一场发泄中终于耗尽精力，在妹妹的劝慰下，开始偃旗息鼓。妹妹就势陪她上楼去休息。空寂的客厅中，我和乌热尔图呆坐在橘红的灯光下。片刻，他走到我身边，默默地把我揽在胸前。

"怎么会这样？"他的口吻充满难受和不可思议。

我沉默不语，眼泪又止不住地流下来。他笨拙地用粗糙的手掌为我抹眼泪，却怎么也抹不完。他匆忙去厨房打来热水，用毛巾仔细把我满脸的泪痕擦干净。他看我的眼神既心疼又不安，好像我是他照顾不周的孩子。而我也就像个疲惫的孩子一样，自然地接受他为我洗脸。

"你没吃饭吧，我去给你煮面条。"他慌里慌张地要去厨房。

"别煮，我吃不下。"我阻止他。

他返回身来，看看呆坐的我，心疼地把我搂在怀里，下巴轻轻贴在我头上："吃点，马上就做好，啊！"他安慰我，去厨房煮面条了。

厨房里叮当的碗勺声，他走动的脚步声，让我感受到家的温暖和生机。我的身体不再冰冷颤抖，情绪镇静下来。很快，他把一碗热汤面端到我面前，在我对面坐了下来。我手中拿着筷子，心情苍凉凄楚，怎么也吃不下。

"你上哪儿去了？"我不安地盯着他的眼睛，声音很低，却已经用尽全力。

"你吃，吃完了再说。"他坚持道。

为了早点知道事情的真相，于是，我大口地、用力地把面条都吞了下去。

"秦华，对不起！我不知道你妈会这样跟你闹。"看着我吃完汤面，他在书桌对面内疚地说，"本来，我是想搭车去城里，到车站时，没有车了，我就漫无目的地走到了码头。我在江边坐了很久，一直在想：我是走，还是不走？说真的，我想走，可想到你，又放不下，但是留下来，我又实在受不了！"他放在书桌上的双手十指交叉着，微微低下头。沉默片刻，他接着说："我看着码头上的车子接了游客一辆辆开走，不知道怎么办。后来天色暗了，我就往车站走，再不走就没车了。快到车站，看见末班车还停在那儿，当时我心里很矛盾，特别挣扎，真的！然后我就告诉自己：如果我走到车子那里，车没开，我就上去，车开了，我就回来。想好了，我就朝车子走过去，心里很紧张，怕它开，又怕它不开。当我走到和车子的距离……嗯，大概从你家到老王（邻居）家那么远"，他说着，用下巴朝屋外比画示意，"三十多米的样子吧，这个时候，车子开动了，车子一开动，我突然也松了一口气。"

说到这儿，他看我的眼神亮了一下，似乎有一丝笑意在里面。他的讲述停了下来，把我放在桌面上的、冰凉的双手，紧紧地握在他粗糙温暖的手掌中。他看着我继续说："车子开走了，我就往回走。想着你妈可能没回家，你还没吃晚饭，我又在街上买了几两面条。一路走一路想，心情沉重地慢慢回来了，没想到，家中闹成这样。"

他所倾诉的这一番复杂的心理斗争，听得我提心吊胆，惊险万分。我庆幸车子及时开动了，不禁在心中感激命运的仁慈，也或许他并不是真想走，所以有意放慢了脚步吧。

"你去县城是准备明天从那儿走了吗？"我靠着书桌，提了一个重要的问题。我表面平静，心却在发颤，害怕答案是我不敢听到的。

"不是，我是想在那里好好想一夜，想想怎么处理这些事情。"他立刻回答道。客厅橘红的灯光，照耀着他眼底的真诚。他在书桌对面望着我，停顿了片刻，"秦华，我想好了，我要留在你身边，和你一起面对发生的事情！"他说着，神情瞬间十分坚毅，"这是我们两个人的事，我不能把这些都抛给你，我必须和你一起面对！以后，不管发生什么事，我都不会丢下你不管了！"说着，他用力握紧我的双手。

我怔怔地看着他坚毅的眼神，突然想哭又想笑，我的心在胸腔里颤抖着，说不出话。在现实这般强大的压力下，其实，他有很多机会，有一百个理由顺理成章地离开我。他完全可以选择离开我，继续自由的生活，然后，重新找一个喜欢的女孩，开始新的人生。他完全可以不进入到我——一个瘫痪女孩的生活中来。

我真切地感受到，乌热尔图对我是多么的有义气。是的，在他对我的感情中，包含着一股子义气，而有义气的爱情，才是世间最珍贵、最坚固的感情。我们的恋爱，从一开始就是一场看不见硝烟的战争，我们和自己内心的矛盾、懦弱搏斗，和强大的世俗搏斗，和亲人的意见抗争。在这场没有硝烟的战役中，我们明显势单力薄，但是我们却一定要赢。我们赢了，乌热尔图，我们都是这场战役中最勇敢的战士！

我望着坐在书桌对面的乌热尔图，热辣辣的眼泪又充盈眼眶。"别哭，都过去了。"他站起身，温存地用手掌为我擦去泪花。我知道，过了这一关，明天还有很多的困难。我违背了世俗对爱情的框定，才引来这么多的磨难和考验。但是，有他在我身边，我就什么也不怕。乌热尔图是我生命中的最后一根稻草，我一定要和他一起游上岸，去开辟属于我们的伊甸园。我有权利去爱，去做自己想做的事情。在我的人生中，我才是有权利决定自己命运的人，哪怕是命运本身，也无权对我说不。

乌热尔图回来了，我们的婚礼，在历经波折之后，终于要如期举行。

无家可归

早上七点不到，我们就醒了。床头灯、吸顶灯、对面桌子上的台灯、洗手间里的灯，满室的灯都是亮的。昨晚的婚宴散后，我们在酒店住了下来。乌热尔图说洞房得有些点缀，于是，他打开了房间里所有的灯，让灯光照亮我们的幸福。

在前台退掉房间，乌热尔图推我走出酒店。屋外阳光明媚，天空蓝得不见一丝云彩。酒店内外已经打扫过了，昨日热闹喜庆的场面不复存在，只有台阶下遗落的少许鞭炮碎屑，残存了一丝婚礼的喜悦气息。

像这临时订用的场所一样，一夜之间，我们从万众瞩目的焦点，回归到平淡的现实。新婚的甜蜜感还没散去，一个尴尬的问题就摆到面前：我们去哪儿？按风俗，出嫁的女儿第三天才可以回娘家，俗称回门，并且当天还不能在娘家居住。因此，母亲那儿是去不了的，而我们租的房子还没拿到钥匙，目前也无法居住。

新婚次日就面临这么尴尬的局面，仿佛是生活的一个警示，让我意识到前面的路不好走。我和乌热尔图待在酒店外的花坛边，漫无目的地看城市的车水马龙。

"我们去哪儿？"他扶着我的轮椅扶手，等我做决定。

　　我一时拿不定主意，在轮椅上抬头望着广袤深邃的蓝天，内心忽然涌来一股漂泊无依的失重感，心情有点沉重。待了片刻，我说："去我弟家住几天吧。"

　　他站在原地看着我，有点犹豫："要不，打电话问妈，看钥匙拿到没有？"

　　"如果钥匙拿到，妈肯定会打我电话的。"

　　他无奈地叹了口气，推着我离开身后的酒店："回去后，我们该做点什么呢？得赶紧想想了。"

　　他说话的声音不高，但是，我依然听出了他暗藏的焦躁和沉重。随同他穿行在热闹的城市大街上，思虑着这个严峻的生计问题，我也沉默了。由于之前忙于出书和销售，开店项目与选址一直无法落实。最后，我们只好匆匆决定，先把婚结了再谋出路。现在，这件关系到我们生存的大事，随着婚礼的落幕，在新婚的第二天，立刻就不由自主地占据双方的心房。结婚了，这意味着我们到了自谋生活的时候，而所谓自谋生活，就是没有任何东西可以依靠了。

　　这是一条我从未经历过的生活轨道，一切都是陌生而沉重的，没有经验，没有指点，凡事都要自己去计划和行动。我清醒地知道，一种与过去截然不同的、颠覆性的生活已经开始，并且节奏飞快，快得我连新婚的甜蜜也来不及品尝。

　　酒店被甩在身后很远了，我们拐入了人潮如流、商铺林立的县城老街。身下的轮椅在青石板上不停地颠簸着。我望着蓝天下这条陌生的城市街道，这里的每一个角落都充斥着浓烈的生活气息，这气息裹挟着时代特有的繁忙节奏，让我在察觉生活的紧迫感扑面而来的同时，也很怀疑自己——一个长期脱离现实生活的人，是否还跟得上节奏？我知道，生活不会对任何人讲情面，不因谁的特殊而给予一丝体恤、一点缓和。如果不能及时找到合适的生计，那么，今天花出去的每一毛钱，都是在透支明天的本金。如果不能赶快跟上生活的节奏，日子很快就会脱节的。

看着从我们身边走过的路人，一个个轻松愉快，而我们却仿佛大山压身，呼吸沉闷。这沉重感让我很不舒服，我不禁暗自问自己："这样有用吗？能帮到什么吗？"这个自问，让我瞬间冷静了。我意识到遇事不能一味着急，那会乱了阵脚。在这世界上，不管谁的生活，都需要经历一番磨难和奋斗而获得，这是正常的。虽说，这奋斗对我们有异于常人，我也没有足够的信心说自己一定就行。但是，我既然能从固有的——残疾人生活模式中突破出来。我想，我也是能够突破现在的困境的，只是，这需要一些时间。新的生活，是我们即将打响的第二场战斗，向人生发起的新挑战，路很长，困难很多，但是事情再急，也一定要沉着应对，从长计议。无论如何，我们一定要赢过生活，我们没有退路，更不想退却。

想到这儿，我温柔地对身后的乌热尔图说："我们才结婚，先给自己放几天假，休息一下。开店的事不着急这几天，回深渡再说。"

我用轻松的口吻安慰乌热尔图，也是安慰自己，以此将双方从沉重的状态里解脱。乌热尔图推着我穿过街边浓密的树荫，很快出了老街。他想了想，心有灵犀地接受建议："只能这样了，去你弟弟家吧，正好带你在市里玩玩。"

　　他的认可，让我放松了很多。我很高兴他接受我的想法，只要双方意见一致，事情就可以稳妥有序地进行，困难也会变得不可怕。于是，两个"无家可归"的人统一想法之后，收起心头的沉重，带着故作的轻松，穿过高大厚实的古城门，走上通往县城汽车站的方向。

在纷乱中理出头绪

一周后，我们搬进了出租屋，在深渡码头的边上，一个宽约两米三、深约八米、前后两间的一楼店面房。

我们的家什已经提前运到店里。这天下午，乌热尔图在阳光下推着我，步行到了出租屋。沿着大楼边的斜坡，轮椅直接推到了店门口，还挺方便。他掏出钥匙，哗啦啦地打开蓝色的卷闸门，满屋杂乱的物件立刻涌入眼帘：书桌、书柜、纸箱、椅子，还有厨房用的煤气灶、砧板、电水壶、锅碗瓢盆。

放眼望去，里间新买的床上，也堆满了被褥等物件。除了通往我坐的那张书桌前特意空出了几步道，其他地方都难以下脚。

我第一次见到这么杂乱的家，头嗡的一下蒙掉了。乌热尔图表面镇定地把我从轮椅上抱起来，小心地抱进屋，让我像在娘家时一样坐在书桌前。书桌还是我以前用的那张旧书桌，坐在这张熟悉的桌子前，身体很适应，我的心情也放松了些。进到店里，我和乌热尔图就处在杂物的包围圈里了，我本能地想着这个东西放哪儿，那个物件摆哪里。可是东西太多太乱，三天也收拾不完啊！我慌了神。

乌热尔图站在我对面的一张桌子旁边，面对满桌的物件，双手欲伸不伸，不知道该干什么。看着他茫然忧愁的样子，我更加慌乱着急。我突然体会到一个残疾妻子的无助，原来一切事情，哪怕只是简单的事情，都不是想象中那么容易。新生活的考验开始了，我这个誓与他同甘苦的伴侣，看着他犯难，却只能瘫坐一旁。

"这怎么收拾啊？这么乱。"乌热尔图嘟囔。

他这一为难，倒让我从慌乱中冷静下来。我意识到，眼前的麻烦只是新生活的一道小考题，虽然收拾东西很麻烦，但这还算不上什么大事，不能被吓住。乌热尔图一个男人，面对这个乱摊子，确实无所适从。我得想个办法帮他。想到这儿，一个智慧果敢的我从心里钻出来，驱散慌乱，主导着我的思想和胆量。我在脑海里搜索可以帮助我们的人。我想，只要有人帮我们把东西理出头绪，后面的事情，乌热尔图做起来就有序了。其实也用不着多想，几十年生活在封闭的屋子里，我几乎没有朋友，只有邻居叶子和小颖与我要好。打电话给她们，她们会帮我的。

谋划好办法，我放松下来，靠着书桌安慰乌热尔图："没事，我打电话给叶子，让她下班过来帮帮忙。一会儿你把房间床上的东西收拾掉，晚上好睡觉。再把那个简易衣橱拼装起来，让叶子帮忙收拾衣服。剩下的事情，等妹妹明天来了，再慢慢收拾。"

听我这么有主见地一指挥，乌热尔图平静下来。他站在原地想了想："那我先去买毛巾、脸盆这些东西，还有牙刷、牙膏，要不晚上都没法洗漱。睡觉的枕头也没有，放脸盆的架子要买一个，卫生间用的纸要买……"

听乌热尔图一梳理，我立刻也有了方向感。还是他有生活经验，我一点儿也没意识到还有这些生活用品急需采购。发现自己的白痴，我的脸有点发热。

"除了我说的，还有什么东西要买，你也帮我想想，我一时想不周全的。"他的语气满是恳求。

我连忙开动脑筋，顺着他的思路往下想："还有香皂、水杯。"我兴奋得仿佛立下大功。

"对，香皂、水杯……还有擦脸的面霜。"他掏出裤兜里的钱包查查钱，不放心地看看书桌前的我，"那我去买东西了，你一个人在家行吗？"

"没事，你去吧。"

我像是什么都能自己应付似的，靠着书桌，一脸镇定自若。我必须这样，我现在是个成家的女人，身体虽然瘫痪，但是精神上要独立。他刚一脚走出店门，我又连忙喊住他："等一下，我打电话叫小颖陪你去，你是外地人，买东西会挨宰的。"

新的生活，就这样在忙乱中开始了，两个没有家庭经验的人，相互商量着，完成了第一天的生活。

两天之后，屋子里焕然一新。店面的墙上挂着镶框的字画，还有精美的喜字剪纸。我的书桌在店铺的右角，桌上摆着我写作用的电脑。书桌半米外是书柜，里面依次摆着我爱读的书籍以及荣誉奖杯。再往外，是一个摆满货物的货架。店门左侧是卖烟的玻璃柜台，右边墙根放着一台冰柜（我们选择了经营冷饮）。里间的卧房很简单，一张床，一个简易衣橱，但同样很整洁。由于没有厨房，做饭的炊具被安置在卧室窗下。屋内的瓷砖地面，被乌热尔图擦得闪闪发亮。

　　我坐在店铺深处，身子靠着书桌，细细地端详这个整洁温馨的小屋。这是我和乌热尔图的家，和所有人的家庭一样，屋内有大件的家具，也有零碎的小物品、小摆设，每一件都是我和他挑选置办的。这些物品，安静地散发着生活的气息，告诉我，这是我的家。我这样一个瘫痪女人，也有自己的家了。我靠着书桌，说不出的幸福在心中洋溢。我的目光一会儿左顾，一会儿右盼，在屋内的每一件物品上久久流连，用我温柔的目光代替柔软的双手，去抚摸和亲近它们，怎么也看不够。在历经了那么多困难之后，我终于争取到自己想要的生活。现在，我和周围人是一样的，他们有的生活，我也有了。这让我感到很满足。

　　此刻，乌热尔图正在里间的厨房切菜，嚓嚓嚓地很有节奏。我无需去询问晚上烧什么，他自有安排。听着他做饭的动静，一声声回荡在屋子里，仿佛在告诉我，什么是生活的完整和圆满。我成家了，有了生命的另一半，我觉得身体里多了力量。我不再是一个生活的旁观者，我已经拥有了生活，我爱这样的生活，爱这个家，更爱他！虽然世俗不止一次地告诫我，一个瘫痪女人是不可以，也不应该有婚姻的。但是现在，我用事实给了这个谬论有力的一击：我（瘫痪女人）有了自己的婚姻家庭，我已经走进真实的生活。

相扶相持着生活

我在暖和的被窝里睡意正酣，却被一个大喇叭给吵醒。又是带团去千岛湖的导游，他们一拨一拨地在屋外的空地上集合、讲各种注意事项。我昏昏沉沉的，眼皮也没眨一下，依旧想睡。前段时间的压力和忙乱一停下来，浑身就像散了架，天天都想蒙头大睡。

乌热尔图早就起床了，我听见他在外间卖货。每天旅游团在屋外一喊话，他就起床开店门。旅游团走后，我又在床上昏睡过去了。当屋外传来一个高亢的女声叫卖："油条……油条……"的时候，街上的动静让我无法再睡了。

这时，乌热尔图推开磨砂门进来了。我睁着双眼，含笑望着他从褐色的台阶上走下来。由于屋子正中有一道一尺多高的底梁，每次进出房间时，得先上三级台阶，再下三级台阶。

"要起床了吗？"他穿着一件灰外套，在床前征求我的意见，语气彬彬有礼，眼神却带着惊讶。

我知道这些天睡得太迟了，笑着应了一声。他得令开始给我穿衣裤。虽然已经照顾我一个多星期了，他的动作仍然小心而生涩。我就像个婴儿一样放松地躺着，听任他给我穿上长裤，往上提拉，间或搬动我的身体配合动作。结婚头一天，我按母亲的方法教乌热尔图给我穿衣服，但是，他不敢像母亲那样搬动我，生怕把我弄疼弄伤。我在他眼里就像是一块易碎的宝，一个精细的瓷瓶儿，得小心翼翼地伺候。现在这个穿法是他自己想到的，他说以前在家里照看两岁的小表妹，就是这么给她穿的。乌热尔图对我的耐心与呵护，让我甜蜜而满足。

"没事吧？"他问。

"没事。"我鼓励他。

穿好裤子，乌热尔图把我从床上扶起来坐好，再为我穿衣服。我的双手活动范围小、力气弱，穿衣服的时候，需要他帮我把手从袖子里拽出去。由于床的方向是头朝北、脚朝南的，他站在床的左侧，衬衣披过来时，我的右手是顺的，轻松地伸进了袖子。当衣服拉到左肩时，忽然就不对了。今天穿的衬衣是修身型的，衣袖与手臂之间空间小，手卡住了。他的手在袖子里，握着我的手往外拉了两次，还是卡着不动。乌热尔图站在床边，立刻眉宇愁结，一脸为难地看着我。

"你用力拉，没事。"我说。

他黝黑的脸上仍然布满愁云，不敢动手。我知道他害怕，无论什么事，他都不敢对我这个瘫痪的妻子大意。在乌热尔图眼里，我既是他宝贝的妻子，又是人家的女儿，交到他手里，他就要负责。想到这点，我没再说话。这些天来，还是第一次在穿衣服上遇到问题，难道修身的衣服只能扔了，不能再穿？"不会吧，总有办法的。"另一个智慧的我在心里说。我盯着被卡住的左手，脑海里飞快地寻找解决办法。"对了"，我顿悟道，"把衣服脱了，先穿左手，我右手有点力气，可以伸出去。"

乌热尔图眉宇一松，立刻依计而行。换了顺序，衣服果然顺利地穿上了。两个人同时舒了口气。

"你穿得很好。"我微笑着肯定他。

"冬天可怎么办？衣服多，我不会穿的。"他却又发起愁来。

"没事，衣服是一件件添上的，你有适应的过程，到时候自然就会了。不会的，我再教你。"我安慰他。

乌热尔图在床边坐下，面对面给我系衣扣："你那事，这几天不会来吧？"他忽然小心地问。

我知道，他指的是女人每月都有的事儿："没，还要些天。"

"那就好"，他略微松了口气，"可给我点时间适应，别夹在一起，我不会弄的。"

"没事，到时我教你。"我轻声说着，心中忽然涌起一股说不清的复杂情绪。想他一个大男人，为了我这样一个残疾女人背井离乡，只身来到这语言也不通的陌生小镇，承担我的全部生活。所有事情对他都是陌生的，甚至是心怀恐惧和慌乱的，他要一件件去学习、克服，包括女人最隐私的事情也要他学着来处理。"真是难为他了！"我第一次真实地体会到，乌热尔图当初决定和我在一起时，需要多大的勇气。他为我牺牲的所有，没有语言可以形容。

我微微低着头，看他粗糙的双手为我一粒粒地系上纽扣，我的心又一次发颤了。我好想轻捧他的双手，低头一吻。但是我残疾的手，使这个场景只能存在于脑海中。

给我穿整齐，乌热尔图抱着我登上三级台阶又下三级台阶，安稳地把我放到书桌前。他去里间打水给我洗漱。我靠着书桌，望着店外明媚的阳光，三三两两走过的人群，心情很舒畅。新的一天在我和乌热尔图的相扶相持中又开始了。以后的日子就是这样，什么事都要我和他共同去面对解决。虽然很多事情都在摸索阶段，但是这样很好，这才是一个人该有的正常生活。

由于南北方生活差异大，乌热尔图很不适应，单就蔬菜来说，很多南方菜他都不认识，也吃不惯。而且，他常年打工，好久不烧饭，对厨房也生疏了。今天的午饭，乌热尔图炒了一盘豆角，火大油少，炒得又干又糊。

"不好吃吧？我好久没做菜了。"他站在书桌旁，一脸沮丧。

"挺好吃的，吃吧。"我用力往口中划拉了两口饭菜，假装吃得很香。

乌热尔图怀疑地瞪着我，夹了一筷子，立刻就吐了出来："难吃的要死！"他叫道。

我扑哧一声笑了起来，好心安慰他，他却一点面子也不给。新生活的开始是忙乱的，但是我感觉很幸福，只要和乌热尔图在一起，粗茶淡饭就是最香的。

梦一般的幸福日子

夜幕在天边降临，屋外，路灯像银河一样辉映着大街。晚上八点半，远处的闹市区依然人声嘈杂，靠码头这边已经冷冷清清，我们的店铺也打烊了。

乌热尔图锁上蓝色的卷闸门，抱我去里间洗澡。卧室里灯火通明，卫生间的门开着，他把一张收折椅紧挨墙根放在里面，把我从床上抱到椅子上坐稳，又把一只红塑料桶提到卫生间门口。小半桶热水冒着雾气在晃荡。乌热尔图从窗前拎来电水壶，哗啦啦把一壶热水全倒在桶里，顷刻间雾气腾空，弥漫了视线。

"你一个人洗，两壶水刚好，一会儿我洗还得烧。"他说着，塞进卫生间一个搪瓷脸盆，在我对面的水龙头上接水。卫生间太小，我的椅子一堵，人就进不来了。

"你不冷吧？"透过灯光中弥漫的雾气，他看了我一眼。

"不冷。"我立刻答道，并正正身子表示我很好，顿了顿，我自言自语地说，"冷也不说。"

"怎么？"他端着脸盆一愣，笑了起来，"为什么不说，怕我不给你洗了啊？"

我冲他微笑，没有吱声。说起洗澡，这件对常人来说再普通不过的事情，对我这个不能自理的人却是奢侈的。多年来，我洗澡都是家人用毛巾给我抹，极少有沐浴的条件。和乌热尔图结婚之后，他隔三岔五地烧水给我洗澡、洗头发，让我每天都干净舒爽。他说女人一定要清爽。他把我那些穿了很多年的过时衣服都淘汰掉，然后推我去店里，让我自己挑选喜欢的夏衣，还有我从来也没有穿过的裙子。他不仅让我享受到健全女人才有的沐浴条件，还把我打扮得美丽大方，让我拥有了前所未有的自由感。和他在一起，我感觉自己从内到外都焕然一新了。一种欢喜感动的情绪，时常就会让我心头发颤。五月初的夜晚还有点凉，他担心我感冒，几乎是以打仗一样的速度把我抱进卫生间，在桶里兑温水。我可是一说洗澡就什么也不顾了，感冒也不管，何况没感冒。乌热尔图站在卫生间外头，与我隔着一道打开的门，他用一个铝勺舀水，一勺一勺地往我身上浇。温热的水不断地流下来，微凉的身子很快暖起来，全身的毛孔都张开。浇完水，他给我打上香皂，细细地从脖子、肩膀、后背，一一搓洗下来。怕我着凉，他搓得很快，同时也不落下一个部位。香皂沫在他粗糙的手掌中欢快地叫着。我右手扶着对面的洗脸盆，努力让自己坐稳，洗脸盆却光溜溜的，扶不住，重心不稳，身体就承受不住搓澡的劲道了。乌热尔图发现我有点东摇西晃，连忙伸手扶住我，帮我坐稳。

洗完身子，他开始为我洗头发。洗头发不必用力搓，我能坐稳，心里轻松了很多。洁白的香波泡沫，在他轻柔的揉搓中落下来，挂在我的肩上、手臂上，在灯光下晶莹闪亮。

"你的头发真好！"他赞叹。

"黑吧。"我莞尔一笑。

"是的",他边揉头发边说,"记得第一次给你洗头,我夸你头发好,你还说'当一个女孩没什么可夸了,就夸她头发好',当时弄得我很尴尬,我是真心夸你头发好的。"他为自己鸣冤。

回想起往日的一幕,我扑哧一声笑了:"我是跟你开玩笑的。"

"我不知道呀。"两个人说说笑笑,头发很快洗完。乌热尔图挤出洗面奶给我洗脸。我闭着双眼,感受着他粗糙的手掌在脸颊上轻轻揉搓,内心深处忽然涌来一阵颤动:这辈子,能有这样一个男人为我做着这一切,让我过上健全女人的生活,我真是上辈子修来的福啊!对于我这样不能自理的女人来说,能够拥有真挚的爱情婚姻,那真是亿万分之一的概率呀!而我如此幸运地遇上并拥有了,我太幸福了!我闭着的眼不由得一阵发热,心潮起伏。

乌热尔图将我的身子再次用热水冲干净,拿一条蓝色的大浴巾擦干,将我抱到床上。他扯过花被条,将我整个人严严地裹在里面:"先暖一会儿,头发干了再躺。"他吩咐道,然后转身去收拾卫生间。我裹在被子里,眼睛一眨不眨地看他干活。他用塑料桶里剩下的热水把收折椅冲干净,提到外间店铺去晾着,然后回来把毛巾、浴巾、桶子等东西收拾归位。他在卫生间里反复的拖地,把拖把弄的嘎吱响。拖完卧室的地面后,他再出去拖外间的店铺。

此刻,我的身子已经焐暖。我望着干净温馨的卧室,听着乌热尔图在店铺中忙碌,神思忽然又飘忽忽的,仿佛在做梦:"这个清爽温馨的房间,是我的卧室,外间是我为生存而经营的店铺。在外间干活的那个男人,是我的丈夫。我也和别人一样,自己挣钱闯生活。"眼前的日子，和过去相比完全是翻天覆地的。因为这个变化来之不易，让我在置身其中时，既感到生存的压力，又因太过幸福而一遍遍地反复确认，怀疑自己是在梦里。

不一会儿，乌热尔图带着一身干完活的轻松，回到卧室："身上暖没暖？"

"暖了。"我抬头望着他。

他站在床边，手伸进被子摸了一下："嗯，暖了。"他神情满意，又摸摸我潮湿的头发，"头发还要等一会儿，这样坐着不累吧？"

我摇摇头，温柔地往他身上依偎过去。我好爱这来之不易的生活，好爱这个为我付出所有的男人啊！他搂着我拍了拍，好像我是他的小女孩。我靠在他温暖的胸前，仿佛沉醉在云雾间，一股巨大的幸福将我整个吞噬了。我闭着双眼，突然流下了热泪。

我们吵架了

　　白天，乌热尔图在柜台前卖货，我就在书桌前上网售书、写作。他要买菜做饭了，就把我抱到柜台前看店。忙碌的一天天，生活快乐而充实。

　　这天晚上，我早早地躺上床，在粉红的柔软被窝里，疲乏的身体立刻放松下来。我双手伸在被子外面，在明亮的灯光下翻阅一本《唐宋词选》。沉浸在诗词文学的世界里，一颗心好像脱离肉体，脱离现实生活，在无穷的时空里遨游。躺在床上读书，是我一天中最享受的事情。

　　读着读着，眼皮渐渐沉重起来，我闭上双眼，任凭书滑落在被子上。磨砂门外面，乌热尔图敲击键盘的声音很清晰，他还在上网。我躺了一会儿，伸手摸过枕边的手机，一看都十一点多了。

　　"乌热尔图，该睡觉了。"我冲门外喊。

　　他应了一声，很快，房间的磨砂门被推开，他快步走下三级褐色台阶，到床前为我拉了拉被子说："我一会儿就来，你先睡。"他说着，把我的书拿到枕边放好，熄灯出去。

　　店铺的灯透过磨砂门，照进一些微光，我躺在昏暗的房间里，忽然又没了睡意。乌热尔图在店铺里频繁地敲键盘，点鼠标，动作凌乱而有序。他好像在玩游戏，他原本就是一个电脑迷，喜欢网游、看电影、听歌。自从来我们这边以后，他每天的生活都被我和店铺占据，他还要做饭、洗衣、拖地，也只有夜晚，他才有空闲玩会儿电脑。让他多玩一会儿吧，我对自己说。

我松懈地躺在床上，一边漫无目的地神游，一边耐心等他。当我的思绪冷不丁从爪哇国收回来的时候，乌热尔图还没有回来。我摸过手机，在昏暗中按亮屏幕，我吃惊地看到，淡蓝色的屏幕中，显示时间已经零点过半。这么晚不睡觉，是完全违背我的作息理念的。

"乌热尔图，睡觉了。"我喊道。

磨砂门外面，键盘的敲击声依旧持续不断，他却没有回应我。他的一声不响，让认真喊叫的我有点恼火，这是摆明了还不想睡。

"听见没有啊，都快一点了，怎么还不睡呢？"我在床上提高嗓音。

然而，店铺里还是一声不吭。他不回应我，也没有要关机睡觉的迹象："怎么这么贪玩呢？"我喊着，生气地丢下手机，在被窝里生闷气。

"嗷呜……"突然，一声凄厉的嚎叫声从漆黑的窗外传来，我吓了一大跳。不知哪里冒出来的野猫，在屋后面一个劲地嚎着。这凄厉的声音，瞬间把我带到父亲去世前的一天，也是在这样的深夜，野猫在我家屋外长嚎不休。第二天早上，父亲就不行了。从那以后，我就听不得一声猫嚎。此刻，听着黑暗中瘆人的嚎叫，我很恐慌，很想立刻叫乌热尔图过来陪我、安慰我。可是，一想到刚才叫他好几次，他吭也不吭还是在上网，我又赌气不想叫。孤单恐惧中，我连忙拉过被子把自己连头蒙住，在被窝里委屈地低声抽泣。

大约十分钟后，乌热尔图关掉电脑、电灯，摸黑回来了。他在黑暗中脱掉衣裤，钻进被窝，默默地躺在我身边。我擦干眼泪，什么也没说。

"你看你"，忽然，他忧愁的声音打破沉寂的黑夜，"这点事你就哭，我要是对你不好吧，还行，我又不是对你不好。"

"都几点了？叫你好几遍也不答应。"我又恼又委屈，"为了我俩在一起，我跟我妈闹成那样，现在你还不听我的。"

"别说了"，他急促地打断我，沉默片刻，他懊恼地说，"以后我不玩了。"

随着他的话音，黑暗的房间又陷入沉寂。乌热尔图坚决又无奈的语气，忽然让我从冲动中冷静下来。我意识到，我的态度很不好，哭泣又使事情小题大做了，我更不应该把结婚承受的压力向他宣泄。其实，他为我付出和舍弃的，比我要多得多，他又说过什么。瞬间，我的气恼被歉疚代替了。

想想今晚的事情，实际上也没什么，就是个人生活习惯不同而已。他以前在外打工，独自漂泊在陌生的城市，网络是他消磨寂寞、放松身心的唯一场所。玩通宵的事情，也是听他提及过的。如今，他的身边有个我，生活和以前完全不同了，但是，他和我都没有适应新的身份，这时候有摩擦是正常的。日子才刚开始，以后还有更多的东西需要磨合，我不能一味地要求他顺应我，我要尊重他的习惯，包容理解，双方慢慢适应才是。

想到这儿，我轻柔地对躺在身边的乌热尔图说："我不是不让你玩，只是你不要玩得这么晚，到十二点也该睡了。"

"嗯"，他在被窝里，像个小弟一样老实地答应，"很晚了，睡吧。"

他顺从的态度让我心情平复，我松了口气。这时，被子一动，一只粗糙厚实的手将我的手抓在掌心，温和地抚摸着。我也用轻柔的动作回应他。屋外的野猫早不知跑哪儿去了，夜很黑很静。很快，他的呼吸均匀深长起来，他抓着我的手睡着了。我躺在被窝中，望着无边的黑夜，想到很多夫妻在新婚期间都会吵架，忽然有点心惊："我们这是吵架了吗？"

我从不希望我们的生活充斥吵架声，人这辈子就是几十年，好好相爱还来不及，吵什么呢？何况我们经历了那么多困难才走到一起，生活又这么艰难。当我在漆黑的深夜里，脱离现实来看这件事情，我立刻愧疚地察觉到自己的过失。我告诫自己：秦华，你已经迈进一个新的人生阶段，你要尽快适应妻子的身份，处理事情要成熟、大度。你是乌热尔图的知心人、家庭助手，你是下了决心要改变自我，和他一起创建新生活的。你这个初为人妻的女人，要学习的东西很多。以后，你要记得时常从现实中脱离片刻，反省观察自己，可不能因为乌热尔图的宽厚无私，就在他的呵护中迷失了自我。

进货遭遇冷眼

　　六月里的艳阳，明媚地照在店外的大街上。我穿着一身蓝色的棉麻连衣裙，神清气爽地坐在一张皮革椅上。有人来买东西，我就让对方自己取货，再到我跟前付款。我喜欢这样工作着，工作可以带给我尊严和快乐。

　　今天上午顾客稀少，我清闲地在柜台前看街景，忽然瞥见街那头，乌热尔图正往这边踩着自行车。我看着他，唇边漾开幸福的微笑，他进货回来了。

　　他一骑到店门口，我就甜蜜地招呼他："货订好啦？"

　　他没吱声，把那辆蓝色的自行车支在屋外的香樟树下，闷声不响地进了店铺。我发觉他神色不对，黝黑的脸庞很难看。

　　"你怎么了？"我预感到发生了什么，很不安。

　　他腰板挺直，站在我旁边，拧着双眉，一脸气愤："那老板怎么回事？小颖不是跟她说好的吗？我到那儿，跟她说要进哪些货，她拉着脸，理也不理我！看她那样，我又说，是小颖叫我到她那里进货的，她突然就很不耐烦地冲我吼，知道了！当着那么多人，她什么意思，我们少给钱了？"乌热尔图的双臂因为愤怒而半张着，他气坏了。

　　我愣愣地看着他，心中热血上涌。这个批发商我认识，小颖开店一直在她那儿进货，这次，也是小颖和她谈的合作事宜。没想到乌热尔图今天去进货，对方态度却这么恶劣，怎么这样，我被气得晕头晕脑的，不知道问题出在哪儿。很快，我又意识到，一个弱小的残疾人，注定是他人眼中的异类。并且，因为嫁人的事情，我早已成为镇上的众矢之的，又有几个人会热情待他呢？这个发现，让我在气愤之余深感压抑，内心的倔强也被激发了出来。

我很快冷静下来，迅速梳理头绪，果断地对乌热尔图说："以后不去她家进货了，什么人？"我的谴责既是宣泄，也是为了疏解乌热尔图的郁火，"批发商多得很，下次我们去前街进货，那个老板我熟，为人和气。"

我的果断给了乌热尔图些许安慰，他的情绪缓和下来："那今天的货呢？"他问。

"今天她要是把货送来，就收下，我们也不用跟她说什么。要是不送过来，我们也不联系她了。"我说。

乌热尔图"嗯"了一声，默默地走到货架前去整理货物。我看着他个头不高的背影，心里很不好受。由于店铺的位置不理想，这个月赚的钱只够支付房租，我和乌热尔图都感到很焦灼，又苦于无法解决。今天还让他受这不明不白的气，他的心情一定是雪上加霜。我在皮革椅上沉闷地暗叹一声。在这个思想观念落后的农村，外地人很难得到本地人的认可，更何况，我们是饱受世俗猜测和质疑的一对残疾人夫妻。遭遇这种冷眼，也是正常现象吧。虽然这所谓的正常很让人难受，可现实就是这样硬生生的冷漠无情。我沉重地意识到，婚前遇到的世俗偏见和阻力，并没有随着我们的结婚而停止，而是随着我们生活的开始，具体化地分布在我们的生活之中。但是，连进货这样给人家"送钱"的事情，也受到冷眼和排斥，还是出乎我意料的。

"我只是想在社会一角简单地生活，想和健全人一样做事、赚钱，撑起自己的小家，怎么就这么难？而这难的原因，就因为我是个残疾人，就因为乌热尔图娶了我这样一个残疾女人。世俗的偏见根深蒂固，以后的生活想必困难重重。"

这个沉重的念头让我一阵恐慌和迷茫。我感觉生活的重担、世俗的隔阂，仿佛门前扑面的热浪，要把我活生生烤干。因为我残疾，便成了不受欢迎的人，所有健全人的一切都不容我染指，哪怕我的生活与众人并无关系，那也干扰了他们的视线，使他们不能适应。

这时候，乌热尔图拎着一桶洗好的衣物从里间出来，他把竹竿一头搭在叉子上，一头搭在香樟树的枝丫间，支稳后，他从红色的塑料桶里拎出一条粉色的被套，甩上竹竿、铺展开。

"我把被子洗了。"他说，仿佛什么事也没发生。

乌热尔图亲切的态度，仿佛这暑天里的清风，瞬间平息了我心头的沉重与焦灼，让我倍感安慰和平静。我在皮革椅上温柔地回应他，让自己的脸上露出微笑。他手中晾晒的粉色被套，是县委孟书记送给我们的新婚礼物。此刻，这条被套忽然让我意识到，社会对我们是有认可的。我们结婚那天，是县残联理事长为我们做的证婚人。前来采访的记者们，给了我们真诚的祝福。我的书出版之后，社会各界对我敬佩尊重，书桌抽屉里一封封热情洋溢的读者来信，以及读者寄来的新婚礼物，这些都是最好的

证明。

　　虽然，世俗的偏见依旧存在并阻挠着我们，一切也要自己徒手拼搏，但我不能因为一次挫折就灰心沮丧，我更不能因此而害怕畏缩。我要勇敢，而且要比健全的女人更勇敢！没有谁的一生可以顺畅无阻，在过去的漫长岁月里，我尝过被命运夺走近乎一切的痛苦和绝望，现在怎么能让这点困难给吓住？世俗的偏见很顽固，生活很难，我要勇敢镇定地去面对。

第三章

无惧生活的波折

意外怀孕

更换了进货商之后，最近两个月来，生意和生活平顺了很多。

黄昏的太阳，收敛了刺眼的光芒。天空下的小镇，却依旧热得让人难受。我坐在狭长的店铺内，落地扇在书桌对面不停地吹，身上的汗珠还是冒了一层又一层。

"吃饭了。"乌热尔图一手端着一只碗，从连接房间的三级褐色台阶上下来，他身上的白背心已经湿了一大块。

看着书桌上的一盘肉末炒青菜，一碗番茄蛋汤，两个人都热得没食欲。我勉强扒拉了两口米饭，却突然一阵恶心，立刻丢下筷子，趴在书桌边呕吐起来。

乌热尔图吓了一跳，他慌忙放下筷子，起身给我拍后背："怎么了，是不是热中暑了？"

除了刚才的两口饭，我一直吐到苦水出来才停止。我趴在书桌上喘气："上个月我例假没来，不会是怀孕了吧？"

我惶然的话音一落，乌热尔图在书桌前呆掉了。

第二天上午，他不安地买来验孕纸，抱我去里间做测试。他担忧地祈祷："可别是怀孕啊！"然而，心头的担忧却很快变成了惊心的现实。

"怎么会这样？太意外了！"我瞪着试纸上的两条红杠杠，大脑一片空白："这试纸不准吧？可例假没来是真的。生孩子，我这身体怎么担当得起？钱也不允许啊！可是他（她）来了，怎么办？"一时间，我的脑海里纷乱如麻。

乌热尔图什么也没说，默默地把我抱回店铺坐好。他靠在我的书桌对面，右手按在桌面上看着我："你还真争气呀。"

我面对面地瞪着他，他的表情似笑非笑，看不出到底是高兴，还是忧愁的戏谑？但是他的这句话，却让书桌这边的我，接收到一种认同感。虽然恋爱的时候他再三说过，为了我的身体，不要孩子。但是，我心里一直不想接受，我不怕身体受伤害，就想为他生个孩子。我总觉得，没有孩子的家庭是有缺失的。而他刚刚流露的一丝对孩子的喜悦，让我温暖振奋，看到了要这个孩子的希望。

我定定地望着身倚书桌、面容复杂的乌热尔图，忽然兴奋地微笑了。一种即将做母亲的幸福感涌动在心间，昨日的惶恐和复杂早已不见。我怀孕了，我的腹中有了我和乌热尔图的爱情结晶，我要做妈妈了。更让人高兴的是，他好像是同意要这个孩子了。我感到说不出的幸福，瞬间忘了自己是严重残疾、不适合生养的女人。我微笑着，心思集中在自己的小腹上，身子下意识地坐直了些，我怕歪斜的坐姿伤到腹中的小生命。

"你早饭又没吃两口，我去市场给你买点苹果。"书桌对面，乌热尔图忽然坐立不安，手足无措起来，"今天你就坐在书桌这里，有人买东西，让他自己拿了过来付钱。别坐门口去了，天太热。"

　　我右手支着桌沿，柔顺地答应，目送他慌里慌张地骑车上街。屋外，世界沐浴在火一般的骄阳里，屋内，我沉浸在突然而来的喜悦之中。

　　其实，早在我们结婚之前，我就反复想过孩子的问题。我想生个孩子，让家庭完整，而且，将来他老了，也好有个依靠。作为一个不能自理的瘫痪女人，这可能是我唯一能为丈夫做的一件实际的事情。结婚后，我也和乌热尔图商量过，什么时候要个孩子。但是，他怕伤害我的身体，一直不同意。加上我们的新生活才刚开始，很多事情还没有理顺手，我也没有条件去想孩子的问题。现在，这个小生命突然地来了，让人措手不及。我都三十七岁了，身体也不好，竟然还意外地怀上了。也因为是个意外，就好像突然捡到宝物似的，更加让我激动不已。难道，这是上天赐给我们的礼物吗？天意要我为他生个孩子。我呆坐在店铺深处，沉醉在幸福的臆想中。

　　我的右手一直支在桌沿上，让腹部与书桌留有些许的空隙，使电扇的风可以从腹部轻轻吹过。我突然发现，自己在下意识地保护他（她），生怕受到挤压和伤害。我对腹中的小生命无比的怜惜。我清楚地知道，自己非常渴望成为母亲。乌热尔图也是非常喜爱孩子的。我曾经在他的邮箱里看到过，他收藏了几张在草地上玩耍的小女孩照片，保存标题写的是："可爱的小女孩。"这么温柔的标题出自一个粗犷的男人之手，瞬间就俘获了我的心，让我感动得说不出话。"他喜欢孩子，我要生下他（她），这是我和他的小宝贝呀！我愿意付出全部的心血去爱他（她）、养育他（她），他（她）会在我的肚子里长成什么样子？像我，还是像乌热尔图？他（她）的模样一定很可爱，长大了，他（她）会是聪明、孝顺的孩子。"我的思绪在喜悦的支配下，不安分地飘忽跳跃着，仿佛看到了小宝贝的模样，他（她）在冲我甜甜地笑呢，我感受到即将成为母亲的巨大幸福。

"水怎么卖？"忽然，一个陌生浑厚的男声把我从飘忽中拽回现实。

招待顾客买完水，我把钱放在书桌的盒子里，一抬头，看到书桌上打开的电脑。想到怀孕初期不能接触电脑，辐射会伤害胎儿，我立刻伸手关闭。当电脑屏幕一黑，我突然又为自己的行为感到可笑："想得太远了吧，真的要生？你自己都不能动，怎么生？没钱，怎么养？"这个问题令我从刚才的神游中清醒了。我知道，虽然我很想生，但是，现实有太多的问题横亘在面前，恐怕难以逾越。想到冰冷生硬的现实，我的脑海立刻又刀光剑影，各种问题打架，让我焦灼头疼。我扶着书桌，用力晃晃头，让自己平静下来。此刻，我真不愿意去面对现实的难题，我只想沉浸在幸福中，感受小宝贝在腹中的奇妙。我怀孕了。于是，在这个意愿的指挥下，我很快又把现实抛之脑后，在书桌前幸福地臆想、傻笑起来。

一整天，我的心情就在这矛盾中时而欣喜，时而忧愁着。

因为爱妥协

七月的热浪从室外卷到店中，空气闷得像个笼子，电扇也不管用了。这时候，连吃饭都是一种负担，一到中午就想倒头睡觉。

乌热尔图收拾掉书桌上的碗筷，用清水为我洗了一把脸，我顿觉凉快了很多。他又去里间给我削苹果，切成小块，用一只蓝花碗端来，然后坐在书桌旁边，看我用牙签扎苹果吃。

"好吃吗？"他问。

"怎么有点苦的？这什么苹果？"

我迟疑地停止咀嚼，瞪着他。他怀疑地看着我，从碗里捡了一块苹果塞进嘴巴。他立刻发现上当了，可是为时已晚，只好笑着吃掉。我得意而满足地靠着书桌咯咯笑。因为经济的拮据，水果买来，乌热尔图都不吃，说这是老婆御用的。我心疼他，只好想出这个办法骗他吃一块。这不是一件容易事，他不是那么容易被骗的。每成功一次，我就开心万分。好吃的东西只有分享，才更有滋味。

乌热尔图吃完苹果，在书桌旁定定地看着我，眼神犹犹豫豫的。我突然心头一跳，赶紧避开他的目光，低下头。

"秦华，打掉吧，你身体不行的。"

他还是说出来了，他还是不同意我生。我心头一惊，眼睛盯着碗里的苹果沉默不语，脑袋却在暗地里飞快运转。片刻，我振作精神，在书桌前抬起头，让自己以一种自信的状态对他说："我感觉我的身体很好，我这个年龄，身体不好能怀上吗？现在不要，过几年我就很难再怀，那就是一辈子的遗憾了。"

书桌边上，他黝黑的脸上一会儿明朗，一会儿忧郁的，一时语塞。我知道他很矛盾，他是想要孩子的，此刻，如果身边有人推他一把，他很可能就会同意。但是我的身边没别人，我只能自己去做这个推动他的人。我多想要这个孩子啊！

我满脸热切地盯着乌热尔图，期待他从我的话语中感受到力量，同意我的意见。可是，他只犹豫了那么一小会儿，很快又恢复沉重为难的神态。

"你这样坐着，到后期不行的。"他拧着双眉，忧愁地盯着我。

"没事，过两个月我可以躺着，不会影响胎儿，很多残疾人怀孕都是这样过来的。"我立刻排除他布下的难题，自信满满地对他说。

"躺那么久？这苦你能吃吗？"乌热尔图的眼睛一下子瞪大了，"再说，生孩子对你的身体伤害很大的，不行。"

我迫不及待地表示："我能吃苦，不就十个月吗？怎么还不能熬下来？"

此刻，吃什么苦对我来说都微不足道，说服他才是第一要素。我在一股强烈的母性驱使下，想用义无反顾的豪气来感染他，让他从对立面站到我这边来。

似乎是我渴求而坚决的母性，让乌热尔图不忍心反对，他在书桌边看着我，没有再说下去。我们的交谈告一段落，这意味着事情有商量余地。我松了一口气。

但是，乌热尔图的态度仍然是坚决的。随后的几天里，他在慢慢做我的思想工作，希望说服我。虽然我不肯接受他的意见，但是，他的劝说却一次次把我从怀孕的幸福感中拉出来，让我不得不去直面冷酷的现实。

这天黄昏，店中没了顾客，乌热尔图坐在我身旁，又说起这件事："我的意见还是不要，太冒险了，再说店中生意又不好。"

我明白，不愿意我冒生命危险，加上经济拮据，是他最大的心病。我也有心病，我担忧的是孩子生下后，没人帮乌热尔图带。虽然我想生，但现实的难题却无法回避。经过几天的纠结和掂量，我终于理智地对他说："去医院看看，如果医生说不行，我就放弃。如果医生说可以就生吧！"说到最后一句，我近乎哀求。

乌热尔图松了口气，他同意这个方案。

三天后，我们搭中巴车到了县医院。在三楼的妇产科，一位中年女医生给我检查，她说我腰椎畸形，压迫子宫空间，如果能容纳胎儿长到七个月，可以剖腹产。但是，这个要到大城市做检查，才能得出结论，要很多钱，女医生建议我放弃。

我沉默地坐在白色的检床上，对这个结果心急如焚。我的孩子，他（她）在我腹中已经一个多月了，就这么打掉，也太草率了。我不能接受，只想保住。

"医生，能不能这样，我先怀着，如果不到七个月出问题了，我再来处理。要是能长到七个月，那不就好了吗？"我迅速想出一个自认为可行的办法。

女医生坐在工作台前，惊讶地看看检床上的我，她说："那风险就大了，搞不好出人命。你现在做，对身体伤害小，我劝你做掉好。"

我在检床上难过地低下头，心里迷茫了。

"打掉吧，秦华，不要冒险了！"乌热尔图神情焦灼，站在检床边恳求我。

我看着他，眼睛突然热辣辣的，很委屈，我很想对他大喊，"我不打，我就要生！"我多么想生下腹中的孩子，这可是我和他的生命延续呀！

"你怎么不听劝呢？生下来谁带？你想累死我呀！"劝不动我，乌热尔图突然发火了。

他的焦灼让我心头一震，双眼立刻模糊了。我不明白，他怎么突然这么焦灼，这么急于要我放弃，不管我的感受。在家的时候他不是这样的，他知道我是多么想要这个孩子。我孤独地坐在检床上，拼命克制内心的波澜，眼含泪花望着他。他在检床边焦灼地苦着一张脸，心里好像很憋屈。我一双泪眼紧盯着他，盼他说出原因，让我知道为什么。但他什么也没说，就那么苦着脸，焦灼地看着我。四目相对中，我忽然留意到，乌热尔图的额头、脖子上全是汗水，黝黑的脸庞上是体力透支的疲惫。今天一大早，他带着我坐了一个小时的汽车到县城医院，然后抱着毫无控制力而沉重下坠的我反复上下了三层楼的台阶，进出各个科室

做检查。走到哪里，他都得用双臂紧紧抱着我。在三十七度的夏日高温里，他抱着我来回奔忙了三个多小时没休息，他好辛苦好累。我心中一疼，倔强的脾气忽然软了下来。乌热尔图，像照顾婴儿一样照顾我的丈夫，他不容易，也不是铁打的，更不是万能的。我觉得自己有点太难为他了，我其实，不可以再给他增加负担，他照顾我已经够累了。乌热尔图的话击中了我的软肋，他疲惫不堪的模样让我心疼和内疚。这一刻，我的心理防线坍塌了。

照顾你就是我的使命

"喝鸡汤了，秦华。"乌热尔图身穿蓝色小背心，一条宽松的格子短裤，双手捧着一只蓝花碗，从三级褐色台阶上走下来。"在医院没条件给你补，回家了好好给你调养一下。"

我靠在书桌前，身着湖绿色的长衫长裤布鞋，除了头上没戴帽子，其他都是一副月子里的女人装扮。在复杂的现实面前，我还是忍痛做了放弃，我对不起那个小生命。

看着乌热尔图把碗轻轻放在书桌上，我闻了闻香气扑鼻的鸡汤，惆怅地抬起头。他默默地注视我，四目相对间，我的鼻子忽然发酸了。我在他的眼神里看到一种心甘情愿的付出和歉疚，他在想方设法地安慰我。

他站在我身边，看着我喝了一口鸡汤说："好喝吗？是土鸡。"

"嗯"，我柔和地回应，忽然当地一声把白瓷勺放回碗里，"喝什么鸡汤，又不下蛋，土鸡老贵了，骗吃骗喝的。"我笑着自嘲，一边心疼钱，眼里又泛起泪花。

乌热尔图在书桌边愣了一下，呵呵笑出声。很快，他恢复认真的表情，伸手摸摸我的头，叫我别多想，快点喝。他到店铺的柜台前去了。

一过上午十点钟，太阳就像个火球，烤得大街上人迹稀少。

即使在屋里坐着不动，我也汗珠直冒。乌热尔图怕我伤了身体，不让我坐，抱我到里间床上躺着。

我这一休养，家里、店中所有的事务，就全靠乌热尔图打理了。这个才成家不久的男人，他还没有完全适应小家庭的生活，就担负起了所有的重担。同时，他还要兼顾我，给我补身体。他不怎么会做菜，但是今天，他炖给我喝的鸡汤味道很鲜美，而且，其他菜也烧得好吃起来了。他这么大的进步，连我也奇怪。

午饭的时候，我靠着书桌问他："你烧菜好吃了，怎么进步这么快？在网上学的？"

他端着饭碗憨厚地笑了："我发现了，做菜也要用心，光靠菜谱没用，要用心做才好吃。其实，做什么事都要用心的。"他说。

乌热尔图又卖货又持家，真是忙啊！这天早上，一开门就有游客买冷饮，他忙了一上午不得闲。我躺在里间床上听着，除了心疼和干着急，什么忙也帮不上。直到午后快一点钟了，他才有空提着一条淡黄的躺椅，来里间陪我。他面朝店铺在躺椅中靠下，这样能兼顾看店。

"这天真热，身上一天到晚都是黏糊糊的，真受不了！"他叫。

我躺在床上，头在枕头上往他的方向偏了偏，好把乌热尔图看得清楚一些。他身上的背心汗湿了，上午换了一件，现在又湿了。他从小就在凉爽的内蒙古东北方长大，在他的家乡，夏天都是二十六七度，三十多年来，他从没经历过南方这动辄三十七八度的高温。如今加上我在屋里不能吹风扇，他就更遭罪了。

"快歇会儿。"我心疼地说。

他松懈地靠在淡黄的躺椅上，手中摇着一把蒲扇，享受这片刻的安闲。过了一会儿，我在床上轻轻叫他："乌热尔图，过两年要是经济条件允许，我去大医院做个检查，要是可以再生一个，好吗？"我仍然想要孩子，觉得在这事上亏欠他。

他在躺椅上发出低沉的叹息："不生了，你身体不行的。"

"可是，你老了怎么办？我怎么对得起……"

"哎呀！"乌热尔图急躁地叫了一声，不让我说下去，片刻，他从淡黄的躺椅上坐起来："秦华，你听我说，孩子的事，你就放下吧。你别想那么多，好好把身体养好，你好是最重要的。"

乌热尔图的身子在躺椅上前倾，认真地看着床上的我："孩子是要缘分的，强求不来。也许，照顾好你，就是我的使命。你的身体要有什么闪失，要孩子又有什么意义？"

乌热尔图身子前倾的角度，使得躺在床上的我，可以近距离地看到他的眼神。他健康明亮的左眼清澈深邃，闪动着温暖的忧伤。

我躺在毛巾被里，仰望着床前的他，一阵酸楚的感觉往鼻梁间涌，我不知道说什么来表达心中的感受。乌热尔图平时性子急躁，在重要的事情上却理智、豁达，超乎我的想象。他的胸怀，让我在他面前变得很渺小。

"没孩子的夫妻多着呢"，乌热尔图平静地看着我，"你看'子路'（知名公益人）不也没孩子吗？他那么有才华的人。人有时候选择一样东西，就必然会失去一样东西。这个事情，你就不要再纠结了，彻底地放下。等你身体养好了，你还是继续写作，这个不能丢下。你这辈子就是为写作而生的，我可能就是为照顾你而准备的，你就是我的宿命。孩子的事，就此放下吧！"乌热尔图靠回淡黄的躺椅，用力叹了一声，好像要把内心的某些东西也一并叹出、扔掉。

乌热尔图的安慰和大度，让我轻松而感动。我理智地认识到，有些事情目的虽好，却不一定是对的。我们这个家，很多事情完全靠他一个人在做。他没有钱，也没有帮手，他拥有的，只是我这个不能自理的瘫痪妻子，以及世俗的冷嘲热讽，他太不容易了！虽然，要个孩子，老了会好一点，可是眼前的日子都没过好，店中生意差，生存这么难，想那么远有什么用。乌热尔图是我的丈夫，同时还是我事无巨细的保姆、店铺员工，再加个孩子，那他要照顾的就是一大一小两个孩子了。我的脑海瞬间闪过一幅凌乱的生活画面，而这些将使乌热尔图身心疲惫。

相依为命做丁克

"或许，是我命中没孩子缘。"我双手放在毛巾被外，失落地想。

在我忍痛放弃孩子之后，我的理性也从母性的冲动中慢慢恢复。尽管对孩子的幻想并不能即刻切除，但也明白，如果我不计后果要孩子，无论从哪个方面，都会害苦乌热尔图。我不能害他，我是这么爱他，要孩子，不是我们相爱的目的。

我和乌热尔图聊着，遗憾地接受了他的想法。乌热尔图似乎感觉到什么，又从躺椅上坐起来，他拉过我放在毛巾被外的双手，捧在他温热粗糙的手掌中："秦华，答应我，以后不要再提这件事了。咱俩就像'子路'一样，放开地做自己想做的、有意义的事，也很好。"

我躺在床上，凝望着他淳朴的面容，努力让自己微笑，对他的想法和豁达表示认可。

"以后，就是我和乌热尔图相依为命了。"有个声音在脑海里说，我的心间涌动起复杂的情愫。说实在的，不能拥有自己的骨肉，我很失落。我始终有个沉重的隐忧：我担心自己身体弱，以后先乌热尔图去世，让他老无所依。我将会多么心痛。此刻，乌热尔图以"子路"为例，向我传输新的生活理念。我知道他的良苦用心，也忽然明白，现在有很多年轻且有生育能力，却不要孩子的"丁克族"，难道没孩子，他们老了都没法过吗？不可能。车到山前必有路，一定会有属于我们的办法的。乌热尔图是好人，老天也会保佑他。再说，社会养老福利以后也会更好，我们可以进福利院，他老了，会有人伺候他的。这个想法让我放松了一些。

"对了，大诺老师给你打电话了吗？小说什么时候写？你要好好写，你的生命价值就在文学写作上了。"乌热尔图扯开话题。

他的话，忽然在我失落的心中融入一片温暖的光芒，我立刻想到有件重要的事情正等着我去做。我已经和大诺老师约好，在他的指导下写一部长篇小说，写作时间都定好了。这也是乌热尔图很期待的，他不止一次地对我说："你是一个优秀的女人，我期待你人生精彩迸发的时刻。"我们不能有孩子，我们要开始一种与众不同的生活了，这种生活的意义就是我们一生要努力的使命。聊到这件重要的事情，我的心情好了很多，身上奔涌起一股温暖的意志。我抱着胸前的毛巾被，精神振奋地对他说："出月子了我就开始写，我不会让你失望的。"我才不甘心做一个只出了一本书的残疾人，我想要的是一种富有价值的生活，可以让我收获灵魂深处的幸福。我不想和大多数普通的女人一样，平庸地度过一生。

"有件事，我没告诉你"，乌热尔图坐在淡黄的躺椅上，忽然很犹豫地说，"那天在医院你妈把我叫到边上，让你把孩子打掉，她语气很凶，没有商量余地，她就是下命令。我压力很大，而我们的情况，也确实不适合要孩子。你要是有什么事，我没法向你妈交代。秦华，你能理解我的心情吗？"

我愣住了，难怪他那天突然发脾气。不知是心情的缘故，还是小屋过于闷热，我胸前很憋闷。我压抑地意识到，身为残疾人，特别是处在贫困中，注定了做什么都没人支持。我躺在床上，伸手去够他的手，抚摸他粗糙的手掌。

"对不起，我不知道。"我难过得说不下去，心里为他所受的压力默默道歉。他为我付出的太沉重、太多了。

"我受点委屈没什么，你好就好。"乌热尔图温热微汗的手掌把我的手握紧，"不管怎么样，你还有我，我们相依为命，也没什么不好。"

我仰望着他敦厚黝黑的脸庞，温顺地应了一声，把他的手轻轻拉过来，贴在我柔软的脸颊上。是啊，我还有他，最疼爱我的丈夫乌热尔图，我的男人，虽然他贫穷，个子也不高，但是他豁达、智慧，能屈能伸，他用所有力量，为我撑起了一片天。他为我放弃男人的自由以及故乡的生活，把自己囫囵个地送给我这个瘫痪女人。在他面前，我可以是宝，可以无所顾忌地撒娇，可以放下所有刚强，做一个娇弱的小女人，有他这样宠爱我，我真是好有福。

"我的男人，不因我的残疾轻看我，愿意日日夜夜地伺候我。这辈子有他，就是给我女王的宝座，我也不稀罕。"

我默默地望着坐在躺椅中的乌热尔图，眼睛忽然发热了。我连忙假装掀被子，用粉色的毛巾被挡住脸，口中嚷着："我要上厕所了，快点儿。"趁他急忙从躺椅上站起身，我在毛巾被的掩护下，悄悄抹去眼中感动的泪水。

他要回内蒙古

八月的深渡，简直就是一个大蒸笼，屋子里闷热得令人虚脱。这个时候，我却不顾炎热，兴奋地跟随大诺老师写作了。我有一种使命感，我要写的不只是一本书，而是讲述一个残疾女人对命运的抗争。

最近还发生了一件事情，乌热尔图老家有事，需要他回去一趟。连着几天，我们都在商量行程。我很兴奋能够去看看那块孕育了乌热尔图生命的黑土地，这辈子，我还没有出过远门呢。

蓝色的卷闸门外，晨空蔚蓝如洗。乌热尔图去市场采购了。我靠在店铺深处的书桌前，打开桌上的电脑文档并登录QQ。刚上去，就看见乌热尔图的头像冲我直闪，我以为他昨晚给我留了私房话。他经常这样，在QQ上给我留些有情趣的话，就像一封封简短的情书，让我瞬间被浓情蜜意包围，快乐又陶醉。于是，我像孩子收到礼物一样，连忙兴奋地点击鼠标打开：

"有件事早想和你说，可是一直没有说出口，没办法，只能在这里和你说。"

这个沉重压抑的开场白，让心情兴奋的我猝不及防，我不知道发生了什么，惊悸不已地强迫自己往下读。

"我知道，你做梦都想和我回内蒙古，我真的不忍心让你失望，但有好多事是没办法的。我家那边有很多事情，我想处理掉，我不知道怎么跟你说，总之，都是些让人抓不住头绪的琐事。这个时候回去正是秋天，也是收庄稼的时候。我回去会很忙，亲戚们更忙。我还要去敖鲁古雅，那里接近漠河了，那时候我想也该下雪了，我怕你的身体承受不了。再有，我自己回去，相对来说，钱少花不少。不管怎么说，我希望你的反应不要太大，我也不想让你失望，也请你相信，我是真的爱你，永远用我的生命去爱你！希望你答应我，老婆。"

我手脚颤抖地靠着书桌，把他的留言从头到尾反复看了几遍，一颗心全乱了。看得出来，他在说这些的时候，心里也很乱、很不安。这段留言局促杂乱，一件事没说完，另一件就紧跟着冒出来，好像他有满腹的话，却又连自己也不知道说什么。但是他想说的，又都包含在这段留言里了，我也看懂了他的意思。

"他自己回去，我怎么办？店里要卖东西，要进货。再说，遇到突发情况怎么办？那个精神不太正常的流浪汉经常在店门口出现。昨天还说一起回去，现在又……"

店铺外面，行人、车流不断，喧嚣嘈杂。我恐慌地坐在书桌前，突然觉得被抛离在世界之外，像漂浮的尘埃一样无所依靠。我靠着书桌，想哭。

十几分钟后，乌热尔图骑着那辆蓝色的自行车回来了。我靠着书桌，假装没事似的，没敢多看他，我怕控制不住情绪。他一声不响地进屋，从拎着的袋子里拿早餐给我。很快，书桌上出现了两根油条、一个肉包子和一杯豆浆。他为我插好豆浆吸管，拎着蔬菜走上三级褐色台阶，去了厨房。

我默默地吃着油条，喉咙里堵得慌。我心里清楚，他说的有道理，他是对的。可是内心汹涌的恐慌，让我一下子不能接受他的决定。结婚四个月来，我们遇到的大小事情也不少，从来都是两个人商量着办。有他在身边，我心里就有底。现在，所有的担子突然落在我身上，而且他一走就要半个月，我毫无准备，心里真的很慌、很乱。

接下来的一整天里，我们和平时一样卖货、看店，谁也没有触及回内蒙古的话题。只是，屋里少了欢笑，多了几分沉闷。直到店铺打烊之后，我才在书桌前努力开口："你回去，打算怎么安置我？"

纠结了一天，我想通了。该来的事情是逃避不了的，我得面对，总不能不让他回乡办事吧。之前我们商量行程，他流露最多的，就是担心我吃不消长途劳顿。他不是不愿意带我回去，而是担心照顾不好我，把我的身体弄出毛病。我们在一起生活才不久，很多习惯还没有完全磨合。带着我这样一个瘫痪的人去六千里外，一路上难免遇到意料之外的困难，而他必须对我和我母亲负责。这对他，从体力到心理都是一个巨大的压力。他怕我误会他的用意，还很细心地向我表白他的感情，让我放心。他真的很真诚。虽然，此刻我仍然对独自在家感到心慌，毕竟我是个手无缚鸡之力的重残女人。但是，问题一旦想通了，即使不太情愿，还是明白自己该怎么去做。我是个为人妻的女人，是家庭的半边天，那我就要在精神和生活上都学会独当一面，在各种事务面前与丈夫协力应对，像个伴侣的样子。我可不愿意被认作是一个只会把丈夫拴在裤腰带上的女人，我才不要是那么无能的一个形象。我心目中的自己，是小鸟依人的，也是刚强独立的。生活，对于我这个迟到了很多年的女人来说，是一所充满学问和挑战的大课堂，有很多我未曾经历的功课，这不过是其中一件而已。我要努力学习，做一个勇敢的行者。

乌热尔图身着背心短裤，在三级褐色的台阶顶上席地而坐，我的平静让他放松不少。

"我不知道，我只是这么打算，如果找不到人照顾你，我就不回去了。"他说。

"不回去，你的事怎么办？"他的话让我更加冷静，也意识到我不能流露伤感与不舍，我要平静主动地为这件事情寻找方法。我靠着书桌想了想，"我朋友不多，就和叶子最要好，或许可以找她商量，让她照顾我。"

三级褐色的台阶顶上，乌热尔图顿时眉头舒展："明天我去找叶子说说。三楼的春红，人很好，我再找她说说看，如果有叶子和春红照顾你，应该能行。我回去最多十几天就回来了。"

他从台阶上起身下来，走到书桌对面看着我，眼中闪动着歉意和对回乡的渴望。我知道，他想家了。为了早去早回，第二天上午，我们立刻前去找两位朋友商量。让我们感动欣喜的是，两位朋友都答应照顾我。

回到店中，乌热尔图高兴地收拾行装，以及这段时间我要穿的衣物，忙活了一下午。

店铺打烊后，他把我抱到里间床上，打开床对面的简易衣橱。我看到一橱子的衣物，在灯光下有序地摆放着。

他指着衣橱左边说："这摞是你的衣服，三条连衣裙，三套衣裤，还有睡衣；那边是你的内裤，新的、旧的，一共十五条，你一天换一条，到我回来也够了。内裤就不要麻烦她们洗了，怪不好意思的，让你妹妹洗吧。钱放在书桌的钱包里，想买什么就叫春红帮你买。那个流浪的精神病要是到门口来，你要立刻打电话给春红，听见了吗？卖东西要注意假钞，货不够打电话，他们会送来的，有急事就打电话给你妹妹。"

我坐在柔软的床铺上，看着衣橱里收拾整齐的衣物，他喋喋不休的模样，就好像要出门的娘亲，不放心把孩子留在家里头。我心头发颤，又想哭了："我知道，放心吧。"为了不暴露内心的脆弱和伤感，说完，我连忙掉头看向屋子别处。虽然我舍不得离开他一天，但是我不想哭哭啼啼的，哪怕只是眼含一丝泪花，也会让他出门不安心的。此刻，我只想和身体健全的女人一样，平静勇敢地处理好家务事，做好生活布置给我的考题。

世俗笑我被抛弃

乌热尔图起床的时候，房间里还是黑蒙蒙的。他怕影响我睡觉，摸黑洗漱。可是，他马上就要出发去内蒙古了，我的一颗心全都系在他身上，哪里还睡得着。我躺在被窝里，目光紧紧地跟随乌热尔图朦胧的身影来回移动，舍不得离开一秒。

当乌热尔图提起行李箱的时候，卧室光线有点亮了。他站在床铺前，看着躺在床上的我。我刚想向他伸出手去，他却仓促地说道："我先上楼和春红打个招呼，让她到点来帮你穿起来。"他提着箱子，转身走上三级褐色台阶出去了。

我躺在寂静的屋子深处，心里慌慌的，等着他一会儿再进屋。突然，卧室的窗子啪啪作响，我在被窝里吓了一大跳。乌热尔图的声音在窗外喊："秦华，我和春红说了，她八点来帮你穿。我去搭车，就不进来了。"

他不进来了，我还想和他说说话的。我应了一声，躺在被窝里，惶然而失落。

"我走了。"卧室窗外，他不放心地又说了一遍。

我连忙假装没事，提高声音平静地回答他："我知道了。"

他走了，狭小的屋子瞬间如同沙漠一般空旷而沉寂。卧室里，那些我原本很喜欢的家具，忽然也跟着冷漠黯淡，失去了生气。我在被窝里待了片刻，然后用力往床的里侧挪动身体，直到脸颊挨上他那个柔软的大红枕头。闻着枕头上我熟悉的他的气息，我压抑已久的眼泪，突然就滚了下来。

这是我结婚之后，第一次单独在家。店铺外面依旧天空蔚蓝，阳光灿烂，不断地有游客在街上走过。我靠着书桌，守着我们的小店，却仿佛置身事外，心里好像缺了一块，空洞洞的。

孤寂中，手机忽然在书桌上叮当作响，我条件反射地想到乌热尔图，右手颤抖着一把伸过去。

"你起来了吗？"

乌热尔图亲切的声音在耳边响起，我靠在书桌前，激动的心潮起伏，热辣辣的泪水涌满眼眶。世界在这一刻回归到我身边，我察觉到空缺的心重新圆满踏实了。

"早上我怕你哭，就没进屋。对不起，把你一个人留在家。"他说。

我握着手机，连忙调节情绪，把滚落的泪珠收住。然后，用愉快的声音告诉他我已经起床，并把春红如何为我穿的衣服，给我买了什么早饭，以及我这会儿做了些什么事，全部向他汇报一遍，让他放心。从始至终，我的声音都是清脆愉快的，而我的情绪，也在与他的这通电话中明朗舒畅了。我脸上的泪痕还没干透，就已经喜悦地笑出了声。

接完电话没多久，对面楼的老板娘忽然走进店来，她一脸惊奇地冲我叫道："你老公走啦？"

"你怎么知道的？"我惊诧她消息如此灵通。

"我在车站看见他上车，他到哪里去？还来的吧？你呢，谁照顾?"老板娘站在我的书桌对面,满脸刻意的关心。

面对这别有用意的询问,我感觉像吞了一只苍蝇,很不舒服。我平淡地说:"他回家有事,怎么不回来?"

说完,我的目光落到电脑屏幕上,不再看她。我的绵里藏针让老板娘有点尴尬,她讪讪地走了。望着她走远的背影,我的心情却不平静了。我似乎看到,乌热尔图提着箱子往车站走的时候,有多少双眼睛在兴奋地盯着他,每一双眼睛都在想:这个傻帽儿受不了那个瘫痪老婆,走啦!结局果然和他们想象的一样,谁会看上一个瘫痪女人,才怪!

我靠着书桌,心里很不舒服,我预感到一股危机正在袭来,世界好像又要不太平了。

傍晚时分,屋外刮起大风,门前的树枝被刮得乱晃,天空阴云密布,雷声隐隐。我独自在店里,靠着书桌,紧张得浑身发颤。好在叶子很快过来了,她把我抱上轮椅,锁了店铺。

在叶子家的大客厅里,叶子坐在杏色的沙发上喝水,她郁闷地对我说:"今天呀,好多人来我店里,问我是不是在照顾你,说乌热尔图走了,肯定不来了,还讽刺我,说我自找麻烦,不该管你。"

"啊?"我在轮椅上心头一震,预感果然应验了,世俗的风暴又来了。我气愤地问,"都是谁呀?他们还真关心我!"

"那些人你不认识。别人说说也就算了,我没想到你家小林(亲戚)也说我,你管这闲事做什么?她男人要是不来了,你怎么办?"

屋外,一声闷雷隆隆作响,暴雨欲下未下,空气十分闷热,而我的身体却在轮椅上冰冷发颤。世俗反应之强烈，完全超出我的想象，并且，这反应是如此的冷漠无情，无情到了残酷。他们认定乌热尔图不会回来，急不可耐地要看一个瘫痪女人的笑话。他们对我没有丝毫的同情心，并且还向帮助我的人施加压力，要她们知难而退，放弃照顾我。他们这是恨不得把我推在地上，再踩几脚。我忽然想起村里一个妇人说过的话："身体那样还结婚，有什么好下场?!"此刻，我仿佛看到很多家的屋檐下都在议论，在嘲笑我结婚被抛弃的无知和可笑。我的胸中涌动起一股悲愤，真想跑到那些人面前去质问、谴责她们的卑鄙和冷酷。

我和叶子说了一会儿话，然后打开手机，和叶子分享乌热尔图发给我的充满疼爱的短信，缓解叶子的压力。让朋友承受压力和干扰，我很抱歉，我也怕世俗的言论把照顾我的朋友吓跑了，毕竟，人言可畏!

晚上，暴雨夹杂着雷电倾盆而下。我躺在叶子家的床上，怎么也无法入睡。那些我并不认识也未见过的人脸，在我的脑海里不断闪现，他们轮番向我笑着、讥讽着。被世俗排斥的滋味不好受，但是冷静下来，我也明白，这些言论的出现是必然的。在世俗的眼中，一个不能自理的瘫痪女人结婚，本身就是一种怪现象。这种婚姻的存在，在世俗眼里是不合理的，而这个瘫痪女人的婚姻好像还挺好，这就更加让世俗不能理解。只有失败，只有瘫痪女人婚姻的失败，才是必然的、合情合理的。大概从我结婚那天起，世俗就在等着我被抛弃的这一天。

外界的非议、中伤，可以伤到我，让我难受。但是，他们打不垮我。我的人生不在于世俗的言论和框架，而在于我如何看待自己！我已经三十七岁，在人生的起跑线上，我出发得比健全人晚太多太多。人生是有限的，我还有很多梦想没有实现，文学之路才刚开始，大诺老师还等着我交稿子呢，我哪有权利、又何必把时间浪费在这无谓的烦恼上呢？

想到这儿，我像是摆脱了钳制内心的那股沉重，放松了很多。我抱着被子，在心里冲着雷雨交加的黑夜说："我不会为人言所乱的，有一天，我要让他们看到，一个瘫痪女人如何活出人生的滋味和价值，让他们惊讶、尊重，并且反思自己的言行。"

平静地面对一切

　　乌热尔图不在家的日子，我感觉时间是极其漫长的。好在我亲爱的朋友，叶子、春红，并没有被舆论吓退，依然日日体贴辛苦地照顾我，让我在世俗的冷漠中，倍感人性的温暖和光辉。

　　每当太阳爬上我借宿的房间窗口，春红如约来叶子家帮我穿衣起床，抱我上轮椅回店铺。我和平时一样靠在书桌前，守着自己的小店。这是一个店，也是我这个瘫痪女人来之不易的家。我要守护好自己的家，让一切完好地等待他归来。

　　上午，一个中年男游客进店买矿泉水。我淡定地叫他到货架上拿，然后过来付款。男游客拿了两瓶水过来，由于书桌遮挡了我瘫痪的双腿。他不快地质问我："你怎么不拿给我？叫我自己拿。"我调皮地冲他一笑，调侃说："我是收银员呀，只管收钱。"女人的笑脸和幽默是最有效的武器，男游客开心地笑着付了钱。乌热尔图不在家，我要自己聪明地应付一切。

　　屋外，天空阴沉了一上午，到了下午一点多才下起雨来。店门口的香樟树被雨水浇得分外青翠。我打开书桌上的电脑，用写作来驱赶孤单。写到停顿处，我就靠着书桌，望着屋外的雨水发呆，让滴答的雨水把心拍打安静，然后接着写。我的电脑音箱开着，爱乐团演唱的《天涯》在店铺里低低回荡，使沉寂的屋子有了生气。乌热尔图在家时，每天早上都让屋里飘荡起欢快的歌曲，《天涯》是他播放最频繁的一首歌。我躺在满屋的音乐里，从睡眠状态慢慢清醒了，便娇柔地喊他为我穿衣起床。这些欢快的歌曲，给我带来生活的热情和浪漫。我喜欢这种充满希望的生活格调，这生活也是我曾经不敢奢望的。而如今，这生活就安放在我的手心里，我既幸福，也有迷茫。毕竟，在世俗的夹缝中求生存，困难很多，世俗的排斥也加深了我的压力。然而我知道，这是我想要的生活，面对多少困难，我也不会后怕，世上本就没有一蹴而就的成功。

"风到这里就停，雨到这里无声，它也在笑我多情。影子陪在身旁，细数那些过往，多少年快乐和忧伤。谁把月缺变成月圆，我用未来换你我的缘……"

这歌词，唱的就是我现在的生活和心情啊！我靠着书桌，忽然很感慨，往昔的时光像过电影一样在眼前闪现，而我之所以愿意突破千难万险，付出那么多心血，就是要换取现在的生活。我捕捉着脑际闪烁的灵光，两根食指快速地敲打着键盘，把那些痛苦中的倔强、迷惘中的坚持，敲成了一个个文字。

当文档中的稿子修改到尾声的时候，书桌上的手机叮当作响。我知道是乌热尔图，立刻撇下文稿，一把抓起手机。在这孤单的日子里，什么事也比不上接他的电话更重要，他的电话就像火苗一样能让我迅速燃烧，达到极致。

"秦华"，乌热尔图在那头温存地喊，"你在干吗？春红帮你上厕所了吗？"

"我在写作，我还没想上。"我拿着手机，说话都有点抖。每次他的声音在耳边一出现，我的心就在胸前激动到战栗，分不清想哭还是想笑，我好想他。

"我想你了"，手机中，他的声音忽然变得低沉，"每天一到这时候就想你。"

我靠着书桌一愣："为什么？"

"你要上厕所了，每天都是这时候上的，刚才我正和人说话呢，突然想到三点多，你要上厕所，一下就站了起来，站起来，才想到你不在这儿，都习惯了。"

我扑哧一下笑了，随即鼻梁一酸，眼泪无声地流了下来。我的乌热尔图，我血脉相融的亲人，他在几千里外办事，还惦记我上厕所。

"你别惦记我，春红、叶子对我很好，你放心。"我拿着手机，泪光闪烁，说不下去了。

乌热尔图对我的真挚感情，让我恍惚觉得，我们仿佛是经历了几世爱恋的情人，否则，我好像解释不清他的付出和牵挂。同时，我心中又冒出一句话：我何德何能，我只是一个普通的残疾女人，除了有点思想和文学才气，什么也没有。有一些不知是自负还是自卑的男人，总爱说一句话，女人如衣服。如果用这个比喻来形容，我就是一件粗糙的破衣服，应该被扔进角落里擦灰。自从我长大成人以来，身边所有的反应都在告诉我，你这样的女人，倒贴八百万都没人要的。更何况，我还被丈夫这么心疼着，我能得到一个男人这么真挚厚重的爱情，是我生命中的奇迹。挂了电话，我摘下眼镜，一边擦着脸上的泪痕，一边幸福地扑哧笑了出来。好在这会儿店里没人，我用不着克制自己的情感。

我快速写好书稿的结尾，然后调高音箱音量，在满屋的音乐里反复回味乌热尔图的电话，回味着他刚才说过的每一句话，以及每一句话的语气，语气中的爱和心疼。每回味一遍，幸福和感动就在内心扩充几倍，让我全身的每一个细胞都充满快乐、温暖和勇气。我的世界是刚强的，虽然残疾使得生活局限，世俗流言不断，但是有爱在，什么也击不垮我。

在一个人的日子里，我和健全的家庭女主人一样，每天正常地经营店铺，认真写作。一个晚霞满天的傍晚，我的第一节书稿通过了大诺老师的审核。我激动地冲着店铺尖叫一声，一把抓过书桌上的手机，给乌热尔图发短信。

有很多人爱我

　　我和往常一样，独自靠着店铺的书桌看店。屋外，晨空蔚蓝，阳光明媚。大街上走过一队又一队戴着小黄帽的游客，个个精神饱满愉悦，让我感受到生命的蓬勃朝气。

　　我望着这平日里常见的一幕，心头暖洋洋的，抑制不住喜悦的微笑。我终于熬过人生中最漫长的十四天，乌热尔图，我亲爱的丈夫，他就要回来了。满镇的谣言即将不攻自破，任凭世俗怎么兴风作浪，对一个瘫痪女人极尽嘲讽施压之能事，依旧没有等到令他们神经兴奋的笑话。我的人生，不由世俗的势力支配，不是世俗认定的悲惨。我靠着书桌，心情和屋外的晴空一样清新明朗，一股股喜悦在周身流动着，让我想对门口走过的每一个人送上甜美的微笑。

　　我正傻傻地在书桌前笑着，忽然，父亲修长的身影出现在店门口，他走进店来，一脸喜悦地冲我微笑。

　　"爸爸。"我靠着书桌惊喜地叫道，可我的嘴巴却没有动，这叫声好像是脱离身体，直接从我的心中发出的。

　　父亲微笑地看着我，弯腰把手中拎的东西放在地上。我定睛一看，是乌热尔图的行李箱，没错，蓝色的滑轮式行李箱。为了多装点土特产给他带回内蒙古，我们特意在叶子家借的这只大箱子。

"乌热尔图到啦？你去车站接他啦？"我心中一阵狂喜，右手扶着书桌挪动屁股，向着父亲转过身子。我的问话依旧是脱离身体，从心中直接发出的，这让我有点奇怪。不过，这会儿我没工夫细想这个问题，而是迫不及待地向店外张望，"怎么没见乌热尔图？他和爸爸一路来，就算走得慢些，这会儿也该进屋了呀！"

父亲见我急切的模样，会意地微笑着。他往车站方向一抬下巴，示意说："他下车时，我拿了行李就先来了，给你报个信。他在后头，一会儿就到了。"

我这才松了口气，靠着书桌冲父亲笑了。这时，我注意到，父亲说话的声音，也是脱离身体，直接从心中发出的。父亲依旧站在一进店门的地方，慈祥的脸上依然是喜悦的微笑。我注意到，父亲的眉目间，流露着发自内心的欣慰。我靠着书桌，深情地凝视着父亲，他的笑容好亲切啊，我已经好久没有见到他了，好想他啊。我抬起放在书桌上的右胳膊，下意识地向父亲伸过去，示意他走近我。我渴望父亲走过来，我盼着父亲立刻走过来，让我投入他宽厚温暖的怀抱，像小时候一样依偎在他胸前，沉醉在父爱的温暖里。

但是，父亲把那只蓝色的行李箱放在地上后，就一直站在店门那儿没动。我能感应到，他了解我心中的期盼。可是他却没有走过来，还是站在原地，神情温存地一直望着我微笑。我看到，父亲的周身有一层淡淡的白光环绕，很朦胧，很神秘。父亲脸上亲切的微笑，像一个巨大的磁场吸引着我，让我目不转睛，

情不自禁地回报以深情温柔的微笑。随着父亲笑意的加深，一股强大的温暖也随之充斥整个屋子，把我包围在巨大的幸福当中。我恍惚觉得身下的椅子飘了起来。

"爸爸……"

我靠着书桌呢喃，目光和父亲紧紧相吸着，幸福地微笑。在这股巨大的幸福和温暖中，父亲忽然示意要走了，他的眼中闪过一丝不舍，但他还是转身了，他刚一出屋，就消失不见了……

突然，一阵大声的喧哗响起，我猛然睁开双眼，却浑然不知身在何处。过了几秒钟，我才意识到这里是叶子家，自己正躺在她家一楼房间的床上。刚才的喧哗，是叶子的女儿推卷闸门出去的动静。

我清醒过来，才知道那幸福的相会是一个梦。这是多么温暖的一个梦。回想梦中父亲欣慰的神情，我心中汹涌澎湃，涌动着温暖复杂的情愫，眼中闪烁起泪花。父亲生前很疼我，他去世前，最放不下的也是我，这也成了我难愈的一块心病。我时常梦见父亲来看我、关心我，但还是第一次梦见他关心乌热尔图，为我有乌热尔图而欣慰。而乌热尔图，确实是要回来了，这不是梦。昨天上午，乌热尔图打电话给我，说他已经在哈尔滨上火车了，让我安心等待。挂了电话，我在书桌前激动得屁股都坐不稳了，恨不得他一脚就跨到家。所有的压力都将过去，再熬一天，我就能见到乌热尔图，和他夫妻团圆。梦中，父亲帮乌热尔图拿行李，他这是一路保佑着乌热尔图呢，他知道乌热尔图对我有多重要，知道乌热尔图对我好，为我高兴。梦中，他的笑容是那么温暖欣慰。

"爸爸，我和乌热尔图很好，谢谢您保佑他、保佑我们。"

我躺在叶子家的软床上，默默地向父亲祈祷，眼泪又涌上了眼眶，但这不是悲伤，而是高兴的。在这个以一己之力对抗整个世俗流言的孤单时候，这个梦让我感受到巨大的温暖。虽然父亲去世半年多了，但是那份温暖和关爱，却并未随着他的离世而消失，这让我倍感安慰，心病也在忽然间消失。而且，我还忽然意识到，虽然我一个人在家，但是，所有的爱一直都围绕在我身边。乌热尔图一天几个电话，短信无数条，询问我一天的情况，告诉我他在故乡的事情，以及与亲人团聚的快乐。妹妹也经常抽空来看我，给我带吃的东西，给我洗衣服。我的身边有叶子、春红，她们像亲人一样照顾我、支持我。古人说：人生得一知己足矣。而我有这么多的知己，我已经很有福了，其他事又算得了什么。

谣言不攻自破

依然是太阳刚爬上窗口的时候，春红来叶子家为我穿衣起床，两个人说说笑笑地回店铺，情绪比哪一天都兴奋。乌热尔图上午就能到家了，我和叶子、春红都觉得浑身轻松。

我靠着书桌坐在店铺里，门口的香樟树下每来一辆中巴，我都紧盯不放；由于屋后的汽车站在修缮，最近，中巴车就在我店外的街边上下客。我可以亲眼看到乌热尔图下车，心情更加激动。当上午最后一班中巴在香樟树底停下时，已经等得十分焦急的我，心狂跳起来，他一定在这趟车上。我疲软的身体立刻在书桌前挺直起来，双眼紧盯车门，生怕错过他出现的每一个瞬间。可是，直到女售票员送走最后一个乘客，返身上车了，乌热尔图也没有出现。看来，他得下午才能到家了。我不甘心地盯着车门，很失落。就在这时，我看到女售票员在车门处冲车后面打招呼，难道车上还有人？我的心提到了嗓子眼，眼睛紧盯车门，片刻，一个背着双肩包、手拎行李箱的熟悉身影，出现在车门口。

是乌热尔图，一股抑制不住的狂喜冲上心头。我靠着书桌笑容满面地看着他下车，口中却发不出一点声音。他背着双肩包，手里拖着蓝色行李箱，步伐矫健地走向店门，向我走来，我兴奋得不知所以。

可能是我满脸的狂喜，让乌热尔图有点不适应，也许他是故意逗我，他忽然脸露扭捏之色，拖着行李箱站在店门那儿不动了。那神情好像我要吞了他。

我在书桌前冲他笑着，着急地用右拳头捶桌子，口中叫出声来："过来，快过来！"

他这才撇开蓝色的行李箱，笑着向我走过来。他还没有走近身，我就从椅子上一头向他扎了过去，兴奋地笑出声来。我趴在他的怀里，用一只能够活动的右手摸索他的腰身，努力地抱住了他。靠在他的怀里，我感觉自己抱住了整个世界。我情不自禁地笑着，幸福地把脸埋在他胸前，肆无忌惮地嗅着他身上男性的味道。他却忽然推推我，尴尬地示意门外有人。对啊，我们的店门外就是大街，往来的人很多。我脸颊一热，恋恋不舍地放开他，在书桌前坐好。其实，我心里真舍不得松开他啊，我的爱、我的情感，为什么要因为别人而掩饰？我只恨我的双手残疾无力，抱得不够紧、不够狠呢。我这满心的激动和兴奋啊，不知道如何才能表达。

第二天上午，乌热尔图推着我出现在深渡大道上，这是镇子的主干道，店铺、人流都很多。看店的人，道边摆摊的人，以及行人，都拿直勾勾的眼神盯着我们。我和乌热尔图一路轻声说笑，享受着轮椅飞快、轻风拂面的舒适。虽然我没有过多地去看别人，但是，街道上那些频繁的情节，还是溜进了我的眼里。很多人在看到我们的一瞬间，都像是被孙悟空施了定身术，呆立着，眼中满是惊愕，慢慢地又转成不可思议之色，最后才是不舒服地面对了现实。有的人一边惊诧地看我们，一边窃窃私语……

　　穿过一路复杂的注目礼，乌热尔图推着我拐进深渡的老街，他说我好久没出门，要带我多转转。老街幽深曲折，通往码头，是当年徽商出行必经之路，曾经非常繁华。如今，这里只剩一路徽派民居和零星店铺。乌热尔图很喜欢这些古老的建筑，时常推我来走走看看。在青石板交错的老街上，轮椅走得很慢，那些复杂的目光，也就有了更多的注视时间。我和乌热尔图平静地迎向不同的目光，观赏着老街古朴的景致。走到老街尽头的时候，一家店铺的老板娘，忽然笑容满面地来到店门口和我打招呼："你家他回来啦。"我并不认识她，神情淡定地应了一声，没有多言。轮椅很快越过店铺，我听见身后传来细碎、好奇的探寻，那老板娘似了解内情的人，低笑着小声向别人解释说："她老公，回来了，还给春红、叶子带了东西……"身后那一声收敛的低笑，含着一丝说不清的意味。

　　我无意对世俗摆出胜利者的姿态，去炫耀或质问什么，我只是想让大家看看，我们感情好着呢，别瞎扯了！我希望大家多少意识到一点：残疾人也是人，也有心有感情，有和你们一样的灵魂，甚至比你们爱得更丰富和纯粹。不要对残疾人抱有偏见，更不要随意践踏别人的尊严。在时间的隧道里，所有的一切都将被风吹散，唯有爱能够永存世间。

　　我们出了老街，穿过几棵高大的古樟树，在河边的护栏前停下来。河对面，绵延高耸的群山倒映在清澈的河水里，宁静而美丽，令人神清气爽。

　　"好久没出来玩，憋坏了吧？"他问。

　　"嗯。"我承认。

　　乌热尔图用手机给我拍照，给那些美丽的青山绿水拍照。我在轮椅上温柔地冲他微笑。足足半个月没出门，外面的风景仿佛第一次见到似的，让我新鲜欢喜。但是此刻，再美的风景我也只是浮光掠影地扫一扫，我的目光不由自主地被乌热尔图吸引着，在他身上左看右看，怎么看也看不够。昨天，他一进家门的时候，我就发现，他的脸颊丰满了很多，都快圆了。皮肤也比之前更黝黑，一看就很结实。他抱我的时候，也比去内蒙古之前更有力，让我错觉自己的体重减轻了。都说一方水土养一方人，才回内蒙古这些天，他在我们这边缺失的体能仿佛全都补充回来了。南北水土的差异，真是让他受苦了。这里的气候、饮食、人际关系，都不是他在短时间内能够适应的。

　　看着他在护栏前弯腰，寻找着拍摄角度，黝黑的脸庞那么朴实亲切，我的心中涌动着浓浓的疼惜和爱意。在这世上，除了父母兄妹，他是为我付出最多的亲人，是我最强大的后盾，不管世俗如何嘲弄，都不能动摇我们的爱。我们的爱情，只由我们自己作主。

第四章

面对家人的新考验

一个平静的冬天

　　当江边的群峰从浓绿褪成深黛，江水也冻住似的，流速变得缓慢，深渡古镇，迎来了我们婚后的第一个冬天。

　　这几个月，是我们结婚后最宁静的时光。在两个人的小屋里，乌热尔图学会了很多的南方菜，特别是我爱吃的红烧黑鲶鱼、青菜汤、冬瓜汤。每次都把我吃的像猫儿一样欢，眼见着身上长起肉来。乌热尔图从一个自由散漫的打工仔，逐渐适应着洗衣、做饭的居家男人身份。我们的家庭生活也步入正轨，不像结婚头两个月，日子总是状况百出。记得那是一天黄昏，我在店铺里靠着书桌看店，同时愉快地听他在里间炒菜做饭。突然间，他噔噔噔地从三级褐色台阶内跑出来，一路向外飞奔。我惊讶地扒着书桌，冲着他的背影喊：

　　"你上哪儿？干吗去？"

　　他顾不上理我，一溜烟跑没影了。一两分钟后，只见他手里抓着一瓶酱油，火急火燎地从外面跑了回来。看他忙得火烧屁股，我靠着书桌，不是想笑他，可我还是忍不住扑哧笑了起来。

　　对于这种忙乱，乌热尔图有点尴尬，他坐在我的书桌旁边，沮丧地说："打工这么多年了，从不做饭，每次都是炒菜要用了，才发现这没了、那没了。"他恳求地望着我，"以后，你也帮着我点儿，过几天就记得提醒我一下，看厨房有什么东西要买的。"

我靠着书桌睁大双眼，十分认真地冲他点头，并且一再提醒自己，千万记住了。在家务事上，我也只能帮乌热尔图这一点点小忙了。然而尴尬的是，睡一觉过后，我就完全不记得这些事情了。有时候冷不丁想起乌热尔图交给我的任务，立刻惊得毛孔一紧，天啊，我怎么忘得一干二净！于是，赶紧喊他过来问，家里酱油还有吗？盐用完了没？菜油呢？但是大多数时候，我的提醒都是马后炮，他早就买过了。

到了月底，"大姨妈"如约拜访，我这才突然想起来，卫生巾没买。以前，这些事情有母亲管，我根本没有这方面的意识。于是，我一边在卫生间叫乌热尔图，让他看看家中是否有上个月剩下的，一边再三提醒自己：下个月记得提前买，切记！

这样的情况重复多次以后，乌热尔图放弃了对我的希望。他站在书桌对面，无奈地看着我摇头："自己的事都记不住，也别指望你帮我了，这日子，摸着石头过河吧。"

他说的有道理，我们这两个初建家庭、又没有生活经验的人，过日子可不就是摸着石头过河。好在，他在家庭事务方面进步得比我快多了。我憋着唇角的笑，靠着书桌撒娇："我……我不是想着写作吗，我以后注意。不过，我记得你的事情呀，买酱油、买盐，我提醒过你好几次。"

"那是我的事哈"，他神情好笑，故作威严地隔着书桌质问我，"你这个女人怎么当的，成天饭不做、衣服不洗。"

我灵机一动，在书桌这边狡黠地冲他挤挤眼："我是贤（闲）妻嘛，顾名思义，当然得闲着了。"

他在桌子对面，眼睛笑成了一条缝。我巧妙地把他抛过来的球化解了，也为自己的小聪明得意地咯咯笑。

最近这些天，世俗的注意力转移到我畸形的身体上来，可能是因为我长胖了吧。一天下午，乌热尔图推我在老街上逛，想给我买衣服，我们刚走进一家女装店，身边忽然凑过来两个陌生的中年妇女，她们好奇地盯着我问："你怀孕啦？"我在轮椅上淡定地回道："没有。"那俩妇女立即紧盯着我因为腰椎畸形而突出的腹部，面露怀疑之色，好像我是一个公然的说谎者。

大街上一个摆小摊的妇女，每次见到乌热尔图去买东西，立即就一脸殷勤地问："你老婆怀孕了哦，几个月啦？"当自己不愿触及的隐私，一再地被人试图扒开，这是很不好受的。终于有一次，当这个妇女再次向乌热尔图重复同样的问题，乌热尔图毫不留情地冲对方发作了。那妇女立在小摊前愣了愣，尴尬地讪笑说："是别人说的，关心你们嘛。"

我很烦这样的"关心"，就好像我们是生活在人群中的异类，每一个发生在我们身上的普通变化，都是那么的稀奇罕见！为此，我会有意回避他人的探究和接近，也很少在网络等公开场合提及乌热尔图（他也不愿我多提），以阻止那些让人反感的言论干扰。我只想维护内心的安宁，好好圆自己的写作梦，亦不辜负大诺老师和乌热尔图的期待。

世俗的目光，自我屏蔽掉；世俗的言论，也假装听不到。两个人的世界，顿时好像万般美好，感情、生活和写作温馨有序。一个晴朗的上午，乌热尔图推我出门晒太阳，我们沿着深渡大道慢慢走着，绕过尽头的大转盘，再慢慢地回来。看着街道两边的常青树，在我们的脚步里迎面而来。那些绿绿的树叶，和我们一起沐浴在明亮温暖的阳光里，让我感觉美好而自由。我忍不住在轮椅上感叹："生活真美好啊！身边有个你，想出门随时可以，在家就写写作。除了没房子、没钱，真的，其他方面都像神仙一样。"

乌热尔图推着我，在身后扑哧一声笑了。他叹了一声："没房子、没钱，还和神仙一样，你心态还真好哈。"

我笑了一声，心中忽然渗入一丝沉重。我们卖冷饮、矿泉水为主的小店，冬天生意惨淡，虽然不至于垮掉，但坐吃山空的压力确实很大。我想重新找个地段开店，可是一时又找不到合适的店面。

"这样下去怎么办？"他说。

我在转动的轮椅上想了想，镇定地安慰他："卖冷饮、矿泉水，冬天本来就没生意，这也是意料之中的，你不要急。这段时间，我们先享受一下安逸，以后找到其他店面了，生活可能会很忙很忙，那时再想想现在，会很羡慕呢。"

"你说得也对！"身后，乌热尔图的语气放松了一些，"我们的生活，会很辛苦的。现在，可能是最安逸的时光。"

我和乌热尔图一路聊着，既是在调节他的心态，也是在调节自己的心情。最后我们达成一致，决定先把压力放下再说，我们不能在生活的艰难中，把心情也失去。

搬回娘家

冬天的店铺，晒不到一丝阳光，奇冷无比。在友人的说和下，母亲让我们搬回家住。我以为，母亲接受我们的婚姻了，非常高兴。

娘家的屋子坐北朝南，前面没有遮挡，太阳从早上一直晒到落山。上午起床后，乌热尔图把我抱上轮椅，推到宽敞的院子里晒太阳。他欣慰地说："还是妈妈这里好啊，把你往太阳下一推，我就不用管了。不用担心那个精神病的流浪汉来把你推走，可放心了。"

在我的笑声里，他已经返回屋内，把大件的衣服，棉袄、羊毛裤什么的，扔到厨房的洗衣机里；内衣、裤头等小物件，他拿到院子的水池中手洗。中午要烧的萝卜、青菜，也一一清洗干净。附近的山坡上，小鸟叫声婉转，让我的心瞬间很静，思绪悠远。虽然我已经出嫁，这座屋子只是我的娘家，但是一回到这里，我还是感觉像回到了属于自己的家，一切都是那么熟悉和温暖。我坐在暖洋洋的太阳里，一边看他麻利地洗东西，一边和他聊天。

可是亲爱的读者，如果你以为，这如诗如画的一幕，就是我们生活的全部，那就全错了！

院墙旁边，乌热尔图把红色塑料桶里的衣服，一件件晒在晾衣竿上。他站在院子里放松地抽了一支烟，然后走到我面前蹲下，给我按摩僵硬的小腿。这样可以促进血液循环，防止长冻疮。我们正随意地聊着，母亲抱着我六个月大的小侄儿从屋后门进家了。

"叫大姑爷抱一下。"母亲抱着孩子，和颜悦色地来到院中。

乌热尔图连忙松开我的腿，起身去抱孩子。他把孩子抱到我面前来，笑着让孩子亲亲我，孩子笑着，乖巧地亲了我一口，那张柔软的小嘴巴一挨上我的脸，我的心都化了。乌热尔图抱着孩子在院子里转悠，带他看花盆中的花草，看树上的小鸟。孩子不安于在一个地方久待，他指着院门，身子往前探，要出去。于是，乌热尔图抱他出门玩儿。这会儿，母亲也不知去哪儿了。我坐在太阳下，看着他抱孩子出去的背影，原本愉悦的心头，忽然掠过一丝莫名的沉重感，好像有哪儿不对劲。

乌热尔图抱孩子回来时，将近十点半了。母亲从外面回来，她看看八仙桌上的时钟，面带笑意地接过孩子说："你做饭吧。"随即，母亲抱孩子去我妹妹家了。母亲不和我们一块吃饭，乌热尔图烧什么饭菜，她都看不上眼。

乌热尔图在厨房里清洗午饭后的碗筷时，母亲回来了。她带着孩子在沙发上玩着，乌热尔图一进客厅，母亲便对孩子说："叫大姑爷抱一下。"乌热尔图双手接过孩子，抱到我的书桌前坐下，我打开电脑上的视频，给孩子听儿歌看动画片。这时的孩子最安静，他双手撑在书桌上，乌黑的眼睛好奇地盯着动画片，口水从嘴角流下来。我和乌热尔图笑着，给他擦。听了一会儿儿歌，乌热尔图把孩子抱到沙发上，陪他玩各种玩具，玩高兴了，一大一小就像小伙伴一样咯咯乐。

下午两点左右，才有时间属于我们。我赶紧在电脑上写作，他忙了大半天，靠在客厅沙发上休息，间或干点杂务。四点钟左右，母亲抱着孩子回来了，乌热尔图接着帮忙带孩子，抱他玩，哄他笑。孩子一笑就流口水，乌热尔图呵呵笑着，赶紧抱到我面前，让我看孩子的口水有多长。然后，他故意把孩子的小嘴巴贴到我脸上，让他亲我，弄得我满脸湿渍渍的。我在书桌前尖叫着，又躲不开，三个人笑成一团。到了晚上七八点钟，母亲给孩子洗完，乌热尔图把盆中的水倒掉，一天的任务完成。

九点多钟的时候，我修改完电脑上的稿子，乌热尔图开始侍候我这个瘫痪的妻子。他给我洗脸刷牙，抱我上厕所，为我洗脚，然后又给我泡热水袋，放入我的被窝。等他自己洗完躺到床上，几秒钟的工夫，他就鼾声大作。

以上，是相对顺利的一天，让人感到沉重压抑的是，乌热尔图所做的一切并不能打动母亲，母亲的态度完全随她的情绪而变化。

这天下午，乌热尔图在客厅逗孩子玩，母亲说他抱孩子太用力了，会把孩子勒坏，立刻就大声训斥起来。母亲生气时，脸色很难看，语气冰冷生硬，像一把大铁锤突然从高处砸下来，震得靠在书桌前的我，心头直打战。有时候，乌热尔图在厨房或是院子里干活，也不知用错了什么东西，母亲突然就用方言大声吼上了。任何人的冷眼，我都可以忽略不计，可我很难接受这冷眼来自家人，而且又是针对乌热尔图，这让我打心眼里感到不公和郁闷。乌热尔图每天照顾我这个瘫痪妻子，帮忙带孩子，做事尽心尽力，他听不到感谢的话，相反还要看脸色，忍辱负重的。难过的是，我又不能为他说什么。倘若我要说，敏感易怒的母亲会更加生气，那以后，大家还怎么在一个屋里待下去？

存在母亲心中的芥蒂，让她看乌热尔图就像看到一个敌人，她对这个女婿仍然是相当抵触的。这个发现让我意识到，搬回娘家是个错误。我很后悔，在母亲没有认可乌热尔图之前，他们是不适宜在同一个屋檐下生活的。我真害怕这矛盾哪天会变成伤害。但是短时间内，我又无法更换居所。

乌热尔图的生活，每天是重复琐碎的忙碌。白天辛苦，晚上一挨枕头就睡着了。我想和他谈谈心，都很难找到机会。

母亲对他偏见重重

琐碎的日子重复着，六个月后，当屋外的植物浓绿起来，也是乌热尔图最难熬的日子。每天一做饭，他就满头汗涔涔的，反复拿毛巾擦，热急了就喊一嗓子："天啊，怎么这么热！"今年是他来南方的第二个夏天，但是从身体到心理上，他仍然极不适应。

七月里，连着好几天的高温，让人热得胸口发闷。这天早上起床，乌热尔图说他头疼。我知道是气候不适应引起的，连忙叫他喝杯绿茶降降暑，他听话地喝了。到了中午，他做好饭菜，从厨房端到客厅的书桌上。我发现他的脸色很难看，一副忍耐的神情。我靠着书桌，有点焦虑，连忙叫他去看医生。他说没事，吃过饭睡一觉就行。

两个人在书桌前食不知味。结婚以来，我什么都没怕过，但是，他要是哪里不舒服，我就会失去安全感。如果他病了，我这样子，根本不能照顾他。这是我生活中最大的忧愁和压力。

乌热尔图是真的难受，他在厨房收拾好碗筷，来客厅跟我说了声，就往隔壁房间走。他刚走到半道，母亲背着孩子从古铜色的屋门进屋了。乌热尔图立在客厅中，犹豫着走还是留。片刻，见母亲没有吱声，他就进房间睡觉去了。

　　母亲在客厅的沙发上坐下，解开身上的红背带，把孩子放在沙发上。母亲这两天伤风感冒，身体也不太舒服。此刻，她坐在沙发上，一副疲倦的模样。我靠着书桌，正想对母亲解释，乌热尔图头疼，他睡一会儿再来抱孩子。可是这时，孩子见乌热尔图去房间了，他不愿意地嚷嚷着，往母亲身上爬，要母亲抱他去找大姑爷的意思。母亲不堪其烦，突然大吼一声，发起火来。我被母亲的暴躁吓了一大跳，到嘴边的话又咽回去了。接着，母亲一把从沙发上拿过刚解下的红背带，很快又把哇哇乱叫的孩子背在身上，看也不看我，就阴沉着脸出去了。

　　当母亲再次背着孩子回家时，乌热尔图已经起床，他像平时一样接过母亲手中的孩子，抱他出去玩。这时，母亲的神色才缓和了。我也松了口气，总算相安无事。

　　第二天的傍晚，母亲接过乌热尔图手中的孩子，去了妹妹家。乌热尔图在我对面的八仙桌旁坐下来，他沉闷地点了一支烟，好像有心事似的。我有点纳闷，正想问他，他却开口说了：

　　"我是一点没做到位都不行啊！"

　　"谁说什么了？"我问。

　　在他接下来的讲诉中，我明白了。原来，母亲昨天在友人处发了一大通牢骚，说了乌热尔图很多不是。刚才，乌热尔图抱孩子出去玩，友人又把所有话都告诉了他。

　　"我昨天是真的难受，不是不帮她抱孩子。我看她没叫我，心想她吃得消，就先睡会儿，说我这不是，那不是的。"

　　我靠在书桌上，歉疚地望着坐在八仙桌旁的乌热尔图，默默地听他倾诉。母亲对乌热尔图是很不友善的，甚至，在她眼里，乌热尔图只是一个照顾我的人，而不是一个女婿。只要她不高兴，就会给脸色。母亲对乌热尔图的生硬与冷漠，让我很受伤。我夹在这两个对我最亲最重要的人之间，眼睁睁看着这些矛盾，却无法化解。一种无能为力的感觉，让我非常压抑。我多么希望母亲能明白，这个女婿对她后半生的重要性，为她带来的永久解放，从而与乌热尔图和睦相处。但是，我却无法打开母亲的心房，让她和我平等、平静地沟通。

"我妈就是这脾气，我也没办法。"我靠着书桌沉闷地叹道，柔声恳求乌热尔图，"你别生气，原谅她吧。"

现在，我打不开母亲的心结，只能盼着乌热尔图体谅，希望他没有察觉到母亲内心的排斥。这样，至少还能假装没发生什么，不然，我真无颜面对他。

"要说一点不生气是假的，但是生气又有什么用?"乌热尔图靠着八仙桌，冲着古铜色的客厅大门，用力吐出一口烟雾。看得出，他也在努力调节情绪，"我也一再对自己说，不要计较，只要你妈对你好就行，我无所谓了。你也不要担心什么，我也就是跟你发发牢骚，不然我还能跟谁说?"他看了我一眼。

"不说了，干活吧，一会儿妈回来了。"乌热尔图把烟蒂掐灭在烟灰缸中，起身去院子里收衣服。

太阳已经越过大半个院子。我靠在客厅书桌前，望着乌热尔图在晾衣竿前收衣服的熟练动作，望着这个平凡的小个子男人的背影，发自内心地感激他的宽容与豁达。如果他不能拔高姿态，放下矛盾，我会不知所措的。无能的我，既不能说母亲，又不能维护他。只有乌热尔图的妥协，才能换来家庭的平静，让大家和平相处，让我安心一些地写作。

为了不再出现类似事情，维系家庭稳定成为我们的第一要事。我和乌热尔图处处小心谨慎，除了家务事，每天帮忙带孩子是乌热尔图必须的工作，只有尽量减轻母亲的辛劳，母亲才能多一点笑脸。只要母亲高兴，对我们而言，就是天下太平。好在孩子非常喜欢我和乌热尔图，他咿呀地叫着，用谁也听不懂的语言和我们说话。一逗他，他就咯咯笑，笑得口水流得老长。

孩子是这个世界的天使，他的欢笑总能冲淡家庭的不和谐气氛。只是辛苦了乌热尔图，他真的是个心胸开阔、顾全大局的好男人。而母亲还是老样子，想对他发火就发火。

一次重要的沟通

　　我多么希望，母亲与乌热尔图能像正常的岳婿一样愉快相处。可是，不管乌热尔图如何隐忍付出，就是不得宠。我审视着倾斜的角色天平，意识到自己要去做些什么，否则，迟早会出问题的。

　　这天，母亲在家里待闷了，带孩子去走亲戚。家里就我和乌热尔图。晚上，他给我洗了澡，让我躺在床上休息。房间的窗子敞开着，偶尔有风从纱窗吹进来，给闷热的室内带来一阵清凉。

　　"还热不？"乌热尔图光着上身进来，用毛巾擦着湿头发。

　　"还好，这会儿有点风。"

　　我躺在铺着凉席的床上，温柔地看着他，感受着洗浴后，身体的洁净和轻松。我由衷地感恩乌热尔图，感动这几世修来的福气。他为我做了这么多，让我过得像健全的女人一样幸福平等自由，享受到前所未有的福气，而我这个妻子，能给他些什么呢？

　　在我仰望的视角中，乌热尔图把手中的毛巾晾在一张椅背上，在床边坐了下来。我发现乌热尔图瘦了，单薄的身材，看着就让人心疼。他的脸倒是比以前白了些，但白得有点虚，也许是让这鬼天气给闷的。

"乌热尔图，这些日子你很辛苦，我妈对你态度不好，对不起!"

我躺在床上，心疼地仰望着他，向他说出歉意。面对乌热尔图所受的不公正待遇，我这个做妻子的必须向他道歉。我扭不转母亲的思想，也应该为母亲的冷漠，向他做个表态。我要他知道，在他疲惫憋屈的日子里，我这个不称职的妻子，一直和他站在一起，他不是孤单的。

乌热尔图坐在床边，一脸意外地看着我，愣住了。片刻，他突然极不平静地起身走到窗前，留个背影给我，什么话也没说。

他内心的波澜超出我的想象，我躺在床上愣了片刻，心中不禁有点发颤:"我妈对你不好，我又没办法帮你说话，让你承受了很多。"我望着他的背影，幽幽地说下去。

"你妈呀……"片刻，他在窗前复杂地叹了一声，然后转回身，在窗边的书桌旁坐下。他动作慌乱地拿过桌上的烟盒，掏出一支点燃。

"我心里很郁闷，不管我怎么做，你妈也不会给我个好脸，说吼就吼，你知道吗? 在你妈眼中，我根本都不是女婿，我就是一个来照顾你的人。我在你家的地位，比保姆都不如，保姆你还要对人家说话客气吧。"乌热尔图一口气说出压抑已久的郁闷。

我心中轰的一声，被震住了。我看他每天忙忙碌碌的，什么也顾不上想，就抱着侥幸心理麻醉自己，以为他没有留意到母亲的冷漠和排斥。他从来也没对我提过啊! 原来他早知道母亲没拿他当自家人，他什么都知道。他那么敏锐细腻的人，怎么能察觉不到母亲的态度？他只是为了顾全大局，假装不知道而已。

我躺在床上，极其震撼地体会到乌热尔图内心所受的伤害，以及他的压抑有多深。我默默地听他说着，让他释放，他需要这样一次释放。人心的容量是有限度的，如果长期得不到释放，终有一天会爆发出来。我意识到，我和乌热尔图的这场沟通，非常必要和及时，他内心承受的太多、太沉重了。他需要减压，需要修复。在这个远离内蒙古的地方，乌热尔图的身边没有一位家人、朋友，以及任何一个熟悉的人。他有的，只有我——他的瘫痪的妻子。我必须要给他全部的温暖和支持，不能让他在异乡感到孤单，甚至处在孤单的境地，否则，我就不配做他的妻子。

"我不和你妈计较，因为我不想你为难，要是我和你妈闹起来，一边是我，一边是妈，你夹在中间怎么办？我不想你为难。"

"我知道。"我在床上的回应很轻，并且颤抖。我很内疚，也非常感动，他自己过得这么憋屈，心中考虑的还是我。

"反正，不管你妈对我怎么样，我还是会尽力去对她好的"内心积压的情绪得到释放后，乌热尔图平静多了。他在烟灰缸中掐灭烟头，从书桌旁的椅子上站起来："她怎么做不要紧，我要做好自己该做的，让自己问心无愧。"

"乌热尔图，真的谢谢你！"我感动极了。

"咱们两口子就不用那么客气了，以后，我还是会这样做下去的。"他用一种无所谓的口气回答我，过来熄灭床头灯，爬上床，在我身边躺下。

乌热尔图的豁达与理解，将我心中的负疚感也减轻了很多。

我和他并排躺在铺着凉席的床上，心情很宽慰。今晚这场沟通，其实是在搭建我和乌热尔图的心灵通道，让我们疲惫压抑的心灵通过释放与交融，重新获得理解和力量。在这次对话中，我更深入地看到了乌热尔图的思想和胸襟，也察觉到自己的成长。

月光透过纱窗照进来，浅浅的白，房间陷入夜的安静。我躺在床上，向着满室月光默默地祈祷，希望有一天，母亲能够被乌热尔图的真心打动，能对他好。

母亲意外摔伤

天刚蒙蒙亮，整个村子还处在沉睡中，一个汉子粗犷的叫卖声，突然打破了黎明的宁静。

"卖锄头、草耙、菜刀……"

高亢持续的叫卖声，把我的意识从沉睡中唤醒。我迷糊中听见母亲在二楼窗口指责叫卖的人，把孩子都吵醒了。我躺在房间床上，眼皮涩重，一点也睁不开。过了一会儿，我听见楼梯上传来脚步声，母亲抱着被吵醒的孩子下楼了。母亲的脚步落地有点虚，像是没睡醒的感觉。突然之间，脚步声一阵紧迫凌乱，我心头一紧，察觉不妙。随即，楼梯间一声巨响，母亲和孩子的哭喊顷刻炸响。

我猛然睁开双眼，心狂跳着喊身边的乌热尔图，他惊坐起来，一时不知发生了什么。当他急忙下地打开房门，母亲和孩子都在地上哭喊、痛叫，他惊呆了。片刻，他慌乱地把孩子抱到房间来："你看着他，我去扶妈起来。"

"孩子伤哪儿了？"我躺在床上，伸手去摸哭嚎的孩子，惶恐至极。

"没伤着，你妈把他抱在身上面。"

乌热尔图匆促地说着，转身想去扶母亲。孩子却哭叫着往床边爬，我软弱的双臂根本拦不住。我惊慌地叫乌热尔图："快抱住孩子，他会摔下床的！"乌热尔图急忙返身，在床沿抱住乱爬的孩子。看着躺在外面地上不停哎哟、疼痛难忍的母亲，他神色慌乱，不知把孩子往哪儿放。

"妈，你摔哪儿了？"我含着眼泪，急切地大声问。

"腰啊，腰啊……"楼梯口，母亲努力憋着痛哭喊。

孩子受到惊吓，在乌热尔图怀中放声号啕。母亲躺在地上，不停地大声痛叫。情急之中，乌热尔图只好把孩子放在房间地上，然后出去扶母亲。然而，母亲摔伤了，用不上力，乌热尔图根本扶不动。孩子又大哭着爬出房间，往他奶奶身上爬。乌热尔图手足无措地连忙抱起孩子，一时不知道怎么办。面对着乱糟糟的突发局面，我意识到不能慌了手脚，要冷静处理。我躺在床上连忙稳定情绪，然后告诉乌热尔图："打电话给妹妹，让她赶快过来。"母亲疼痛难忍，但还是理智的，她一边痛叫，一边努力对乌热尔图说："去叫……隔壁……小云。"

几分钟后，乌热尔图和小云一起，把母亲连扶带拖地弄到客厅沙发上。有小云帮着抱孩子，乌热尔图连忙来房间为我穿衣起床。

母亲躺在客厅沙发上，仍然一刻不停地痛叫着，流着眼泪。孩子一见奶奶哭，立刻也恐惧号啕，乌热尔图只好把他抱到屋外去安慰。

母亲的痛，揪扯着我的心。我靠着书桌坐着，不知道母亲究竟伤得怎样，眼泪也忍不住地流："妈，忍一下，车来了就去医院。"

母亲痛苦地咬牙忍着，却又忍不住大声呻吟起来，她太痛了。母亲忽然一边哭，一边冲着案桌上父亲的遗像怨诉起来："你走了，清闲喔……让我受罪，你怎么不来保佑我，你怎么不来保佑我……"

这时的母亲，完全没了平日里的强势和凶悍。她痛苦地躺在沙发上，怨父亲丢下她不管，泪水婆娑，无比脆弱。我看着母亲受罪痛哭，不由得靠着书桌泪水涟涟，又心疼又难受。此刻，我看到了最真实的母亲：母亲，一个大字不识半箩筐的农村妇女，在遇到困难和伤痛的时候，她本能地想到父亲。她需要父亲给她安慰和依靠，可是这个依靠，她却再也得不到了！我意识到，父亲不在了，母亲内心的孤苦，任我们做子女的怎么对她好，都无法填补。想到这儿，我更加心疼母亲，却不知如何安慰。

很快，妹妹叫的车子到了屋后。乌热尔图和妹妹两口子，一起把母亲弄上车送往医院。我靠着书桌，听着屋外车子开走，紧张得浑身发抖。我好害怕，母亲伤的是腰，要是伤重，瘫了可怎么办。

这时，乌热尔图从古铜色的大门进屋，我靠着书桌惶然地问："你没一起去啊？"

"妈躺着，车子坐不下了，我来骑自行车去。"乌热尔图说。或许我的神色透露了内心的恐慌，他看看我，走过来把我抱在胸前："别怕，会没事的。"

依偎着乌热尔图温暖的身体，我稍微镇静了些，这才发觉自己身上好冷。从母亲摔倒那惊心动魄的一刻到现在，我浑身一直在颤抖，身上的热量都抖空了。

乌热尔图陪了我片刻，见我缓过来一些，很快骑自行车去了医院。

"妈，你可千万不能有事啊！"我守着空荡荡的家，祈祷老天保佑。当大家从医院回来，我才知道，CT 检查显示，母亲的腰椎有道裂缝。好在骨裂不是很厉害，不用做手术。但是母亲，她至少要在板床上躺两个月才能起来。

设法让母亲接纳他

屋后的山坡上，一大早就群鸟争鸣，我被吵醒了，却在被窝里困得睁不开眼。忽然，耳边衣物窸窣，乌热尔图蹑手蹑脚地起床了。

"起来啦？这么早？"我迷糊地问。

"我给你妈煎药，还要买早饭，你睡你的。"他轻声说着，很快出了房间。

我回过神来，沉重的眼皮又合上了。隔壁的客厅里，传来母亲清嗓子的声音，她已经醒了。母亲日夜躺在客厅的板床上养伤，孩子被送去了外婆家。

我躺在被窝里睁不开眼，神思却脱离身体，不安分地跟随乌热尔图忙碌。厨房里，乌热尔图在烧水。我听见他端水去客厅，招呼母亲洗脸，随后，母亲在拧毛巾、刷牙……乌热尔图打开客厅大门，倒掉洗脸水，回厨房继续忙着。十几分钟后，一股浓郁的中药味钻进我的房间。半梦半醒间，我仿佛看到乌热尔图拎着发烫的药罐，一手按着药罐盖，向碗里滤药。片刻，我的神思跟随他前往客厅，把熬好的药端给母亲。

当屋子的后门被轻轻关上，乌热尔图去市场了。屋里立刻静了下来，我也彻底清醒了。安静的屋子里，两个女人分别躺在两张床上不能动，像两个不能自理的大宝贝，被动地等待着乌热尔图——我深爱着的、而母亲很不喜欢的这个鄂温克族男人，从市场买吃的回来，然后照顾我们。我在被窝里望着浅蓝色窗帘上的阳光，想着现在的家庭状况，心里说不出的复杂滋味。幸好有乌热尔图照顾，不然，在这个突发事故下，我和母亲肯定会过得很狼狈。我觉得乌热尔图是上天对我及我们家的一个恩赐，只是让他这么辛苦，我又很歉疚。

当屋外行人渐多时，乌热尔图回来了。他进门就直奔厨房，拿碗勺弄吃的给母亲。几分钟后，我的房门被推开："等急了吧？"他微笑着快步过来。

"不急，我刚醒一会儿。"我假装睡眼蒙眬，让他安心。

白天，妹妹请的护工定时来帮母亲擦澡、换衣服、大小便，其他的日常琐事就得乌热尔图来做了。晴朗的夏日上午，古铜色的前后门都敞开着通风。母亲躺在板床上，过路的人总爱探头看看。母亲烦，她对我说："叫他（乌热尔图）把后门关上，看什么看。"

我靠着书桌，停止打理网店，喊乌热尔图过来关门。他关好屋后门，拧了一条毛巾去房间擦凉席。母亲渴了，叫我喊他倒水。于是，乌热尔图连忙去厨房拿水瓶。

喝了水，母亲躺在板床上看电视剧，她突然抬手在身上啪地拍了下去，吩咐我："有蚊子，叫他点蚊香。"十几分钟后，蚊香的香味充满客厅。母亲对香气过敏，不能多闻，她又吩咐我："叫他把蚊香灭掉。"

母亲从不主动叫乌热尔图，她只用方言通过我传话，而且一直称呼乌热尔图为"他"。乌热尔图几乎是每天不停歇地照顾我们母女俩，操持家务，母亲对他还没有丝毫热情。我很苦恼，到底怎样母亲才能接纳他？

一天上午，我靠着书桌休息时，忽然灵机一动，母亲现在需要乌热尔图照顾，没准这正是让她接纳乌热尔图的好时机。如果，每次她需要帮助，都让她自己开口叫乌热尔图，那么时间一长，她就不能对这个帮助她的人冷漠无视了吧。

这天下午，乌热尔图在客厅扫地。母亲习惯地叫我："叫他把大门关上，太阳刺眼。"

我抓住这个机会，故作随意地说："你叫他关上就是了。"

因为乌热尔图就在母亲跟前扫地，母亲也为让我传话感到一丝尴尬，她停顿了一秒钟，终于用普通话对乌热尔图说："把大门关上。"

母亲的这次开口，对于她和乌热尔图的关系，是一个历史性的转折点。有了这次开口，以后，当乌热尔图在客厅时，母亲有事就自己说了，语气也柔和起来。到后来，乌热尔图在厨房或房间里的时候，母亲也自己喊他了，并且是喊他的名字。有时候叫得太勤了，母亲也会不好意思地冲他笑一下。母亲对乌热尔图的态度，终于有了微妙的变化，我感到一丝欣慰。

这天，乌热尔图来房间帮我穿衣服。他压低声音对我说："买了馄饨，你妈哼了一声，把头一扭，不爱吃，可她前几天还吃得很好。"他模仿母亲的神情和动作，惟妙惟肖的。

我坐在床上憋不住地低笑，又心疼地望着床前的他："照顾我已经够吃力，现在要照顾两个人，我妈还难伺候，对不起啊！"

"累是累，可是你不能动，我应该为你尽孝。其实，你也很想照顾你妈妈的，可你没办法，就让我替你照顾吧。"

他如此体贴理解的话语，把我感动得差点涌出热泪。我的乌热尔图，我的丈夫，每天辛苦忙碌，没有一句怨言，还如此细腻的想我所想，真叫我如何才能感谢他。看着面前这个平凡朴实的男人，我想说点什么表达我的感激，可是，汹涌的感动之情却在我的内心澎湃着，夺去了所有的语言。当他为我穿好衣服，把我从床铺上抱起来时，我向他伸过脖子，把我的脸颊紧紧地贴在他温热粗糙的脸庞上。仿佛只有这样，才能把我万般的深情渗透到他的血脉和心里，让他感知到我的爱和感激。

一位温暖的来客

躺了一个多月之后，母亲可以起来走了。她腰上绑着我买的医用护腰带，架着双拐走下后门台阶，迫不及待地和邻居打招呼。

这段时间来，母亲对乌热尔图的敌意已然消退，对话多了起来。虽然只是一些日常照料之间的对话，也让他们之间有了家人的感觉。每当我坐在书桌前上网忙碌，耳边听到他们和气地说话，我的心头就像卸掉了一座大山，轻松而舒畅。

这天下午，母亲架着双拐出去走了一圈回来，正坐在板床上休息。古铜色的门外忽然传来一个明亮的女声，一个烫着卷发、穿着洋气的中年女人大声叫着母亲的名字，兴奋地闯进屋来。我认得她，是母亲的故友吴阿姨，听说母亲摔伤，特地来看望。故友相见分外热情，她们在屋里大声地寒暄说笑。乌热尔图闻声从房间出来，因为陌生，他看看吴阿姨，走到我的书桌边坐下来。

吴阿姨看到他，立刻好奇地瞪大眼睛问母亲："这是，秦华的老公吧？"

我应了一声，笑着向吴阿姨点头。母亲坐在板床上原本正说得高兴，忽然，神色就有点不自然了。她急忙扯开话题和吴阿

· 162 ·

姨聊别的。我看出了母亲的尴尬，她是担心人家惊讶，问些难堪的话题，急于转移和遮盖。可是，我们这两个活生生的大人就在吴阿姨眼前，让吴阿姨感到新鲜好奇，想要进一步了解，母亲又怎么转移得了呢？

吴阿姨手扶着对面的八仙桌站着，双眼亮晶晶地打量着乌热尔图，那眼里的笑容，就好像看到了一个让她意外的大惊喜。她笑容满面，热情地对母亲说："秦华这样好，看这男的，长得真不错。这样好，多个人照顾秦华，你也放心了，也轻松了。"

吴阿姨的话让我们和母亲都愣住了，结婚这两年，听惯了别人的不理解，乍一听这么温暖贴心的话语，一时间还有点反应不过来。我们和母亲，三个人谁都没有吱声，愣愣地坐在各自的位置上看着吴阿姨，听她眉开眼笑地说着。

"你看你，多好，有他们和你住在一起，能照应到你。最起码，你想喝口热水也是现成的，多好。"吴阿姨不停地冲母亲赞叹，笑眯眯地看着我们。

母亲的这位故友，远嫁他乡，好几年没回来。吴阿姨并不知道因为我结婚而掀起的惊涛骇浪，她只是一股脑儿地倾吐着她的欢喜之情，表达对我们一家人的祝福。她的笑脸告诉我，她的欢喜是纯粹的，完全发自内心的真感情。也正是如此，吴阿姨很快就感染到了屋内的每一个人。我靠着书桌，高兴地抿嘴微笑。我转头看看坐在身边的乌热尔图，他看着热情的吴阿姨，黝黑的面容舒缓而愉悦。离我们一米之外的板床上，母亲身上的护腰带还没来得及卸下来，她双眼晶亮地盯着眉飞色舞的吴阿姨，嘴角不自觉地露出微笑。此刻，吴阿姨的喜悦不只感染了屋里人的情绪，更重要的是，她为我们孤立的、被质疑的婚姻带来了一股热烈的清流，冲散了世俗偏见留在我们心底的沉郁。吴阿姨让我们，尤其是母亲，感受到一份温暖的支持和认可。还从来没有人这样在母亲面前赞叹我和乌热尔图的结合，这份认可让原本想遮掩什么的母亲消除了尴尬和防御，她不由自主地跟着吴阿姨微笑着、开心起来。

吴阿姨这样的赞叹，之前我只遇到过一次。那时我刚结婚没几天，年逾九旬的姨婆来店里看望我，满头银丝的老人对我和乌热尔图的结合，一连声地说好，称我这条路走得对。姨婆的赞赏，让当时孤单的我们分外亲切和安慰，可惜母亲不在场，没有听到姨婆的意见。而今天，突如其来的吴阿姨，让这个温暖的画面重现了。

我靠着书桌注意到，八仙桌这里，吴阿姨愉快地说着。板床那边，母亲虽然没有开口说什么，但是，她脸上的喜悦却是不由自主的，她左手放松地搭在床边的拐杖上，尴尬早已消失。看着母亲的反应，我忽然真正理解了母亲：我和乌热尔图这一路走过来，母亲不止承受了很大的压力，她的内心也和我们一样孤单。面对我的抗争，面对世俗的非议和指责，她夹在中间烦恼纠结，分不清怎么做才是对的。就是我结婚之后，母亲也依然和我们一样，每天都生活在世俗的质疑和嘲讽之中。母亲，每天都要和她生活了半辈子的外界打交道，她面对的压力比我更直接、更震撼，母亲也很难。

吴阿姨的赞美，让母亲积压的郁闷瞬间得到释放，她的神情告诉我，她感受到了，女儿结婚这件事情，有人站在我们这一边，这件事情是对的。母亲坐在板床上，左手依旧搭在光滑的拐杖上，她脸上洋溢出的喜悦之情，就像一个孤军奋战、迷惘苦恼的人，忽然看到了援军，发现她原本不孤单。

母亲终于接纳了他

立秋时节，白天依旧热得穿小褂，但早晚已经凉意袭人。这意味着，闷热的夏天即将结束。

夕阳还没落山，母亲就扔掉拐杖，迫不及待地去院子里散步，看她种的那些绿油油的菜和瓜。母亲恢复得不错，这一个星期来，她已经好几次扔掉拐杖走路了。

乌热尔图在院子里洗韭菜，准备包东北饺子。他走过来对我说："你一会儿叫妈在家吃饺子。"

我靠着书桌应了一声，心中却有点忐忑。我们回家住了快一年，母亲从未在我们这里吃过饭。每次喊她吃饭，母亲总是冷冷地丢下一句"我不吃"，然后扭头就走了。即使她摔伤躺着不能动，也是每天由妹妹送饭过来。她能在我们这儿吃吗？厨房里，乌热尔图当当的剁馅声在回荡，客厅书桌这边，我对乌热尔图的心意，却忽然感到好为难。这段时间来，母亲和我们相处得不错，我很珍惜这难得的局面，小心翼翼，生怕有闪失。如果我一开口，母亲仍然像过去一样冷漠地拒绝，就好比在一只温暖的火桶上浇了一瓢水，我会难受得饺子都吃不舒服。

我正在书桌前纠结犹豫，母亲从院子里进屋了，听见厨房当当响，她随口问我："乌热尔图包饺子吗？"

我靠着书桌愣了一下，然后赶紧说："是的，今晚你在这吃饺子吧，乌热尔图包的饺子好吃。"

母亲没有吱声，她解开身上的护腰带，躺在板床上休息。我在书桌前看着母亲，犹豫着，忽然不想再说下去了。我不能说了，我再说就是给母亲机会拒绝，母亲没有答应，也没说不吃，内心一定在犹豫。她正拿不定主意，而我忽然又不说话了，她也就不好意思再说什么。待会儿饺子熟了，乌热尔图把饺子端到她面前，她接受的可能性就有一大半。

天意助我，饺子出锅的时候，妹妹还没有送饭过来。乌热尔图把一大碗捞好的饺子端到客厅的八仙桌上，然后一只只夹到一只小碗里，转身先递给坐在板床上的母亲。看着递到面前的饺子，母亲愣住了。我以为她还是要拒绝，正想说话，谁知，母亲的目光却停留在那碗饺子上，眼神柔和起来。她这是要接受的意思？紧接着，在我和乌热尔图的双双期待中，母亲破天荒地接过那碗饺子，坐在板床上有滋有味地吃起来。这情景，把我激动得心头发颤。横亘在母亲与乌热尔图之间的最后一道沟壑，在一碗热乎乎的东北饺子中消失了。客厅里，我们三个人一起吃着饺子，而不是像以前那样各自吃着两种饭，屋子里充盈起久违的、家的温馨。面对这来之不易的一幕，我靠着书桌，嘴里吃着饺子，鼻梁忍不住一阵发酸。

这不是一顿简单的饺子，而是岳婿关系的最后融合。母亲对乌热尔图不再有距离，而是真的把他当成家人，只有家人才会这么坦然地接受对方的好意。屋里这温馨的一幕，是我渴望了很久的、家的团圆呀，我们做到了。

母亲是从心里拿乌热尔图当女婿看待了。这天下午，乌热尔图抱我上轮椅，推我去院子里洗头发。我们回屋的时候，母亲躺在板床上看电视，她忽然对我说："你都胖起来了，少吃点，胖了，等下他抱不动你了。"

我在书桌前惊讶地睁大眼，脱口就说"我吃的不多呀"。话刚说完，我意识到母亲的用意，又高兴地靠着书桌笑了。母亲，她开始关心乌热尔图了，她终于意识到这个女婿的重要性了。天啊，这是我曾经多少次想和她沟通，但是一直没有机会办到的事情。就在这不经意间，母亲她自己就领悟到了。我不由得心头发颤，情感汹涌。

我把母亲的话翻译给站在书桌边的乌热尔图听，他高兴地笑了，然后对母亲说："抱得动，再胖十斤没问题。"

母亲躺在板床上扑哧一声笑了，她说："抱得动，吃力不啦。"

一个性格强势、脾气暴躁的人，一旦从心里温和起来，那她的温和必将具有强大的杀伤力。就像雷暴过后，世界重生，我和乌热尔图都被母亲的温和感情俘虏了。每天，我们从心理到语言、到行为模式都是巴结式的，尽想着如何做些让母亲高兴的事情。每次母亲一高兴，我就激动得想流泪。我爱母亲如此的温和亲切，感谢她把乌热尔图的尊严还给他。我知道，母亲和乌热尔图，已经拉开了新的生活帷幕。

第五章

向困难发起挑战

他的眼疾发作

院里的桂树飘起了清香，这时候，母亲已经能够自理。乌热尔图这个无比疼爱我的男人，第一时间想到的，是带我去市里玩玩。这段时间他忙着照顾母亲，连带我出门散步都免掉了。他怜惜我在屋里憋得太久。他的提议，让我兴奋得两眼发亮，再也没有比出门更让我快乐的事情了。

第二天下午，我们愉快地搭车到了市里。夕阳渐淡的时候，乌热尔图把我从弟弟家的三楼抱下来。霓虹灯已经在街头闪烁，街道旁边的小摊上坐满了喝啤酒、吃小龙虾的人。乌热尔图推着我在城市的街头闲逛，路过一个摆着各色高跟鞋的大玻璃橱窗，他给我拍照。我大方自然地在轮椅上配合，做他的模特儿，心情很愉快。很久没出门了，我看到什么都新鲜，在街头东张西望的，就恨眼睛不够用。不对，是视力不够用，我的近视眼，看东西永远看不清细节，远一点的地方就是朦胧世界。我们进入一家超市，我被衣架上一条荷花盛开的蓝色连衣裙吸引住了，乌热尔图一问价，打完折还要四百多。裙子的价格让我吃惊，眼神却留恋不已。裙子好美啊！我呢喃出声。他伸手要掏钱包，我连忙理智地阻止。四百多块钱，够我们活十天了，不能买。我不好意思地对年轻热情的女店员笑笑，催促他推我走。

我们在街上东游西逛，见到街景好、路灯又亮的地方就拍照玩，带着一相机臭美的照片尽兴而归。当乌热尔图疲惫地背着我登上五十一级台阶，回到弟弟家住的三楼，时针已经指向深夜十一点。

这一觉睡到第二天上午，阳光从窗帘缝隙洒到了床头上，我刚从枕头下摸出手机，乌热尔图也醒了。他翻身坐起来，拿过床边的衣服穿。忽然，就听他"啊"了一声，手按在失明的右眼上。

我在被窝里一惊："怎么了？"

"眼睛怎么这么疼啊！"他叫。

"眼睛疼？怎么回事？"

我瞬间紧张起来，在枕头上仰着脑袋盯着他。他捂着眼睛坐了片刻，又镇静地说："没事，疼好几天了，不过今天特别疼。"

我吃惊极了："你怎么不告诉我？眼睛疼早点去看呀，你这个人。"

我在床上心疼得埋怨不下去了。他一心带我出来解闷，眼睛难受也瞒着我。可是他眼睛难受，我怎么没发现？我这个整天享受他照顾的女人，却没有察觉到他的不适。我为自己的粗心而内疚。乌热尔图，他就是我头顶的天，他要是有什么病灾，对我几乎就是天塌般的压力。

慌乱中，我又赶紧在床上稳定情绪，梳理思路："乌热尔图，去医院看看吧，眼睛不是小事。给我穿起来你就去，正好在市里，这里的医院比我们镇医院水平高。"

我紧张地躺在床上，怕他要推辞，正打算再说几句，他却顺从地答应了，可能是眼睛太疼了。他为我穿好衣服，抱我到客厅小桌前洗脸、梳头。眼睛疼了，他就忍耐地捂一会儿。

乌热尔图一出门，整个屋子也沉寂下来。弟弟两口子上班，白天不在家。我孤单地陷在客厅的布艺沙发上，漫无目的地望着虚空发呆。自从我和乌热尔图结婚以来，除了气候引起的不适之外，他从来没有生过病，也没有哪里痛过、难受过。我们出门，遇到五六级的台阶，他那么小的个子，都可以把我连人带轮椅一起扛上去，让周围目睹的人惊叹不已。有一次我们走在深渡桥上，突然下起雨来，而且雨点还不小。他二话不说，脱下衫衣披在我头上，推着我在雨中一路往回冲。我着急地叫他把衣服穿回去，怕他被雨浇生病。他说没事，说他以前在工地上干活，经常挨浇。回家后，他用干毛巾擦擦头，换了衣服，果然什么事也没有。他那么健康强壮，从来没生过病。

"眼睛是一个敏感复杂的器官，眼睛疼。可能不像伤风感冒那么简单。他眼睛怎么了？不会有什么事吧？"

一个从不生病的人忽然好像是有病了，而且是眼睛那么重要的器官，不免格外让人胆战心惊。我莫名地感到害怕，一种不好的预感向心头袭来，我脆弱地忽然担心世界会崩塌。我的生活是和乌热尔图连在一起的，他要是有病灾，我一个人怎么撑得起这个重担，我们的小家岂不是要乱了？这个恐惧的担忧，让我在沙发上一激灵，我赶紧告诉自己别乱想，没事的，不会有事的。

可是，在满屋的寂静中，我只平静了那么一小会儿，脑海里又时不时地闪现让人心跳加快的念头。时间一长，我有点受不了这种恐惧的折磨，连忙扶住沙发扶手，收住心神骂自己："你神经病吗？乱想什么？没准他的眼睛只是普通的小毛病，医生看看就好了。谁能不生病呢？哪有你这样自己吓自己的！乌热尔图是好人，他不会有事的，没事，没事。"这一通自我责备和安慰，让我稍微理智了一些。

让勇敢比害怕多一点

人的心灵一旦受到煎熬，时间就会变得分外漫长。我也不知道在这间寂静的屋子里坐了多久，房门外终于传来开门的声音。很快，乌热尔图推门进来，他一声不吭地在门内换上拖鞋，然后向我走过来。

我被胡思乱想折磨了半天，身心疲惫，看他进门一声不吭，站在沙发面前欲言又止的神情，心里更加紧张。我努力克制情绪，故作镇静地问："怎么样？医生怎么说？"

"感染了。"他低沉沮丧，"可能是天热的，医生叫我做手术，尽快换人工眼球，怕影响到正常的眼睛。"

"哦！"我在沙发上茫然地应了一声，心脏咚地一下，被一股巨大的冲力袭击了："真的有事了，手术后谁照顾他？我怎么办？手术要多少钱？……"各种现实的问题顷刻向我涌来，让我手足无措，压力如山，"好日子才过了几天啊，我的生活怎么这么难？"我的脑海中掠过从小残疾、父亲病逝等大事，不由得哀怨，"这一生，为什么我要面对这么多让我紧张害怕和责任重大的事情？"恐慌涌上心来，加重着我的焦灼和无助。

乌热尔图站在我身边，低头沉默着。看到他一脸沉重的神情，我忽然从恐慌中清醒过来，意识到哀怨没有用，我的慌乱只会加重他的压力，我不能这样。哪个家庭不遇到点难事？作为他的伴侣，一个家的女主人，此刻，我必须要沉着刚强，担起这份责任。想到这里，一种责任感立刻把我从恐惧无助中解脱出来。这份责任感让我意识到，不管命运给我安排多少考验，我都无权抱怨，我的选择只有奋起迎战，这是我应对命运的唯一途径。身为人妻，遇事不能畏惧，我要勇敢地安抚乌热尔图，让他安心手术。我不能像健全的女人一样为他奔忙、照顾他，至少也要在精神上给他力量。虽然，在这个突发事件面前，我还做不到没有一丝害怕，但是，我至少要让勇敢比害怕多一点。

"医生说换，那就尽快换吧。"这时，我冷静了很多，好像之前对这事根本没有害怕过。

"人工眼球好贵的"，他趿拉着拖鞋，为难地看着脚下闪亮的红色木地板，"我问医生了，五六千还是国产的眼球，质量还不是太好，眼球最好是进口的，进口的要一万多……"

我被这笔昂贵的费用震了一下，从他口中吐出的这笔钱，是我们目前所有的积蓄。

"哪来那么多钱，算了，不治了！我让医生开了药，先用着吧。"他从裤兜里掏出一盒药膏。

乌热尔图的顾虑让我心疼又内疚，如果我们有钱，他就不用担忧的。然而，此刻更让我生气的，是他对自己的草率决定，眼疾可儿戏不得呀！我刚刚冷静的心情，立刻又焦灼起来，我在沙发上冲他喊："那怎么行，医生说换怎么能不换呢？万一影响正常眼睛怎么办？这是能拖的事吗？"我身体颤抖着，仿佛要从沙发猛地站起来。

这是我们从相识到结婚以来，我第一次对乌热尔图发火，我怕他犹豫拖延，影响健康的眼睛。他要是看不见，我又不能动，以后的日子怎么过？这个吓人的忧虑，让我害怕得整个人在沙发上都坐不住了。

见我发火了，他悄没声地在我身边坐了下来。屋子里寂静了片刻，我意识到自己太冲动，连忙极力平复，然后温和地看着他，柔声劝说："你不要管花多少钱，钱花了再赚，眼睛重要，该做手术就不能耽误。"

"钱都花了，我们怎么办？店还怎么开？"他低下头，瓮声瓮气地说。

乌热尔图吐露了真实的顾虑，反倒使我松了一口气。我们原来的店址不行，一直想找个地段重新开个店，这事关乎生存，的确很重要。但是，在他的眼疾面前，再大的事情都是小事，钱没了可以再赚，店不开也能活下去，治疗要紧。于是，我迅速决定，不能由他任性，我要说服他。

"开店的事好办，钱不够，我可以找叶子借点，叶子对我很好，她会借给我的。再说，我们也不是开什么大店面，那点钱总有办法凑齐。"我扶着沙发，温柔地安慰身边的他，"而且，我的网店开始有生意了，以后做得好，也许都用不着开实体店。你不要想那么多，再怎么着，日子总是能过的。"

我这一番劝说，有理有据又温和柔软，使乌热尔图放松下来。他坐在沙发上想了想，一时也没找到反驳的理由，终于勉强答应了。于是，两个人匆忙搭车回家，准备手术前的事情。

我依然在客厅的书桌前坐着，屋外，天空蔚蓝，树木葱郁，以及隔老远就能闻到的阳光气息。一切都和昨天一样，不同的是屋里的人，双方各怀着心事。

乌热尔图从房间出来，把手中的包搁在窗下，随手拎起垃圾桶出去倒垃圾。看他忍着疼痛收拾东西，我发愁住院谁来照顾他。母亲伤没好全，妹妹要照顾我，请护工照顾，他又不愿意花那个钱。眼部不是大手术，可是很重要，没人照顾怎么行？一想到他在这陌生的异乡，要孤单地去面对手术和压力，我就异常难过。真希望生病的人是我，反正我病了有他照顾。

乌热尔图回来，径直走到我的书桌旁坐下。我靠着书桌，不知如何说出心事。我的眼神让他察觉到什么，他伸手摸摸我的脸，眼含笑意地问：

"干吗用这种眼神看我？嗯？没事啊！"

"你手术，谁照顾你呢？我好内疚，不放心。"

"没事，我自己去住院就可以。"他神情平静，反过来安慰我，"我想过了，手术做好，麻药过了，我就可以起来。医生也说了，不影响生活，到时候我自己去医院食堂打饭吃。我没事，就是不放心你，我照顾惯了。"他忽然说不下去了。

乌热尔图这话让我心头一颤，我靠着书桌想哭。他照顾惯了，他这分明是拿我当他连筋带肉的生命的一部分啊！他对我这么好，可我却什么也不能为他做，只是一味接受他的付出，我不配为人妻，我太对不起他了！我待在书桌前，心里翻江倒海，不敢抬头直视他，我怕泪珠滚下来。

"我抱你去房间，把你的衣服整理一下吧。"他说。

他把我抱到房间铺着凉席的床上，拉开墙角的衣橱门，把我的衣服整理到最前面。他碎碎地叮嘱我注意这、注意那，就像他去年回内蒙古，把我托付给朋友一样不放心。我看着乌热尔图，看着为我无私付出的丈夫，心里非常难过。

做好"半边天"

　　阳光渐淡，古铜色的大门外，乌热尔图站在水池边洗菜。我靠在客厅书桌前发呆。

　　自从结婚后，我就时常告诫自己："秦华，生活要靠自己了，你一定要勇敢，克服残疾的困难，学做敢担当、能主宰命运的大女人。"可是，面对乌热尔图突如其来的眼疾，我表面平静果敢，心还是在暗地里发抖，好希望有人帮我们一把！察觉此情，我不禁有些黯然，自己再勇敢，也终究是个柔弱的小女人。

　　乌热尔图拿着洗好的菜进厨房，准备做晚饭。我从怔忡中回过神来，心中明白现实是无法逃避的，在这个时候，我必须要积极应战。我不能胆小柔弱，我要做一个强大的女人，尽我所能为丈夫做点事。他的亲人远在内蒙古，在深渡这里，我是他最亲的人，我就是他的依靠，也是我自己的依靠！住院的具体事情我做不了，但是多一个人设想，事情总能周全点。想到这儿，我端正身体，双手搭在书桌上开始冷静思索："衣物收拾好了，钱明天去银行取，如果不够，我找人借了打款给他。还有什么没想到的呢？明天他就要去住院、见医生了，对了，医生！"我靠着书桌心头一亮，"我要想办法给他找个好医生，医术是有高低区分的，手术效果肯定也不一样。如果有熟人关照，他住院也能踏实一些。"

这个念头一出现，我立刻想到市残联的王理事长，她来深渡看过我，对我很好。她在市里工作多年，人面熟，一定有认识的医生可以帮我。我精神振奋，立刻探着身子，冲厨房喊乌热尔图。

听了我的想法，乌热尔图有点顾虑："王理是领导，工作很忙的，打扰她不好吧。"他在书桌对面转了几步，犹豫地说，"你想打就打吧。"

我只想征求他同意，倒是没什么顾忌，又有什么比得上为他联系医生要紧。我立刻拿起书桌上粉色的手机，拨打王理事长的电话。片刻，王理事长明亮的女声从手机中传来。

"王理，您现在方便吗？我有件重要的私事想和您说。"平时在外人面前言辞极少的我，在这件家庭大事件面前，瞬间极具勇气和能力。我靠着书桌，简洁流畅地把乌热尔图的眼疾情况，以及我的需求告诉王理。王理听我说完，一口就答应了，让我喜出望外。

有了王理的承诺，我像卸下了一座大山。乌热尔图的神情也悄然放松。他这个微妙的反应让我意识到，他表面无所谓，实际上很渴望关心，他的内心也有脆弱。这个发现让我眼睛一热，差点流下泪来。

我靠着书桌等待回音，表面镇静，内心却焦灼不安，好在王理的回电很快安抚了我的心情。为乌热尔图看眼疾的，将是市里部队医院的眼科彭主任。我激动地按照王理给我的号码，拨通了彭主任的电话；这是一位操着上海口音的男人，我和他约定明天上午十点半在医院见面。确定了就诊医院和医生，乌热尔图手术的事情等于解决了一半，我一阵轻松，但来不及兴奋，我靠着书桌立刻开始想下一个问题："怎么陪他去医院？"乌热尔图身形不高大，但他是一个顶天立地、令人尊敬的大男人。可是这个大男人有个弱点，他怕看医生。去年夏天我做手术，他紧张到手发抖，鼓足勇气才签了字。现在他自己要手术，心理压力一定很大，他的镇静都是装出来安慰我的。作为妻子，这种情况不能陪在丈夫身边，实在太难受了！我想陪他去医院，为他的手术签字，给他温暖和安抚。我还要在手术室门口等他出来，陪他安全回到病房。只有这样，我才能放心回家，等候他康复出院。

在我脑海里出现的第一个人就是叶子，此刻，我唯一能求助的只有她。叶子有力气，能够抱我上下车，如果她陪我去医院，一切就没问题。可是，叶子夫妇开米店，每天都很忙，她必须要舍弃一天的营业，才能带我去医院。我这样麻烦她，好吗？她会愿意吗？我纠结得放在书桌上的双手都有点虚弱了，但是，内心强烈的渴望，还是促使我按下了手机的拨出键。我实在无人可求了。在我强作平静的口吻中，叶子不仅答应了我，还安慰说，她丈夫明天开车去进货，正好顺路送我们。我激动得热泪盈眶。

当晚饭的香气飘进客厅，乌热尔图住院的事情，我已经全部安排妥当。我靠着书桌，精神振作地告诉自己：我不是一个无能的女人，我有能力为丈夫谋划、安排治疗事宜。只要我敢想、敢尝试，我的勇气和能力就超出自己的想象。

手术取消了

九月的清晨，太阳像一颗耀眼的红宝石镶嵌在蓝天上，天高云淡，青山高耸，叶子家的小货车载着一行四人穿梭在公路上。着急赶时间，到了车上才发现，大家都没吃早饭。

当车子沿公路冲出群山，最终在偌大的市部队医院门前停下，时间是上午十点十分。大家的肚子都饿得咕咕叫，乌热尔图过意不去，把我抱上轮椅交给叶子，连忙去马路对面买吃的。

叶子夫妇把我推到一扇大玻璃门前，我拨打彭主任的手机联系见面地点，谁知，彭主任却叫我们立刻去门诊三楼，他现在有空，等下会很忙。我急慌慌地抬头张望，宽阔的马路对面，乌热尔图已经走没影了。我赶紧手忙脚乱地打他手机，叫他赶快回来。

叶子夫妇推着我乘电梯到达门诊三楼，我们正在陌生的走廊里寻找眼科诊室，身旁忽然出现一位穿白大褂的中年男军医："是秦华吧？哪位要看眼睛？"

医生的上海口音告诉我，他就是我要找的眼科彭主任。彭主任说话语速飞快，好像非常非常忙。我赶紧抱歉地解释，请他稍等片刻，并再次打电话催促乌热尔图快回来。还没等三分钟，彭主任口袋里的手机响了。他接了电话，说有个刚手术的病人找他，让我们在这里等着，他先去病房，然后白褂飘飘地疾步而去。

两三分钟后，乌热尔图拎着一袋手抓饼急匆匆地赶到了眼科诊室。大家在诊室门口眼巴巴地干等着，一步也不敢走开。十几二十分钟过去了，走廊里人来人往，就是不见彭主任回来，四个人都等得心焦起来。我疲惫地靠着轮椅扶手，额头急出了汗，很后悔让乌热尔图去买早餐，不然彭主任早给他看上病了。叶子夫妇在边上也是坐立不安，拿着手抓饼，没有心情吃。本来性子就急的乌热尔图，等得在原地来回转圈，后来又跑到走廊外面的窗口去抽烟，借以镇定片刻。看乌热尔图急躁的模样，我连忙调节情绪，温柔地安慰他："别急，都到医院了，耐心等一会儿。"听了我的话，他冷静了片刻，还是忍不住过几分钟就跑到走廊尽头去看看电梯，看彭主任是否回来了。这时候，每个人的反应都不一样，但是，都盼着医生快点给乌热尔图看眼睛，我们可以及时办理住院手续，陪乌热尔图手术。尤其叶子夫妇，他们今天必须要回去的。

我在轮椅上一会儿靠、一会儿坐，望着长长的走廊尽头，心情也是非常焦虑："要是看晚了，今天不能手术，我就得跟叶子回去，那就白来一趟了。"

多年以后我才知道，没有生活经验的我，当时的想法是多么的幼稚可笑。我不知道，除了急诊，手术都是要排号的，还有术前的各种检查要做，哪能当天就手术。

彭主任终于出现在我们焦灼的视野中。他径直把乌热尔图带进诊室，去了里面的一个房间。大约五六分钟后，乌热尔图跟着彭主任从里间出来，在外间一张桌子前坐下来。那桌上摆着我看不懂的仪器。乌热尔图的眼睛贴在仪器上，彭主任在对面一边观察一边转动仪器，看得很慢很认真。我在边上一阵阵的心头发紧，不知道结果如何。

检查完毕，彭主任用酒精棉清洁了双手，然后走过来，快人快语地对我们说："右眼球萎缩了，角膜溃疡，不太严重。用眼药水滴，再吃点药。"

"用药就可以？不用手术吗？"我在轮椅上瞪大眼睛，简直不敢相信。这和乌热尔图之前的诊断反差太大了。

"不用手术"，彭主任肯定地摇头，"眼压正常的，没事，可以不手术。"

"不手术，不要紧吗？"乌热尔图也呆了。

"没事，没事"，彭主任冲我们安慰地摆摆手，他对乌热尔图说，"你这个眼睛虽然看不见，但是，人体自己的组织，万不得已再换，现在能不换就不换。"

彭主任如此肯定的答复，让我和乌热尔图双眼放光，好像孙悟空摘下了紧箍咒。接过彭主任开的药方，我们激动地向他道谢告别。

"这下好了，不用手术了，赚到一万多块钱。"叶子丈夫打趣。

大家会意地欢笑起来，来时的压抑一扫而光。四个人轻快地出了医院上车，我和乌热尔图坐在车后排，他习惯地揽着我的腰使我坐稳，同时兴奋地和叶子夫妇说话。当车子驶离医院的一瞬间，我带着一种逃也似的心理，头也不回一下。我在车座上靠着乌热尔图，闻着他身上温暖的味道，如同劫后重生。命运真是跟我们开了一个天大的玩笑，先是丢下一座大山让我们背负，尔后这压力又突然化解消失了。或许，命运是想测试我这个残疾女人，看我能不能像当初决心的那样，勇敢冷静地应对生活的难题。我庆幸自己做了正确的选择，为乌热尔图的治疗赢得改变。如果当初我放弃求医的主动权，就没有机会获得王理的帮助，乌热尔图得不到彭主任的诊治，那这会儿，他就在原来的医院准备接受手术了。

　　坐在奔驰的小货车里，我忽然有了一个奇妙的发现：即便我是残疾人，但是，只要我选择积极去面对、认真去想办法的事情，似乎没有一件到最后不获得改变的，包括母亲对乌热尔图的态度。生活对于积极者，从来都不设绝路。

离乡进城

　　乌热尔图的眼疾康复之后，我们在娘家度过了一个愉快的冬天。春节过后，在县委宣传部——吴绍辉部长的关心协调下，我和乌热尔图搬进了县城的廉租房。听说此事的村人羡慕纷纷，使得母亲很有面子，她在短暂的不乐意之后，又愉快地接受了。

　　来到古城里的新家，我和乌热尔图都有了一种归属感。我们把屋子面积最大、采光最好的一间，作为卧室兼书房。我用惯的那张旧书桌，摆在宽大的窗子面前，亮堂堂的，方便我写作。床和大衣橱也已经摆好。午后的阳光透过窗子照在卧室和厨房里，采光非常好。乌热尔图把我推到卧室门口，让我看他收拾房间，我兴奋地在轮椅上欢呼起来。我最喜欢看他干活，看着屋里的一切在他的劳动中变得干净漂亮，就好像亲眼见证了一个魔术，有一种难以表达的满足感。见我兴奋的模样，乌热尔图又装出一脸委屈，说我是个"残忍的监工"。

　　乌热尔图用湿毛巾擦拭着我们那张棕色的大床，从床头、靠背到床脚一丝不漏，然后是书桌和大衣橱。我沉浸在这踏实温馨的气氛里，因为帮不上忙，多少有点歉意，但更多的还是高兴。我们有房子了，不用承受高租金，不用担心频繁搬家，我瞬间感觉压力轻了一大半。

乌热尔图麻利地擦拭完家具，打开一只大布袋，把衣服掏在床上分类，或叠放，或套上衣架，收到大衣橱里。我在房门口的轮椅上，呆呆地看着房间里的乌热尔图，在心里感叹他的巨大变化。房中这个外形粗犷的男人，曾经连自己的衣服都不爱洗，他为了我这个瘫痪女人，像他之前要求自己的那样，"把自己从一匹野马，变成一匹家马"。他事无巨细，学会持家，还做得这么好。自从他选择我做妻子，他的生活方式、生活环境、人生观、价值观，都与过去彻底决裂了，然后，在这决裂中去践行新的生活。他在这个践行过程中遇到的困难和挫折，除了我，无人能够体会。他这是需要多大的勇气和毅力啊！看着站在棕色大床前整理衣服的丈夫，我再一次被他震撼和感动了。我深刻地感受到他爱的真诚和伟大，唯有爱才会使人心甘情愿地去付出，而不加抱怨！

当房间里淡黄的木地板被他拖得发亮，收拾房间的最后一道工序完成。乌热尔图挂着拖把站在我身边，和我一起看着崭新的卧室，好像在看一个奇迹，一个阿拉丁神话，赞叹而满足。我亲爱的乌热尔图呀，他就是我的奇迹，我的阿拉丁神话。没有他，我的生命哪会有这么神奇美好的变化。他是我亲爱的丈夫，也是我生命中的贵人，几辈子也报答不了的恩人。我在轮椅上深情地抬头看他，他刚好也温存地低头看我，彼此眼神对碰，嘴角都绽开了幸福的笑容。在这笑容里，一种温暖奇异的感觉在我心头蔓延开来，一个声音在心里感叹着："这是我的家呀，我身边站着我的男人。这里有我的客厅，我的厨房，我的各种物品。这屋子里的一切一切都是我的，是我这个世俗眼里什么也不配的瘫痪女人的。"眼前这一切，放在过去，我连想一下都感觉像犯罪。
我曾经因为瘫痪而一无所有，就连一条简单的裙子、一个普通的
头饰也没有过，更别说丈夫和家庭。可是现在，我竟然什么都拥
有了，我真的拥有了这么真实美好的生活，我忽然又神魂飘忽起
来。尽管我和乌热尔图已经结婚两年，可是面对这幸福的生活，
我还是会控制不住地感觉像在梦里。真难以相信，这么美好的事
情会发生在我身上。

"你坐这边来"，乌热尔图把我从神游中拽回，麻利地推到
厨房门口，"我把厨房地也拖了。"

我打量着这个还没有完全收拾好的新家，心中感慨万千，
不由得说道："活在这个时代真好啊！"

乌热尔图弯腰拖着厨房的白瓷砖地，听到我的感慨，他笑
出了声。

"真的呀！"我在轮椅上认真地强调，"我真的感谢这个时代，
放在十年前，我都不知道廉租房这个词。如果不是这个时代有电
脑和网络，我就没有机会学习古典诗词，更别说实现生命价值。
我要感谢我弟弟，不是他给我买电脑，南北六千多里地的，我也
不可能遇到你，没有今天的幸福；我也无法认识大诺老师，没准
我的长篇小说还没开始写呢……"

"别感慨了，想想晚上吃什么吧。"乌热尔图打断我的滔滔不
绝，去卫生间洗拖把了。

他的反应让我笑出了声。我不好意思地意识到，其实刚才
这些话，我已经对他说过很多次了。虽然说过很多次，可我还是
感觉说不够，我的心中对命运、对今天的幸福生活，充满了复杂

而磅礴的情怀。这份情怀充盈在心里，不断地酝酿膨胀，稍有触碰就会像决堤的洪水一样喷涌而出，源源不绝。想想我这个曾经长年累月封闭在屋子里，被认定是废人的瘫痪女人，如今却和健全女人一样，有了幸福的婚姻家庭，有了自己的事业和成就。我彻底逆袭了自己的命运，不再是过去那个依赖家人生存的秦华，我已经是一个有尊严的、大写的人，虽然我终生坐着轮椅，但我的灵魂已然是站立的。我所做到的一切，就是健全人也不是个个都能做到的。想想现实中遇到的那些混日子的人，我的价值感、成就感就满满的。而今，政府又给了我们一个稳定的居所，这一生至少不会再风雨漂泊，这让我倍感温暖。面对这昨日无法想象的生活，我怎么能不为自己获得的这一切而感动，我又怎么轻易说得够！

一定要完成书稿

　　我来不及去熟悉古城的周边环境，就把心思完全投入在写作中，我不敢有过多的消磨，完成这本书的时间只剩下一年了。

　　大诺老师说了，希望加快写作进度，老师可能在一年后有其他事情，那时候，就不可能有这么多的时间指导我。老师的话让我紧张起来，我的书稿还有十几万字要完成，一年之内写完，对我这个第一次写长篇的新手，压力真的很大。而老师随后说的，"你的作品可以帮到很多人，你的书是有生命力量的"。更加激发了我强烈的责任感和创作欲望。我不能辜负老师的期望，不能辜负命运赋予的使命，我一定要如期完成书稿!

　　每天午后，卧室书房就是我的私人空间。听着隔壁厨房里，乌热尔图洗好碗筷，开始泡茶。我打开电脑音乐，把《琵琶曲》的音量压得低低的，准备写作。我喜欢开着音乐写作，让优美的旋律营造宁静的氛围，同时也为忙碌的乌热尔图放松身心。

　　乌热尔图给我送来茶水，主动去了客厅，不打扰我写作。客厅里有他的电脑，他打理打理网店，间或玩玩游戏，除了细微的键盘声，几乎不发出声音。写作者奉献给读者的是精彩纷呈的故事，但是，写作本身却是一件单调的事情，每天在房间里，要么发呆，要么记录，如此循环往复。好在写作者的思想深度活跃，并不觉得孤单。然而，作为写作者的家属——乌热尔图，他的生活就寂寞枯燥得多。他既要照顾我，又不能打扰我，只要我一写作，他就得去客厅待着，身边无人说话。我怕他宅在屋里太闷，叫他出去和邻居们聊聊天，解解闷。可他回答说："不用，每天收拾完家务，泡杯茶，往电脑前一坐，感觉很享受，可舒服了。再说了，我出去玩，把你一个人放家里，我也不放心。"他的体贴让我很受用，他耐得住寂寞的觉悟和心境，更让我温暖安心。这世上，但凡想成就一点事业的人，都需要这种平淡坚守的境界，而我需要的境界，他真的有，并且他乐意成就我。有时候，夫妻间的这种默契，会让我有一种错觉，好像我和他已经结婚很多年了。

金色的阳光从窗口向我脸上照过来，时间到了下午三点多钟。我听见乌热尔图向书房走来，知道是他过来抱我去卫生间。我停下敲击键盘的双指，关闭文档正待回头，不料，一双大手忽然从背后插入我的两腋，我顿时双臂一缩，哈哈大笑起来。这个乌热尔图，他在背后胳肢我，而且，我瞥见他的手还是从椅背的镂空里伸进来的。他这个搞笑的动作，逗得我笑个不停。我在书桌前边笑边躲，却又无处可躲。乌热尔图顽皮地捉弄我，自个儿也呵呵直乐。

闹够了，我放松而满足地依靠在他的臂弯里休息。他在背后就这么抱着我，脸挨着我的黑发，很陶醉。在这个属于自己的小家里，两个人没有一点拘束，乌热尔图更是从没有过的轻松自在。

"晚上想吃什么？"他的声音温存得像在哄孩子。

"你想做什么，就做什么。"我说。

"我问你想吃什么。"他不满意我的答复，严肃地提高嗓门。

我在他的双臂中扑哧笑了。在诗词文学上，我被很多人称为才女，但是，要我面对一日三餐却很为难。过去，一直是家人做什么我吃什么，内心总是歉疚地想，自己残疾，已经连累家人很多，不好意思再提什么要求。只有父母主动询问我想吃什么的时候，我才偶尔表达意愿。现在，每天的饮食我都可以自己做主，可是，我却反而不会选择了。每次乌热尔图问我想吃什么，我的脑海中总是模糊地冒出一些吃的，又好像什么也没有真实浮现。我茫然地思来想去，拿不定主意。人的习惯真是个痼疾。

此刻，我抚摸着他壮实的手臂，沉吟片刻，还是说了句："我随你。"

他接到我抛回去的球，像受了一记重击，一头栽到我肩上："问你也白问。"

我不作声，越想他刚才的反应越好笑，便依偎着他哧哧地笑个不停。

乌热尔图抱我处理完如厕大事，便出门买菜去了。客厅的门啪嗒一关，我的思绪重新回到写作上。我对这个位于街道深处的住所很满意，这里的安静有益于思考，我能够自在地飞扬思想，把捕捉到的点点灵光付诸在文字里。

搬到县城的头一个月，我就完成了两万字。我的脸瘦了一圈，萎缩的双手瘦得像十岁小孩的手，但是，我的情绪十分地饱满高涨，很享受写作进度带来的成就感。

乌热尔图心疼我写作辛苦，天气好的傍晚，他就推我去屋后的扬之河边散步。扬之河的水很清澈，河面很宽，河上有一座建于明万历元年的万年桥，高大的砖石桥墩上，青苔生长了几百年。我喜欢这座古桥，喜欢这条碧绿的河流，看着夕阳倒映，水波从桥墩下汩汩流过，我的心立刻就平静下来，疲劳顿消。扬之河的水，古老的万年桥，对初来乍到的我们而言，和歙县古城一样新鲜美丽而陌生。不过，也正是这份陌生，反而形成了一个保护层，减少了令人讨厌的好奇和关注。当然，乌热尔图推我走在路上时，也会遇到一些异样的目光，但大多数人是淡定地与我们擦肩而过，没有刻意关注我的残疾，以及与乌热尔图的特殊组合。我觉得，这才是生活该有的自由和平等，也是一个人该有的、最起码的尊严。在新的环境里，生活的茫然和沉重并未消失，但是，新的生活总是令人憧憬的，而且日子又清静了许多，这让我和乌热尔图心情很好。

他给我做好吃的

　　完成一天的写作，我靠着书桌远眺晚霞，放松双眼。外间门一响，乌热尔图从市场买菜回来了。

　　"秦华，晚上给你做好吃的，你没吃过的。"他神秘兮兮的说。

　　"没吃过的？我好期待啊！"我在书桌前欢呼，心情立刻兴奋起来。我对新鲜食物的兴趣，几乎等同于我渴望经历真实的生活，加上他神秘的口吻，我的好奇心立刻涨满。我靠着书桌兴奋地猜测他要做的食物，却听见他在客厅搬轮椅，一回头，他已经把轮椅推到书房门口了。

　　"上哪儿？不是要做晚饭吗？"我条件反射地问，以为要出门。

　　"推你来厨房，你不想看我做饭啊？"他不紧不慢地回答，调整着轮椅方向。

　　我恍然大悟，连忙做好让他抱走的准备。谁知他刚走进房间，又站在那里不动了："你要不想看，我就不抱你过来了。"他以退为进，故意逗我，明知道我是最爱看他干活的。

　　我当然一眼识破他的小伎俩，乐得笑出声来，赶紧配合地撒着娇："要看，要看，我要看，我要看……"

　　我在书桌前一个劲儿地叫着、放肆地撒娇；这是我惯用的绝招，百用百灵，屡试不爽，乌热尔图没有一次不被我的娇柔所俘虏。果然，他立刻开心地笑着向我走来，把我抱上轮椅。

轮椅在厨房的砧台边刹住，乌热尔图拎过来一袋拆开的面粉，大约有三四斤重的样子。倒了适量在砧板上，又用一只蓝花碗取来大半碗清水，开始和面。此刻，我知道这个没吃过的东西是面食。

我在轮椅上身体前倾，兴致盎然地盯着乌热尔图和面，看面粉在他的双手下如何变化。这是我们结婚之后，我第一次在厨房里看乌热尔图做饭，以前住的两处居所，厨房小，不方便我进去。现在这个家不大，唯独厨房很宽敞，在我笨重的轮椅占据下，他依然可以出入自如。砧板上的面粉，在乌热尔图的揉搓下变成一团大白面，他双手的力道开始加大，把白面揉扁又团回来，团回来又揉扁，反反复复的，直到整个面团都筋道起来。最后，他把揉好的面团放在一口铝锅里醒，转身去冰箱拿了一块肉剁起来。这时，我看到窗前的水盆上，还有一捧干净的韭菜。

"你包饺子呀？"我纳闷。

他呵呵一笑，故作平静地说："我做韭菜盒子。"

"韭菜盒子，韭菜盒子是什么？"我从来没听说过这种食物。

"做好你就知道了。"

乌热尔图在砧台前剁好馅，切碎韭菜，配上油盐，装在锅里，用筷子来回拌。他说馅一定要拌匀才好吃。忙活好馅料，他从铝锅里拿出醒好的白面，切成两半，又在砧板上反复揉着。最后，他从面团上揪下一把，用双手揉搓成一条细面棍，再切成一个个面团子。我在轮椅上，看他双手沾满面粉，在砧台前不停地

忙活，有一种温馨的感觉取代之前的好奇，在心里弥漫开来。此刻，我体会到了一种真诚的感情，乌热尔图不是单纯在做晚饭、做韭菜盒子，而是在用心经营我们的日子。他脸上认真而享受的表情，沾满面粉的双手和每一个动作，都在无声地告诉我，他对我、对这个家的爱恋。我忽然明白，自己为什么总爱看他干活，我是在享受这份参与的幸福感，我好爱他，爱我们的家呀！

当白面变成一堆面团子，乌热尔图在砧板前挺起身、直直腰，然后动作麻利地擀皮。我看着看着，感觉忽然有点不对劲儿：眼前这些事情，原本是我这个家庭主妇来做的，可我却只能在边上看着，事实上，我是一个坐享其成者。一个正常家庭里的事情，在我们家全是反过来的，而他扮演着家庭妇男的角色，却做得这样平常自然，一副非我莫属的样子。

乌热尔图一边和我说话，一边在砧板上飞快地擀着皮儿。我感叹他的能干，也心疼他的劳碌，内心有一种要帮忙的冲动。随着这个意识，残疾的右手在暗地里动了动，但是，也仅止于此。要是我的双手好好的该多好，那我就能做好多事情。我真的好想好想和他一起做家务，享受家庭的忙碌和快乐。我心里有一股复杂的情愫在涌动，作为一个瘫痪女人，我有一个这么好、这么能干的丈夫，是多么的有福啊！我忍不住地为自己感到享福。

韭菜盒子外表和饺子一样，只是个头超级大。灶台上，油在锅里冒着热气，香味飘进了鼻腔。他把韭菜盒子一只只放下锅，锅里立刻发出一阵美妙的哧啦声。烹调食物的声音，真是世界上最好听的声音，不管何时何地，它总是能让人倍感温暖和满足。此刻，我完全明白了，韭菜盒子就是油煎大饺子，只不过它的馅料特定为韭菜肉末。

绯红的霞光透过窗子，把厨房里染得浪漫温馨。韭菜盒子不断地在锅里哧啦作响，香味从鼻腔透到了肺里，我忍不住咽了一下口水，馋了。乌热尔图掀开锅盖，把金黄的韭菜盒子挟到蓝花碗里，往锅里添加了一点油，回到砧板前接着包"盒子"，过程有条不紊。

"等油热了，这两只也包好了，下锅煎的时候再揉面，刚刚好。"他对自己的妥当安排很满意。

"咱家锅小了，得煎好几锅。"他又说。

我在轮椅上崇拜地望着他，冲他微笑。现在的乌热尔图，在厨房里已经不像刚结婚时那样忙乱，他真是练出来了。

"老公，你的手艺真不错，跟谁学的?"

听到我的表扬，他满脸高兴地笑了，口中谦虚地说："也没跟谁学，小时候看我姑她们做，就会了。我在家七八岁就会做饭，我只是不会做你们这边的菜。"

第二锅韭菜盒子熟了，热气从锅盖边冒出来，满厨房的香味儿。乌热尔图去锅边盛韭菜盒子。我看看面前砧板上的面团，学他的样子，用手（不过我所说的手，就是一根右手食指在工作而已）把它压扁，再拿过面棍笨拙地滚。

他在锅边看见了，好笑地乐出声来："你干吗呢?"

"我擀皮呀!"我一本正经地回答，好像我这个瘫痪的人真的能干活。

"哎呀，你就帮忙吃吧。"他笑着过来夺走面棍。

乌热尔图把一碗油花还在噼啪作响的韭菜盒子端上书桌，

抱我回房间先吃。他说韭菜盒子就热着时最好吃。

　　窗外，远空一片铅灰，我在灯火通明的书桌前，听着他在厨房忙碌，吃着喷香喷香的韭菜盒子，眼眶忽然湿润了。我感觉自己太有福了！我心里回荡着这句话，陶醉在一种感动满足又心疼的复杂滋味里。

事无巨细他什么都会

"秦华，准备准备洗澡了，水马上烧好了。"乌热尔图在卧室门口招呼我。

我靠在书桌前，从冥想中回过神来，连忙答应一声，保存好书稿，愉快地等他来抱我。

新家的卫生间和卧室一样，每到下午两点来钟，阳光就从西窗亮堂堂地照进来。乌热尔图看好这点，就趁着阳光给我洗澡，这样不会着凉。他很注重我的个人卫生，给我洗澡、洗头，对他而言，就像每天要擦桌子做饭一样自然而重要。

两平米不到的卫生间里，阳光明晃晃的，温度和太阳底下相差无几。温热的水流通过花洒喷到身上，非常舒服。西窗外那堵石头矮墙，刚好遮挡了外界的视线，洗得安心自在。

很快，乌热尔图的衬裤被水花溅湿了。他满不在乎地吹着口哨，曲调还配合着为我清洗的动作。我身上的香皂沫，依旧配合地在他的手底欢唱。

此时的一切，是这么温馨自然，一股感动的深情又在我的胸膛里涌动了：乌热尔图对我真好啊，每次都这样耐心细致，就像在洗他自己的身体一样。他每天重复地照顾我、做家务，这些事情枯燥单调，可他不厌其烦，还乐在其中。他还戏谑地说，下辈子做女人，除了怀孕生孩子，什么都不用学了。当时我扑哧一下笑起来，可是，马上心里又情感汹涌，感动得眼泛泪花。他这一句轻松的戏谑背后，却是一副让平常人感到害怕、唯恐避之不及的一辈子的重担啊！他推我逛街，看到其他女人穿戴的时髦衣服、项链、手链等东西，只要口袋里有钱，他就忍不住要给我买，并告诉我这个款式是今年流行的。对一些价格超出预期的衣物，他也要在店里给我穿上试试，再给我拍个照留做纪念。

想着乌热尔图对我的真情义，他为我付出的种种，我怎么能够不动情、不流泪？他原本过得轻松自在，与我两不相干，何苦大老远来过这种清淡日子，每天这样伺候我，而这种伺候又是没有尽头的。

从卫生间到卧室，中间要穿过厨房。乌热尔图抱着我，水淋淋的拖鞋踩在厨房的瓷砖地面上，一路嘎吱作响。当他一脚踩进卧室的木地板，我才松了一口气。

洗澡之后的事情是一系列的。他在床上为我擦干身子、穿衣服，拿吹风机为我吹干头发，然后扶我躺下，盖上被子保暖。今天还有一件很重要的事情——为我剪脚趾甲。乌热尔图用指甲钳钳住我的一个脚趾甲，然后慢慢地用力，这是我教他的。

"行吗？"他问。

我只觉脚趾一凉，没察觉到疼痛，于是在被窝中应一声："可以。"

房间里响起咯嗒一声脆响，他剪下去了。如果我感觉到疼痛，他就立刻松开，往后退一点钳住再问，得到肯定答复后再剪。

刚结婚的时候，乌热尔图根本不敢给我剪脚趾甲。他右眼失明，一只眼睛看东西准头差。而我的脚趾甲，头一个很厚很硬，剪不动，后面几个又仿佛发育不全，只有一点点大。记得那天下午，他站在床前忧愁地看着我的脚，半天不敢动手，生怕一剪子剪出血。可是，这是个经常性的生活问题，必须要解决，总不能一剪脚趾甲就去找别人帮忙吧。再说能找谁呢，找也找不了一辈子呀。为了安抚他，给他信心，我对他说，我奶奶七十一岁还给我剪过脚趾甲，她老花眼看不清楚，就用手摸着剪。还有，我九岁的时候，妹妹就给我剪过脚趾甲，那时候她才四岁，而且，她们用的都是大剪刀。

"老人小孩都能剪，你肯定也能剪。"我坐在床上对乌热尔图说，"我教你，你按我说的做，保证剪得好！"

在我的鼓励中，乌热尔图将信将疑地脱掉我的袜子，在床前蹲下来。但他坚持使用指甲钳，不肯用剪刀。

"太吓人了！"他苦着脸瞪我。

看着他那张苦瓜脸，好像被人逼着去犯罪，我扑哧笑出声来。

经过第一次紧张笨拙的修剪后，乌热尔图有了信心，我也放心了。记得头两次，我都是坐在床上紧紧地盯着他修剪的，哪怕察觉到一丝若有似无的痛感，立刻就叫停；虽然我表面无所谓，心里还是很紧张。现在就不同了，我可以放松地躺在床上，信任地把双脚交给他，然后发动强大的感觉功能，对他的询问发出肯定或否定的应答。这种问答在剪到后面时，就从最初的："行吗？""可以！"演变为简洁的："嗯？""嗯！"而且，乌热尔图还在修剪中摸索出了经验，每次剪趾甲都要留一点，只要趾甲弧度光滑，不刮袜子就可以。这样更加确保了修剪的安全。而我也再次充满信心地察觉，这世界上，万事万物都相生相克，有问题在，就一定有办法同在。

阳光从卧房右边的窗子，带着暖烘烘的气息溜进房间。指甲钳撞击的咯嗒声，和着两人的问答回荡在卧室里，像水底冒出的一个个小泡泡。

生活的压力躲不掉

　　我们迎来了结婚两周年，为了纪念这个历经磨难、意义非凡的日子，我和乌热尔图换了一身新夏衣，戴上了结婚的信物——银项链和紫水晶手链。我们看着对方微笑着，心情很甜美，好像又做回了新郎、新娘。

　　中午，乌热尔图在隔壁的饭店订了三菜一汤回家，以示庆贺。两个人自然是吃得十分高兴满足。饭后稍事休息，他推我上街去玩。走过古老的城墙根，路边的大树枝繁叶茂，有的树上白色的花朵还在飘落。春末的县城，爱美的女孩子已经穿上露肩的裙装，很显眼。县城本地的人流，加上四方游客，到处人来人往。我们兴致盎然地逛着，穿过老街高大的许国石坊（这是歙县的标志性建筑，全国唯一的一座八脚牌坊）。看着石坊下穿梭不绝的人流，我的目光仿佛穿越时空，看到不同朝代、着装各异的人潮络绎而来。这条老街，这座矗立在街正中的高大石坊，总是把我带入历史的溯游，让我感受到，自己不过是历史长河中的一朵小小浪花。乌热尔图在街边买了一串糖葫芦，我们像小孩一样，你咬一颗，我咬一颗，愉快地就地分吃了。在一个小摊面前，乌热尔图买了几件按摩用的小玩意儿，说回家给我按摩正好。我们逛了整整一下午，直到兴尽才慢慢回家。

由于好久没有这样放松了，我的心被快乐涨得满满的，直到晚间上床仍在回味。乌热尔图关了灯，我依然兴奋地在黑暗中和他聊着，清醒得仿佛眼前一片光芒。谈话间隙，乌热尔图却突然沉重地叹了口气，好像满腹心事。他这突兀的表现，打破了我甜蜜的心情，我一惊："怎么了？好好的叹什么气？"

"日子怎么过啊？天天只出不进。"黑暗中，他的声音分外低沉，"这样下去，存折上的钱很快要用完了。"他呻吟般地说完，便陷入沉默。

立刻，我也沉默了。一提到生计的问题，就像横空杀出一把大刀，把心头的快乐全部砍掉了，所有的美好戛然而止。再也没有哪件事情比生存更叫人沉重压抑的，想回避都不行。

从婚前到婚后，我们为生计问题做了多次的讨论与努力，对可能出现的困难，也做了相应的心理准备。可是现实的沉重和局限，依然超出了之前的准备，令人难以回旋。我们经营了一年的网店，因为缺乏自己的货源和推广费用，只能零散地赚些碎银子，贴补油盐。前些天，残联通知有福利工厂招聘。乌热尔图憋足劲，把沉重的我抱上三楼的招聘现场，想谋求一份合适我们的工作。可惜呀，上下楼累个半死，也没有一个岗位可以让乌热尔图在上班的同时兼顾到我。结婚这两年，最适合我们的一个事情，是一所学校门口转租的小店，可是，因为没有筹齐资金，盘不下来。我现在唯一的期待，就是手头的书稿出版后，通过卖书带来一点收入，可那至少是一年以后的事情，眼前的生活怎么办呢？

远处有灯光隔着厚实的窗帘照过来，房间里露出朦胧的微光。我瞪着昏暗的房间，心情沉重又扫兴。乌热尔图干吗在今天说这么沉重压抑的事情呢，这么特殊的日子，给我一个圆满甜美的睡梦，明天再说不行吗？但是，很快我就歉疚地意识到，这怪不得乌热尔图，我每天待在家里，吃穿用不必管，只需等候乌热尔图安排即可。可是乌热尔图不同，他是每天直面生活的人，一天买多少菜、买什么菜，各种生活用品、水电煤气开销等，都需要他考虑和应对。如果某个时段用度超支，他还要考虑从哪里省下来补上。乌热尔图，他是直接和烦琐的生活、口袋里不多的钱打交道的。窘迫的烦恼和压力，是我这个不问家事的人容易忽略的。此刻，我只是设身处地地这么一想，立刻就产生了一种发自内心的焦灼和茫然。我好想立刻冲出生活的困境，却又无计可施。沉重的生活啊，就像这浓稠的黑夜，一口就把我们给吞没了。

乌热尔图躺在床里边，好像睡着了。这么快就睡着了？他这是愁的吧。我在静谧的黑夜中瞪着眼，在心里悄悄地叹了口气。细想想，生计的问题，说到底，难的还是一个钱字，不管是网店，还是实体店，都需要资金投入，而我们的全部家当只有八千块钱，全投到网店里也不够。我想过借钱做网店，但钱难借，我也怕万一赔了，把乌热尔图拖入负债的困顿局面。现在的日子是难，但是，至少我们不欠外债呀，俗话说：无债一身轻。想想这也是生活中好的一方面。这个自我安慰，让我稍微松了口气。我不能借债创业，冒这样的风险对乌热尔图不公平，对我们的家庭也不负责。

我躺在床上，漫无边际地想着这些沉重的问题，不知是玩累了，还是愁闷的，很快，我也沉闷地睡着了。

第六章

夫妻同心其利断金

艰难的选择

午饭后，我没有写作，而是一直靠着书桌发呆，心情很乱。乌热尔图有工作机会了，我又不知道该怎么办了？是我们拜托朋友介绍的工作，可是，这份工作一样需要八小时上班。

这件事情没有带来喜悦，反而很是令人纠结为难。乌热尔图心也乱了，他在客厅待了片刻，进房间问我怎么办。我心里乱糟糟的，什么也没说，脑海中闪现最频繁的一个念头就是：这份工作会把我们的生活彻底打乱。

早上八点上班，那乌热尔图每天六点就得起来。伺候我穿衣洗漱最快也得半小时，再做早餐，吃早饭，估计碗都来不及洗就得出门。起大早，不到中午，我就会想上厕所的。好吧，我可以提前两天开始节水，让身体保持在一定的缺水状态，可以坚持到他下班。中午，乌热尔图把头天晚上做的饭菜热热，我们就可以吃。到了晚上，他要准备第二天的饭菜，要去超市买菜、买生活用品。虽然家就两个人，但是麻雀虽小，五脏俱全，柴米油盐，吃穿浆洗，一样也少不了。除此，他还要给我洗澡，收拾家庭卫生。

这样一来，乌热尔图每天就是在为生存忙碌，完全没有自己的个人空间，他活得该有多累？我靠着书桌，被这个真实的假想吓得心惊肉跳。这不是我希望他过的日子，也不是我想要的生活，我们的人生不应该是这样度过的。

客厅里传来电脑键盘的敲击声，从杂乱的敲击动作中，我听得出乌热尔图内心的矛盾和茫然，他也是难以抉择。过了一会儿，乌热尔图又一脸矛盾地进房间来："这个班要上不上啊？我上班，你怎么办？"

"找个钟点工，下午来帮我上厕所。"我强撑着安排，实在无颜面对他，是我害他不能工作。

"钟点工？"他站在大衣橱前，惊讶地瞪着我，"那我工资一大半都给她了，你还没人管，上什么班？"

"而且，到时候生活还会很乱的。"我说。

"关键是把你一个人放家里，我真的不放心！"他紧锁眉头，在房间里徘徊，"万一你有事怎么办？就像昨天，你忽然肚子痛，打雷你会怕，我上班，不可能回来陪你。"

我扭头盯着地上的木地板，忧愁而茫然。病痛我不怕，那是小概率事件，夏天打雷却很常见，一个人在家面对雷雨大风，每次我都像历劫一样，紧张到几乎虚脱。知道我怕打雷，遇到这样的天气，乌热尔图就把我抱到客厅一角的沙发上，陪我一起坐着。沙发那儿远离窗口，看不到可怕的电光。有他陪我坐着，我就镇定多了。

"怕就怕，我以前（结婚前）也是一个人在家，大不了毛孔倒竖，浑身冰冷。反正，还不至于吓死。"我靠着书桌，低头装淡定。

"不行"，听了我的回答，他决然地说，"我不能再让你像以前那样过！"

"可是，能怎么办呢？"

双方都沉默了。这份令人矛盾的工作，它出现的正是时候，我们迫切地需要解决生计。可是，这份工作又明显不适合我们这样的家庭。重度残疾人的伴侣，在工作和照顾爱人之间，好像只能取一头。原本生活可以获得改善，偏偏我又不能让他去工作，这样的现实真的很是沉重和无奈。

忽然，搅拌机巨大的轰鸣声从窗外传来，卧室对面的建筑工地上班了。机器声、人声，外面瞬间嘈杂起来，令我更加沉重烦躁。在我们住下不久之后，这个离屋子十几米远的建筑工地就开工了。原来的清静被彻底打破，给我的写作也带来严重影响，连着两个月进度都徘徊在一万字。缓慢的进度增加了我的压力，心情烦得很。此刻，听着外面的嘈杂，我烦躁极了！这烦躁突然让我意识到：其实，我害怕的不只是乌热尔图上班，生活会失去规律。我更害怕的是，我的写作规律会被打乱。到时候，我可能连现在这点进度都难以保证，我怎么在一年内完成书稿？我不想失去大诺老师的指导，不想在老师门下成为落后分子，更不想放弃心中的理想啊！

连着两天，我们矛盾重重，下不了决心。我好像从来没有这样的瞻前顾后、优柔寡断过，但凡有可能影响到我和乌热尔图正常生活，以及让他劳累的事情，我都不愿意让它出现。我也非常渴望有稳定的环境，能够好好地写作，顺利完成书稿。现在，乌热尔图在家里，我还可以抓住理想努力奋斗，但是，他要出去工作了，情况就难说了。到时候，他一边工作赚钱，一边又要雇保姆付钱，左手进右手出，这不是"扁担不见两头空"吗？这种忙乱无序的生活模式，没有人生价值，没有生活品质，也不能为家庭经济带来多少改善，还会把现有的一切都带乱。不行，不能让这样的情况发生。我抓着书桌边沿，本能地想对现有的一切进行保护。

拖到第三天上午，必须要给对方回复了。乌热尔图说："你决定吧，我尊重你的选择。"在这最后的关头，我坚决地选择了放弃，我不能因为不合适的工作，打乱人生的节奏。

背地里赚钱

　　七月的天气，屋里屋外到处都热得像火炉。建筑工地的轰鸣与嘈杂，加重着闷热带来的不适。最近，乌热尔图总是睡得很晚，不知道在电脑上忙什么。早上我们起床时，太阳已经老高，窗帘一拉开就亮得刺眼。

　　乌热尔图给我穿上一条水墨画的连衣裙，抱我到书桌前坐好。他为我梳了头发，去厨房打来温水为我洗脸。他在脸盆里搓着我的白毛巾。我靠着书桌，不满地瞪着他唱歌："山青水秀太阳高，好呀么好风飘，一心想着他呀他，我想得真心焦，为了那心上人，睡呀么睡懒觉……"我故意把民歌《知道不知道》的歌词改掉，以表示对他熬夜晚起的意见。

　　乌热尔图拧着手中的白毛巾，嘴唇抽动，想笑还憋着，神情有点尴尬："别唱。"他说着，温热的毛巾就已经捂到我的脸上。我没法再唱了。这个人，说他几句还难为情了。知道就好，点到为止。我在温热的白毛巾下哧哧笑着，这事就过去了。尽管乌热尔图喜欢网游，但是，和我结婚后的这两年多，经过彼此的沟通磨合，他已经很久不熬夜了。这几天晚上，我睡在卧室的床上，看着从客厅照射到房门口的雪白灯光，听他在客厅里咚咚地敲键盘，我猜他是在玩游戏。我不希望他对游戏上瘾，故意唱歌提醒他，他是聪明人，明白我的意思。

然而，令我意外的是，吃过早饭，乌热尔图去市场买菜回来，把菜往厨房里一放，立刻就去客厅上网了。我在书桌这里生气了，刚刚才提醒过他，这一会儿就全忘了？

"乌热尔图"，我冲客厅里叫，"怎么上午就上网啊？"

他在客厅应了一声，敲击电脑键盘的声音却没有停止。我想说他，又不想拿他当孩子教训，犹豫了片刻，还是忍住了。我靠着书桌生气，一边想着应该怎么跟他说才好。我正想着，没想到他却来房间了，黝黑的脸上带着意味不明的笑意，站在书桌旁看着我。

"你怎么回事？天天玩，游戏就是个消遣，差不多就行了。"我瞪着他，语气柔和，但很严肃。

他在书桌旁瞅着我，笑嘻嘻地噘起他的厚嘴唇，用一种哄孩子的语气哄我："我知道了，老婆，别说了哦。"

我不买他的账："你自己照镜子看看，脸都憔悴了，一看就是睡眠不足！"

"真的吗？"他不相信地摸摸自己的脸，转身去照大衣橱的镜子。

"还真的吗？"我靠着书桌，气不打一处来，"天天这样，你想气死我是不是？"

他从大衣橱前转回身，看着我，眼神竟然有点无辜。看他不吱声了，我忽然又心软了："你玩就玩，可是要适可而止，不许熬夜。"

他温和地冲我笑笑，平静地说："我在玩游戏赚钱。"

"你怎么不告诉我?"我愣住了。

"刚开始做,还不知道赚不赚钱呢,我想过几天再告诉你的。"

"那这几天赚了多少?"对生活的需求,促使我瞬间忘了训斥他的初衷,语气缓和下来。

"赚一百了,我就一台电脑,不行。做游戏要电脑多才赚钱,我就是拼时间赚点。"

"可是那不是要总熬夜,吃不消的。"我靠着书桌很难过,让他这样辛苦,我真的不情愿,也为刚才错怪他感到内疚。

"哎呀,没事啊!"他无所谓地说,"菜又涨价了,一点进账都没有,怎么过。赚点补贴家用,最起码,给你买零食的钱也赚出来了。"

乌热尔图这句解释,让我说不出话了,虽然我一百个不情愿,一时却找不到阻止他的理由。作为家庭的男人,他是无法安心混日子的。面对生活的困境,男人的责任感促使他要去想法子赚钱,让生活有点安全感,让妻子过得好一点。原来,这两个月他一直没有放弃找工作,现实的工作不好找,他就在网络上找活干了。对他来说,能赚一点都是好的,而在经济这样拮据的状况下,他还想着给我这个爱吃的小女人买零食。我心里酸酸的,说不出的感动。想想窘迫的现实,尤其他那句——菜又涨价了!让我备感生活的压力和无奈。乌热尔图每天辛苦地伺候我,家里所有事都要他扛着,现在还要干活赚钱。我真的很内疚,觉得非常对不起他。别家的男人,谁像他这样做这么多事。

"我去忙会儿,一会儿要做饭了,上午时间就是快。"乌热尔图带着去赚钱的踏实去了客厅。

我靠在卧室的书桌前，扭头看着他出去的背影，心里难过极了。

生活就像一座大山，重重地压在心上。在这个世界上，我可以对任何烦恼喊停，唯独不能对生计喊停。这是与呼吸同等的大事，要生活，就要与之周旋。

这几天，窗对面的工地加班浇筑水泥，晚上九点之后才停工。原本还可以在晚上安静写稿，现在，连这点清静也被夺去了。我吃不消熬夜，无法在九点之后再去完成一天的写作。情急之中，我聪明地想了一个办法：借助意念来对抗噪音！每天下午写作前，我先打开电脑上的音乐播放器，把音量控制在合适的范围，既能听见，又不干扰我思考，然后假想音乐的声波不断地围着我环绕、环绕……形成一个透明的真空气泡，把我和电脑包围在中间。除了低低的音乐，所有的嘈杂声都被屏蔽在身外了，我的脑海里浮现出创作的场景。在这样的意念作用下，我慢慢适应着嘈杂的环境。生活的压力，让我的自律性很强，几乎每天一稿。我想抓紧写作，减轻乌热尔图的负担，这是我现在唯一能为家庭所作的努力。

担心生活止于糊口

在这个闷热的夏日里，我和乌热尔图热得像条狗，整天坐卧不宁。这天上午，一家电器商场搞活动，乌热尔图买了一款特价空调。整个卧室都凉快极了。看着存折上的八千块钱锐减到五千，我们也是拼了！

卧室的门开着，空调的风力可以凉快到客厅里。乌热尔图的苦夏症状消失了。他的电脑没白天没黑夜地开着，一台当作两台用，只为换取微薄的收入。有时候，我被他蹑手蹑脚上床的动静弄醒，已经是凌晨两点半。

这天中午，两个人在书桌前吃饭。乌热尔图为我碗里夹菜，我看到他的眼睛红红的，熬出了血丝，心一下子疼了。我担心他过于劳累伤着眼睛，毕竟他只有一只好眼睛，去年他眼睛差点手术的事情，我至今还心有余悸。

"乌热尔图，你眼睛都熬红了，少做点吧。"我说。

"没事"，他满不在乎地回答，"昨晚睡晚了，今天早点睡。"

我不知该说什么，毕竟他这份工作我也默认一个多月了，我只好低头吃饭。

在凉爽的空调屋里，我心清神明，写作状态很好。午后一点多钟开始写，三点不到，我就完成了一个小节的书稿，自己很有成就感。

隔壁客厅里，乌热尔图啪啪地敲击键盘，间或点击鼠标的动静，不停地传来。一想到他的辛苦，我的情绪又有点复杂了。从内心来讲，我真不愿意他在照顾我和做家务之外，还要成为廉价的赚钱机器！我这个瘫痪的妻子，不但限制了丈夫的生活，还限制着他作为男性养家糊口的尊严。这种歉疚和自责的心理，让我心情沉闷。

我双手搭在书桌上，假想自己升腾到一个高空，然后往下审视我和乌热尔图的生活：乌热尔图被我这个残疾之妻所困，注定不能像其他男人一样出去工作，这是无法改变的事实。我们这样的家庭，想要改善生活，绝非一朝一夕可以办到，甚至因为我的残疾限制，也可能终身就是守着清贫度过。但是，清贫中也要活出价值和乐趣不是吗？这段时间，因为双方的忙碌和压力，家中气氛多了沉闷，少了欢愉。我们每天除了吃饭时聊几句，其他时间都在电脑前穷忙，他一心赚钱，我一心写作。我们活在这个世界上，每天要食人间烟火，可是，我们又绝不能终日忙于糊口，沦为生活的奴隶啊！其实，从结婚到现在，我们就处在一种意志与窘境的对抗之中，既冲不破现实的局限，也不愿意低头认输。此刻，看着乌热尔图这样辛苦，我心疼内疚之余，也有点不明白生活的意义何在了。

我靠着书桌暗叹一声，用能活动的右手食指拖过书桌上的茶杯喝水。乌热尔图听见动静，立刻从客厅过来："水还有吗？我再给你倒点。"他说。

我低头喝着茶，连忙"嗯"了一声。我体寒，夏天也喜欢泡热茶，放温再喝。他从厨房给我续了热水，把茶杯放在我的书桌上，笑着对我说："今天已经赚了二十块钱了。"他的微笑中有一种暗藏的满足。

在拮据的生活中，我也不能免俗，每次听乌热尔图说到收入多少的时候，总是不由自主地一阵高兴，然后又歉疚、心疼。我从没想过，有一天，生活的担子会完全落在他身上。我不愿意接受这样的现实，这是对我这个妻子无力分担的刺痛！我内心想要的，是生命本质的升华，是用文学来奉献社会、受益大众，同时也以此改善生活。我真希望有能力支持乌热尔图做个合适的行当，有自己的兴趣，赚钱多少不要紧，就是不要让他这么累。可是现在，他背负着生存的压力赚钱，我背负着心里的内疚写作，时间长了，岂不是要偏离最初的人生轨道？我有种不妙的感觉，我们好像还没来得及改变命运的本质，却面临被命运改造的危险！我真的不希望我们的生活只是为了糊口，至少目前不要陷入这样的状态，我很怕这样的状态会发生。

乌热尔图抱我去了趟卫生间，转身又要去客厅忙碌。

"乌热尔图"，我在书桌前喊住他，"今天就别做了，太累了。"

他不乐意地反驳："做晚饭还早着呢，我再做会儿。"他不由分说去了客厅，不舍得丢掉这两个小时挣钱的机会。

我无奈地靠着书桌叹了口气，倔不过他。可是，我实在不想顶着压力生活，我想要改善，这个改善的方式就是先退一步，以时间来换取空间！这个念头的出现，让我心中忐忑不安，我怕伤了乌热尔图的自尊。但是这个选择，对乌热尔图的身体健康，以及我们的未来是有好处的。如果，乌热尔图只照顾我和做家务，身心都能强健轻松很多。我也可以安心地写作，为生存打造基础。在写作这条路上，我还是个初学者，离成熟的创作很远。我需要时间磨炼自己，如果我练不出一身本领，未来就很难有出路。我不想屈服于生活，夫妻双双陷入糊口的平庸。那么，与其现在这样把生活拆成零碎，透支身体换取微薄的收入，还不如清贫点，循序渐进地谋求发展。只是这样的想法，对乌热尔图的自尊是有压力的，我希望他能理解我，并在思想上和我同步，但这分明又是对他的一个挑战。

我靠着书桌呆呆地想着，有点无奈地向上天祈祷："给我一点宁静的时间，至少让我把这本书写完，到那时，即使退而求其次，也会少一点遗憾。"

屋对面的建筑工地机器轰鸣声灌耳，这种吵闹，曾经让我很烦躁，现在则已经习惯到可以无视。我想，这可能就是生活吧，硬生生要把原本排斥的事物揉成一堆，直到你能够平静下来，想出应对办法。面对自己特殊的家庭，我觉得是到了缓解压力的时候了。我不愿意他终日劳累，不希望我们历经磨难组建的家庭，我们亲密的感情、理想和快乐，被这种沉重的生存压力拖得索然无味！

用写作去创造生活

　　日复一日的忙碌与熬夜，虽然乌热尔图假装无所谓，但他的身体却不会说谎。这天午饭后，他收拾完厨房出来，一脸疲倦地对我说他要睡一会儿。

　　他躺在我身后那张棕色的大床上，很快就睡着了。我依然在书桌前写作，电脑中的音乐在房间里若有似无地飘。我的两根食指像练轻功一样点在键盘上，轻悄地跳跃，生怕吵到身后睡着的人。其实，这份担心根本就是多余的，屋外的建筑工地上声大着呢：水泥搅拌机在轰鸣，工人在喊叫，运输车开走了又开来……就是这样，乌热尔图依然睡得很沉，好像周围一点动静也没有。写了一会儿书稿，我又靠着书桌回过头看他，他在枕上熟睡的疲惫模样，看着真让人心疼。我不想他辛苦，可是，让他辛苦的人偏偏正是自己，是我把他拉入这种疲惫的生活之中。想到这一点，我心里乱糟糟的，写不下去了。

　　我靠着书桌，呆呆地从拉了一大半的窗帘边望出去，窗外骄阳似火。窗子一米开外的石头矮墙上，几丛杂草在正午的阳光下落着灰、打着蔫。今天又是一个让人望而生畏的大暑天。我暗自庆幸买了空调，否则，这种高温日子我根本没有办法正常写作。此刻，满屋的凉爽把肆虐的酷暑隔绝在了玻璃窗外，但是同时，酷暑也把我困在了屋子里，很久没法出门了。我很怀念刚搬到这座房子里的时光，生活一样简朴，每天的日子却充满乐趣和朝气。那时候，每天午后，我都可以心无旁骛地写作，乌热尔图或者洗衣服，或者安逸地在客厅上网、打理网店，或者出门采购日用品。空闲的时候，他会在厨房的锅灶上煨一些红枣、莲子之类，下午端上桌给我吃。这种简单而幸福的生活，经常让我忍不住放声歌唱："唱支山歌给党听，我把党来比母亲……"我在书桌这里一唱，乌热尔图站在一旁满脸诧异，他哭笑不得地问我："大姐，你哪儿出土的？听你这一唱，瞬间感觉咱俩差了好几个年代。"我靠着书桌扑哧直乐。这的确是一支很老的歌曲，我也不知道为什么，每次一开口，它就自动冒出来了。乌热尔图推我出门散步，我依然会旁若无人地放声歌唱，有时候是时下的流行歌曲，但大多数时候依然是一些很老的歌儿，才不管街上的行人怎么看我。那段时光其实并不遥远，就在两个月之前。那时候，我的心情每天都沉浸在安宁和柔情蜜意之中，写作是轻松快乐、有灵感的，哪像现在，心里压着一座山似的。乌热尔图也顾不上和我打趣说笑了，他每天都很累，有点空闲就倒头睡觉。现在的日子和前段时间完全不一样了，而乌热尔图的疲劳有多深，我的压力就有多大。

我靠着书桌，沉重地叹了一口气，却把自己从神游中拉回。看着电脑荧屏上写了一小半的稿子，我连忙提醒自己赶快写作，今天的任务还没完成。可是心情浮躁难平，怎么也进入不了写作状态。很快，我又沮丧地停了下来。这种无状态的情形，在最近出现得比较频繁，它加深着我的烦闷和无奈。我对写作的兴趣是浓厚的，尽管现实有种种的束缚，可是内心仍然不甘心顺服、不甘心平庸。我想把书写好，我想克服所有的困难去创造人生的另一种辉煌。大诺老师说过，我的书是独一无二的，有其他书籍无法代替的价值。我对老师说的这一点深信不疑。两年前我出版了古典词集《罗浮堆雪》，那是我的骄傲，但那只是我个人的文学爱好，而现在这本书的作品价值却要宽广得多。虽然我初次写作，书稿文学性不高，但是，这本书却有赋予人心灵力量的能力，可以帮到很多对生活心怀愁苦绝望的残疾人，因为我就是从那片绝望的泥沼中走出来的。我有缘跟着大诺老师，第一次去做这么一件意义非凡的大事情，这让我倍感激动、庄严和神圣！我一直觉得这是上天赋予我的使命，我必须要完成这本书，决不能半途而废！与此同时，这本书又是我生命的一个再塑，想象一下：很多年以后，我已经不在这个世界，但是，我的生命却仍然在书中鲜活地延续，向许许多多人讲诉一个不屈服的灵魂，而大家也必然从中获得鼓舞和力量。这是一件多么美好、伟大和奇妙的事情啊！为了实现这个梦想，生活难点不算什么，生命的意义本该高于生活，那才是一个有价值的生命。我也相信，生活会善待努力的人，我的人生绝不会这样一成不变的！想到这里，我忽然在书桌前意识到，其实，我的写作不仅仅是为了理想，还包含着对生活的执着和热爱，对现实困境的一种顽强反抗。这个反抗的过程是艰苦漫长的，一个残疾人家庭，注定要经历很多别人没有的难关，而这些难关，我们得用智慧和时间一个个地去克服、击败。

望着窗外被烈日照射得有点发白的远空，我相信，人的一生冥冥之中早有定数，我们要做的就是好好去努力，其他的已经不是我们的事情了。想到这里，我的心情瞬间从烦闷中平静下来。我靠着书桌，收回望着窗外的目光，作出一个重要的决定：不找什么合适的时机了，等乌热尔图睡醒就和他沟通，把我心里想的都告诉他。我需要一个放松的环境写作，我也实在无法心安理得地接受他用辛劳换来的血汗钱。

我要他放弃网赚

　　人一旦想通了某个重要的道理，对某件重大的事情做出了决断，心情反倒就平静了。我从书桌前转过头，怜惜地看看大床上熟睡的乌热尔图，用温柔的目光代替残疾的双手，轻柔地、一寸一寸地抚摸他疲惫黝黑的脸庞，他微皱的眉头，直直的短发，表达我满腔的爱恋和疼惜。不需要他知道，不需要他回应，我只要能够默默地给予就好。

　　片刻之后，我转身回到电脑前，很快进入了写作状态。也不知过了多久，身后忽然传来他睡意蒙眬的叫声。

　　"老婆。"

　　"唉，你醒啦。"我连忙停下写作，在书桌前回头看他。

　　乌热尔图侧枕着枕头，睡眼惺忪，厚嘴唇微噘着："老婆，我想你了。"他的语气含着某种委屈和撒娇的意味，好像一个被冷落的孩子。

　　这人，睡觉还睡出委屈来了。我不禁低头暗笑，然后像宠孩子一样，用极其娇宠的语调回应他："哦——我也想你了。"

　　我的回应很合他的心意，他满足地"嗯"了一声，然后问我几点。

　　"四点。"

我的回答让他大吃一惊，他一下子从床上坐起来："四点了！你怎么不叫我呢？三点半有任务的。"

我有点心虚，不敢回头，悄悄地从右边大衣橱的镜子里看他。乌热尔图坐在床沿上，为错过任务而懊恼。虽说他这一觉睡了三个多小时，可面容仍然带着憔悴，一副疲倦未消的模样。这是连日劳累积攒下来的痕迹，连工地的搅拌机声都吵不醒他，这积压的疲劳得有多深？我好心疼他，巴不得让他多睡会儿，又怎么舍得喊他起来。这游戏真不能做了，我决定现在就和他谈。

虽然事先已经准备好，但是话到嘴边，我还是莫名地感到紧张。

"乌热尔图，游戏不做了好吗？你太累了。"

他在床沿上一愣，立刻又说："没事，睡一觉就好了。"

"天天跟上大夜班似的，时间长了，身体吃不消的。"

"哎呀，我身体好着呢！"

"我妹妹以前在厂里工作，一到夜班的时候，她背我就没劲。熬夜的人身体虚，你看你，睡了这么久还是满脸疲惫，再做下去，身体会垮的，我害怕……"

"老子是老子，你妹妹是你妹妹！"他语气霸道，不容置疑。

乌热尔图的反应和我预料的一样，他不会轻易放弃这份网络工作的，那是他男人的尊严和快乐。我靠在书桌前，望着骄阳似火的窗外沉默了片刻，接着说："你做游戏太累，我压力真的很大，写作也分心。大诺老师明年要转行，我必须在半年内完成书稿。人这一辈子，能写几本书呢？这时候不拼怎么办？我想好好写作，我们现在的条件，反正也是没钱，何必急于眼前这点时间。日子再难也就是半年。我想过了，我的书到年底就能完稿，存折上的五千块钱，坚持半年没问题。等书出版，我们卖书攒点钱，再找一个合适的事情做。"

"哪那么好找？"他在身后说一句。

乌热尔图的话让我沉默了，他说的是事实，我们要找合适的生计太不容易了。不过那是后话，现在，我要做的是和他谈下去。不管结果如何，我都要把心里的话说完。只有说出来，他才能知道我的感受和心情，才能理解、支持我。

于是，我在书桌前继续说下去："一个写作者，遇到好老师不容易，我能有大诺老师指导，是我的幸运，不可能再有人像大诺老师这样了解我们残疾人。而且大诺老师那么有才华，我想跟着他学点东西，良师可遇不可求，以后，我遇不到这么好的老师了。这本书写完出版，再做其他事也不遗憾了。我们找事做是不容易，我也想了，到时候我们可以在网上找工作，最起码客服我们能做吧。到时候我俩一起做，多少能赚点钱养家的。"

我说了这么一大段，身后却忽然没了声音，我往大衣橱的镜子里望过去，乌热尔图微微低头，坐在床沿上沉默着，但是，他的神情明显比刚才平静了。他的表情告诉我，他很为难、很纠结。生存的困境，原本就让他焦灼，好不容易找份网络工作，我却要他放下，他怎么能不抵触？

我不清楚他在想些什么，但明白他需要思考，于是便停止说话。一时间，两个人都不吱声了，耳边只有窗外工地的嘈杂，房间里却十分寂静。

"你不能做事，你是要写作的！"不知过了多久，也许只是一分钟，或是半分钟，乌热尔图突然打破屋内的寂静，叹息道，"你这辈子就是为写作而生的，不能做别的。我也不想让你辛苦去赚钱，游戏不做就不做吧。大诺老师是很难得，你跟着他写书，将来会有发展的。写吧，人生能有几回搏！"他说着，猛地从床沿站了起来。

现在轮到我没声音了，他这么快就理解、接受了我的想法。我被这戏剧性的一幕惊到了。看着右边镜子里的他，我什么话也说不出来。但是我知道，乌热尔图刚刚说的这番话是真诚的、发自内心的，心里不由得一阵轻松，压着我很久的那座大山，瓦解、消失了。我原以为要和他谈上一阵子，我要说很多话，让他理解我不顾一切追求梦想的愿望，甚至，也可能我根本就说服不了他。毕竟，我要他放下的不只是一份网络工作，同时还有他男性养家糊口的尊严。可是，他同意了，他纠结不舍，但是又这么果断地同意了。

"买面去，晚上煮大锅面吃。"他说。

我靠着书桌来不及说什么，乌热尔图就从卧室书房出去了。他为我放弃做网赚了，我这个残疾的妻子，自己赚不来钱，还为了梦想不让丈夫做事，让他背负压力。我忽然感到了内疚。

这天晚上，乌热尔图果然没有再做游戏。我一时也不敢追问他内心的想法，我怕一问，会把这个梦寐以求的现实给打破。

我挚友般的爱人

不做游戏了，晚上，乌热尔图很早就休息了，十点不到，我们已经躺在床上。屋里有了空调，夜间也很凉爽。两个人的手在被子下拉着，随意地聊天。

"不凉吧？被子够不够？"他问。

"不凉，够的。"我在床上迟疑片刻，还是忍不住问道："乌热尔图，你同意我的想法了，你是怎么想的呢？"

他完全顺应我的意愿，放下让他焦灼的生存问题。这么大的转变，让我很意外。我心里有一丝轻松，同时也隐藏着不安。我担心他是一时冲动，那样的话，以后难免会后悔、不舒服，我不希望是这样。

乌热尔图在昏暗的夜里沉默了几秒钟，他平静地说："一切都要以你的写作为第一，还是那句话：你生来就是要写作的！生活再难也不能影响你写作，我这一生，就是要把你照顾好，让你发挥你的所长。我的人生价值，是建立在你的价值上的。只有你的成功才是我的成功，我这辈子的付出才有了意义。我们的生活有很多限制，现在这种情况，其实我早就想到过，在我们结婚之前就想到了。但是因为我做网赚，让你不能安心写作，我会内疚的。我们的情况，目前也只能这样过，反正撑不饱也饿不死。把

228

你照顾好，让你安心写作，就是我最大的责任。"

乌热尔图毫无保留地说出他的想法，他朴实的话语和宽广的内心，让我心里一阵阵情感起伏，分不清感动还是感激。乌热尔图是典型的北方性格，做事说话直接坦率，有时候还很急躁，但是，在大事、重要的事情上，他却总能做到超出常人的冷静和深明大义。这也是他令我崇拜爱恋的一方面。他就这样平静地放下男性尊严，来成全我写作的愿望了。他并非只是简单地在表面顺从，而是发自内心地尊重理解和支持我。我不知道怎么表达内心这不平静的感情。乌热尔图是我的爱人，也是我生命中难得的知音、挚友，今生能够拥有他，我真是个幸运儿。

"乌热尔图，谢谢你！"我把头挨向他的大枕头。

"我们之间就不要说谢谢了。"

乌热尔图在被窝里靠近我，伸手把我搂住。我依偎在他身旁，用右手的一根食指，温柔地抚摸着他粗壮的手臂。他的身体比刚结婚的时候壮实了很多，肩很宽，手臂肌肉鼓鼓的。这是几年来，他每天将我抱进抱出练出来的呀！想到这点，我心里又一阵情感的波涛袭击而来，浑身的每一个细胞都因为这份感动和幸福而奔腾翻涌。我抚摸着乌热尔图的手臂，沉浸在这难以言表的情感之中。整个人仿佛躺在一股暖流上，什么也不想做、不想说，只想这样挨着他，随着这股巨大的、温暖的情感不停地飘浮、飘浮，不要停下来。

被窝里，我的手指头在他的手臂上触摸到一个针尖大小的痱子，我顺势把它抠掉了。

乌热尔图高兴地笑出声："你怎么知道我那里痒？"

"我摸到小疙瘩了。"

"你真的是个好女人。"他在被窝里搂着我，满足而陶醉。

只不过这么微小的举动，却让他如此感动和满足，我这个受了他那么多好处的女人，又该用什么来回报他呢？我心里说不出的感动。"乌热尔图对我这么好，我怎么才能报答他？可能我这辈子都报答不了了。"想到现实的问题，我的内心渗进了一丝忧愁，"乌热尔图这么好的人，我不能让他老无所依。我一定要努力，好好写作，改善生活条件，我要对得起乌热尔图为我的付出。"我心里的叹息，却只能埋在心底，说出来，乌热尔图会烦的。他霸道地不许我担忧他，他只要我快乐地过好每一天。

"我们结婚三年，我对你的发现和认识，比结婚时更多了。"他说。

乌热尔图的话，拽住我纷飞的思绪，我立刻在被窝里好奇地竖起耳朵，听他往下说。

"你很静，我喜欢你的静，这种静不是外表的，而是内心的，你是一个内心有力量的女人。你对生活的态度，你的人格是我敬佩的，也是我需要学习的。我也接触过不少残疾人，我敢说，一千万个残疾人里面，也找不出一个我老婆这样的！"

"不不，不能这样说，比我优秀的残疾人很多。"我感觉受之有愧，连忙打断他。

"可能在其他方面是，但是在心理上，我老婆绝对是最健康的，比健全人还要健康！"

被窝里，乌热尔图搂着我，说得斩钉截铁。我瞬间被他感动得有点骄傲了。能得到丈夫这样的认可和赏识，我觉得这是一个做妻子的最大荣耀，也是我今生最大的成就和幸福。

我很感动，也很欣慰，我的丈夫是一个可以透过我残疾的身体，看到我内心世界的人。他清楚地知道我心中的每一道山河、每一片花草，他了解我心灵的火热、忧喜与渴求，明白我心底的几乎所有秘密。而且，他的心灵能够与我，情意共融。

包丑饺子给他吃

一顿简单而心满意足的午餐过后，乌热尔图在厨房里刷锅、洗碗。我拿着一块小毛巾，仔细地把书桌擦干净。擦桌子——当然，只局限于我的手能够到之处，是过去几十年里唯一能带给我存在感的事情，除此，我什么也做不了。以至于现在，不管在哪里吃饭，我都会下意识地去擦桌子。乌热尔图说我是习惯了。

"华华秦，晚上包饺子，你想吃什么馅的？"

乌热尔图浑厚的男中音从厨房里传来。他喜欢随机性地给我取各种昵称，什么小秦华、华小秦、小小秦，就连老婆这个称呼前面，他也要加上一个小字。他笑嘻嘻地解释说："小老婆就是小小的老婆。"搞得我哭笑不得。每次他一叫我小老婆，我总是一边大声抗议，一边心里又甜蜜蜜。我记不清什么时候他开始叫我华华秦的，反正我对此很受用。

"好啊，随便什么馅都行，你包的都好吃。"我收起手中的小毛巾，甜蜜地回答。乌热尔图做的东北饺子，皮擀得厚薄均匀，馅料足、水分多，一咬直冒汁，在我眼里堪称一绝。

"你们深渡的包袱饺也好吃的，可惜我不会包，妈妈又不在身边，你以后也吃不上了！"他的声音伴着洗碗的哗啦声，带着惆怅和歉意。

他的话忽然让我感到失落，包袱饺是我们徽州的特色饺子，人人都会包，宽裕的日子里包肉馅，紧巴的时候包菜馅，一样的鲜美无比。看家人包饺子看了几十年，我闭上眼睛也知道怎么包。可惜呀，我没有一双健康的手，再熟知也好比屠龙之技。

包袱饺的难点在于最后一步的合拢上，它需要双手的大拇指和食指同步往里收拢，同时，其他手指还要托住包了馅的饺肚。就是这个十指协调的精巧动作，乌热尔图学了好长时间也没学会，还是把饺子两头捏成一个团。

"乌热尔图大老远来我们这里，不习惯这边的食物，难得喜欢吃包袱饺，还吃不上。"我靠着书桌，深感自己的无能。

"难道没有人包饺子给我们，我和乌热尔图这辈子就吃不上包袱饺了吗？"内心深处的倔强忽然涌出来，我决定要想办法包出饺子。我不相信看起来这么简单的问题都克服不了，更不甘心因为残疾就理所当然地向一只饺子认输。乌热尔图依旧在厨房里洗涮，我靠着书桌，开始认真设计，怎么利用自己的两根食指包饺子。我的脑海里浮现出家人包饺子的情景：先是从一摞厚厚的方形饺皮上揭起一张薄皮儿。这个动作我可以借助大拇指残存的力气辅助食指完成，然后把饺皮摊放在左手手掌，我的左手手指伸不开，没有办法托住饺皮，那就不把饺皮放到左手上，直接放在那一摞饺皮顶上也可以的。我略一思索就解决了这个问题。接下来，用筷子夹起适量饺馅，放置在饺皮中心。这个不用想，我用勺子代替筷子就可以，然后借助一对不灵活的大拇指帮忙，辅助食指掀起饺皮的两个角对折过去，可是，再接下来的对折和合拢步骤，我的两个手指无论如何做不到了。

包了一半的饺子在幻想里卡壳，我靠着书桌一着急，脑门冒出了一层汗。

"唉，有了！"心中忽然灵光一现，我暗叫一声。十指不能协调，我可以就地解决，直接用右食指把包了一半的饺子往后一翻，好像平地打滚一样滚过去，不就完成了第二次对折吗？真是急中生智，我立刻兴奋起来，好佩服自己！完成这个动作，饺子就开始合拢了。我在幻想中用右手的大拇指和食指提起饺子的右边角，再把左手食指伸到对折好的饺皮夹层里，然后，右手拉伸，左手推动，把饺子往中间合拢过去，当饺子两头合并，右手大拇指配合食指把饺皮上下一搭、一捏，不过，我的手指肯定没有足够的力气捏紧它，没关系，我可以捏住合拢的饺子放在砧板上，然后借助砧板，大拇指用力往下一压，两头就捏上了！

我成功地完成用两根手指包饺子的伟大设计，兴奋地在心里放声大笑，浑身热血沸腾，好像完成一项超人的壮举。我在兴奋中陶醉了片刻，定定神，胸有成竹地靠着书桌，等待乌热尔图过来。

当他端着茶杯来到卧室，我故意用一种很平常的语气对他说："下午你去买饺皮，我包饺子给你吃。"

他把茶杯放在书桌上，眼睛立刻瞪得铜铃大："你怎么包？"

"我能包。"

"你怎么包？"

"我能包！"

看他一脸难以置信的模样，我克制不住兴奋，又不想说出这个秘密的伟大设计，我是要给他惊喜的。我靠着书桌，急得叫了起来，"哎呀，你相信我，我说能包就能包！"

他看我态度这么坚决，勉强同意了。下午，乌热尔图把书桌上的电脑键盘收拢，把饺馅、饺皮和砧板放在我面前。他站在边上，看我这两根手指怎么弄，一副随时接受失败的准备。我当着他的面，按事先设计的那样，平静地包出了第一只饺子。他惊讶地看看我，乐得笑出了声。看着自己包出的饺子，我心里也十分激动，表面却装出一副这没什么的表情。

"我包饺子，你玩游戏去。"我像一个持家能手一样哄他走。

"我玩游戏了？"他笑着，有点不敢相信。

"去玩吧。"

乌热尔图最喜欢玩游戏，只是我从不主动叫他玩，怕炫丽的游戏色彩伤眼睛。可是今天，我想让他放松一下，享受一次等饭吃的幸福。他对我说过，等饭吃是一件很幸福的事："就往那一坐，开玩，听我姑她们把饭做好，在那喊，吃饭啦！那感觉可幸福了。"然而，自从有了我这个瘫痪的妻子之后，他就失去了等饭吃的权利和幸福，成为一个每天做饭的人。今天，是我这个做妻子的第一次做给他吃，我要把等饭吃的幸福还给他一次。我想着这些，心里有点激动，感觉自己越来越像一个贤妻。

我靠着书桌认真地包着饺子，每一个步骤都力求到位。乌热尔图喜欢吃皮薄的，饺皮边上有一丝皱褶，我都要抹平，怕煮熟了那里会厚；乌热尔图喜欢吃肉，馅心一定要多包。我包得专心致志，手却很快就酸了。我停下歇了一会儿，然后接着包。慢慢地，我的头上、身上开始冒汗，手也瘫软了，数数砧板上的饺子，才三十来只，窗外却已天色黄昏。我有点着急，怕乌热尔图肚子饿了。于是，我不再顾及饺子的形象，赶快包出来就行。乌热尔图倒是很耐心地等我，还过来按亮房间的灯。他细心地安抚我："你慢慢包，不急的，晚饭晚点吃，你别累着了。"

当书桌上剩下最后两张饺皮时，我在房间里欢快地叫起来："乌热尔图，可以煮饺子啦，吃饭啦！"

"可以吃啦！"他兴奋地从客厅过来，看我双手动作有点不稳，他麻利地帮忙包起来。

"不要你包，你包的不对。"我说。

"哎呀，你歇歇吧。"他说。

饺子终于包完，虽然模样丑得七歪八扭，但是每一只都白白胖胖的，很饱满。看着砧板上排成排的饺子，我情不自禁地微笑了，我这个女人也是可以的。

"还是老婆包的好看。"乌热尔图看看他包走样的饺子，不好意思地嬉笑两声，把饺子端走了。

"吃上老婆做的饭啰。"他在厨房里烧水忙碌，一边满足地叫。

我用小毛巾擦着沾在书桌上的面粉，听到他的话，突然双眼一热，泪水涌上了眼眶。我这样一个事事要丈夫伺候的残疾女人，也能够让丈夫吃上我做的晚餐了。我心潮起伏，说不出的安慰和满足。

为他缝缝补补

傍晚闲着无事，我勤快地整理了收纳盒里的物件，用小毛巾把收纳盒也擦了一遍，摆在书桌一角。最后，我把一个透明的小针线盒擦拭干净，认真地摆在收纳盒的最顶上。

这个针线盒在我们结婚时就有了，两次搬家也一直带着它。在我眼里，这个针线盒，是我为人妻的一个身份象征。虽然我身体瘫痪，内心却渴望和普通的家庭主妇一样，为家庭和丈夫服务。不管在精神上还是生活中，我都希望可以辅佐乌热尔图，和他同舟并济。

我第一次使用这个针线盒，是为乌热尔图缝补一件脱线的衬衣。那是在我们结婚的头一个月。那天，我正坐在店铺的书桌前，出神地看屋外天空变幻的霞光。乌热尔图在里间边叠衣服边做晚饭。忽然，他手里拿着一件白衬衫，从三级褐色台阶里面出来，给我看衣服上的一道口子。

"怎么办？这是新衣服。"他捧着白衬衫，一脸愁容地站在书桌旁，"我不会缝，我这一只眼睛，针线穿不了。"

乌热尔图手里的白衬衫才买来不久，他很喜欢穿。他说这件衬衫穿着透气、不热，做工也好，平时很宝贝的。

"没事，我会缝。"我靠着书桌，连忙安慰他。

他满脸怀疑地瞪着我，没吱声。

"我真的会缝，缝得可好了，我妹妹的踏脚裤破了，都是我给她补的。我会缝，大不了动作慢一点。以前我给别人钩织背心，前后合片都是我自己缝的，你相信我。"

我知道他不信，手指都不太好用，怎么缝呀？于是，我连忙列举了几个过去的缝补事例，认真地向他证明我确实会缝。他这才勉强去书柜拿了针线盒过来，他也是没办法，只能指望我了。

我从针线盒中取出一管白线。为了防止穿线时手臂打晃，我把两条手臂架在书桌上保持平稳，然后凑近针眼穿线。线头上有点毛了，第一次没有穿过去。乌热尔图站在书桌旁看着，愁眉耷眼的，立刻更失落了。

"能看清针眼吗？你近视。"他说。

"看得清，放心吧。"

我淡定地扭过身，从书桌敞开的右边抽屉中，拿出一把红色小剪刀，把线的毛头剪平，再把线放在双唇间抿一抿，使线更细，也坚挺一些，然后再穿，过去了！这下乌热尔图高兴了，他放松地笑出声来，说我手真巧。我催他去做饭，衣服交给我，保证给他缝得好好的。

屋子里间，菜在锅里滋滋作响，他连忙转身进去了。我把白衬衫在书桌上铺开，发现那道破口子，只是衬衫肩膀处脱线了。这个缝起来比较简单，只消把两边整理对称，注意针脚细密，缝平整就行。我更加放心了。

我没办法像健全人那样双手并用地缝补，但是我有自己发明的方法。我先把衬衫摊开，垂一部分在书桌前，用身体把它压住，然后把脱线的肩膀处理齐、抻直。衣服被身体压住一边，左手再扯住另一头，就绷得很直了，很利于缝补。我捡起书桌上准备好的针线，看准脱线的位置扎下去，缝上了第一针。我在心里庆幸：还好只是件衬衫，布料薄软，如果是冬天的厚衣服，我这残疾无力的手，缝起来就难了。我低头缝着衣服，手底像走缝纫机似的，一针紧套着一针，缝得细细密密的，这样就不会再脱线了。

乌热尔图不放心我这里，在里间忙活了一会儿，很快出现在三级褐色台阶上："你小心点缝，别扎着手。"他下台阶，朝我走过来。

"怎么可能?"我很自信。

怕挡着光线，影响我缝衣服，乌热尔图细心地站到我的身后，然后凑近了看我怎么缝。见我手起针落，缝得好着呢，他在身后快乐地笑出声来。我微笑着扭头去看他，只见他黝黑的脸被笑容涨得满满的，好像捡到了一个金元宝。乌热尔图的反应，仿佛他老婆会缝衣服是件很了不起的事情。我心里漾起一股幸福感，在这个世界上，只有乌热尔图才会为我这些微小的能力而兴奋、满足，让我体会到被认可、被需要的巨大幸福。

当屋外的霞光开始黯淡，乌热尔图晚饭做好了，我也把衬衫袖子补好了。乌热尔图接过衬衫抖开，想看我缝过的地方是个什么样子。他翻过来翻过去，一脸惊讶地抬头问我："缝哪儿了?"说着，他又麻利地把衬衫的袖子掏出来看反面，还是没看出来。他欣喜地傻乐着，"缝哪儿了? 你怎么缝的? 怎么看不出

来呢？"

"能看出来，那就缝失败了。"我表面淡定，心里却得意而甜蜜。

"你手真得很巧。"他捧着衬衫直乐。

看着他那傻乎乎的笑模样，我心里暖洋洋的。这一刻，我觉得自己是个称职的妻子，我和乌热尔图不仅在精神上是平等的，在家务事上也有了一些平等，我喜悦地笑了。我得承认，我是个要强的女人，内心一直想缩小自己与健全女人的差距。虽然我无法像她们一样做所有的事情，但是，我希望自己至少要会一部分。

转眼之间，我和乌热尔图已经结婚三个年头，他从一开始不放心我做事，到慢慢地习惯我参与。现在，只要抽屉被他塞乱了，东西不好找，他会立刻打开轮椅，把我推过去救急。我很享受这份被需要的感觉，虽然我做的事情微不足道，但是我的乌热尔图，他在乎。

我喜欢伺候他

九月下旬，秋风已凉。晚上，乌热尔图快速地为我洗澡，把我抱进被窝。他自己洗好后，把整个屋子的地板都拖干净，这才来到床上。

"老婆。"他光着上身趴在被子上，极亲昵地在我耳边叫。

我在被窝里扑哧笑了出来，知道他这是后背痒，想我给抓抓。我立刻掀开被子，示意他扶我坐起来。

他像个讨要到心爱礼物的孩子，兴奋地翻身下床。他把我从被窝里扶起来，又细心地拿外套给我穿上，再用被子把我的腰和腿一并围紧，防止着凉。然后，他把枕头放在我大腿上，在我身前舒服地趴下来玩手机，把后背交给我了。看他围着我忙忙碌碌，就为享受抓背这一会儿的舒服，我心里就心疼他。结婚三个年头了，乌热尔图依旧不适应我们这边的气候，一到夏天，后背就长痱子，并且一批接一批，直到秋去冬来才会平息。后背痒，他就喜欢我给他抓，说我抓得舒服。我只恨自己为他做的太少，一旦有我能做到的事情，就绝不会懈怠。为了看清楚每一个痱子，我戴着近视眼镜往他背上凑，无力的手臂不能腾空，我就把手臂搭在他温热的后背上，然后一根右食指当作十根用，在他背上抓来挠去。我对付痱子的方法就是抠掉它，这样止痒、好得快。乌热尔图的后背上，痱子抠了长，长了抠，很多斑斑点点的痕迹。有的痱子一抠还冒水，我随手抽了一张准备好的抽纸，把水擦干净。

皮肤表面的痱子消灭之后，我用一根右食指像探地雷一样摸索皮肤底下隐藏的少数痱子，我的手指触觉很敏感，一个痱子也别想隐藏。乌热尔图捧着手机一边玩，一边嗯嗯地予以肯定，一副很享受的样子。我的丈夫啊，也只有在这一刻，他才能享受到一个爷们儿劳作一天之后的惬意。看到他满足的模样，我内心的感情忽然汹涌而来，眼泪涌上了眼眶，我连忙抬头眨巴眼，把泪水逼回去。我不知道自己为什么这么容易感动，也许，是我太想为他做点事情了！而他对我的微小付出，又给予了充分的认可，让我倍感幸福。有时候我累了，躺在床上不想动，但是，只要乌热尔图想抓背，我立刻就会精神振奋，一把掀开被子，让他扶我坐起来。

"上面"，他趴在枕头上说，"往左"，他又说，"不对，哎呀，过了，往回，太往回了……又过了……"

我被他指挥乱了，伸着手，瞪着他的后背不知该往哪儿抓。

乌热尔图回头冲我扑哧一笑："你这一根手指，折磨死了，痒的地方抓不到，不痒的地方使劲抓。"说着，他自己反手伸到背上抓了几把，然后示意我继续，他又开始玩手机了。

我看着他，愣了一秒，偷偷地笑着继续给他抓背。这种情况在我们之间很常见，虽然我的一根手指有时候抓不到位，可他还是每次非要我给他抓。"呀，你脖子上一个大痱子，不对，是疖子。"我惊叫。

"挤掉它。"他命令。"可是，我挤不好。"我不敢挤，对自己软弱的手没有信心。"没事的，你慢慢挤"，他满不在乎，"我够不着，不然早挤掉了。"我犹豫了一下，决定试试。这疖子，不挤掉也不行，会变大的。我抽了一张纸巾叠成方块，轻轻盖在疖子上，然后脑袋凑近他的脖子，看清楚疖子的范围。我用双手的两个食指从疖子边缘把纸按住，用尽手上的力量，小心地往中间挤。每挤一下，我自己的脖子仿佛也跟着疼，而我的两只食指就像我担心的一样，力气不够，每次只能挤出一点点。没办法，我只能这样挤牙膏。脓水慢慢被挤出来，立刻被纸巾吸掉，最后挤出一点血迹，便完成了。"我说你行的。"乌热尔图说。我松了口气，微笑了，忽然觉得自己像健全的女人一样能干。痱子灭光了，疖子也已消灭，乌热尔图扔掉手机，翻身向我举起一个铜制的掏耳勺。

我扑哧笑了："你都准备好啦。"

他理所当然地应了一声，侧身枕在枕头上，双手搂着我的腰，等待掏耳朵的舒服。

"不要动啊！"我说。

为了防止残疾的手失控，我把耳勺的大部分都握在手里，留着三分之一往他的耳朵里探。耳勺进入耳道，我就闭上双眼，凭感觉带着耳勺往里走，到达相应位置后，再沿着耳壁往外轻轻地刮。每刮一下出来，我就用纸巾清理耳勺内的污垢，然后继续下一勺。"你闭眼掏啊？一直这样？"枕头上，乌热尔图忽然睁开双眼。"嗯。"我随口应道。"你胆真大。"他好笑地扑哧一声，但仍然放心地躺着让我掏。我依然闭着双眼，把耳勺慢慢地往他的耳道里伸，用强大的感觉功能配合手指替他清洁双耳。对于我这样的掏耳方式，乌热尔图一开始是非常吃惊的，但是，当他发现的时候，我已经这样给他掏过好几回了。他想想，也就信任地把耳朵交给我。有时掏得兴起，我也得意地炫耀，这是我的独门绝技。乌热尔图宠我，认可地呵呵直乐。在温馨的二人世界里，我们享受着简单朴素的生活，这种感觉很好。

就是要向他撒娇

这是一个阴雨绵绵的秋天，窗子对面的高楼已经盖起来。住所唯一能照进阳光的一面，被严实地遮住了！屋里不但没有了阳光，光线也被高楼挡住了，原本亮堂干爽的房间变得阴暗又潮湿。最近，连着下了一个星期的雨，房间里到处弥漫着潮气和霉味儿。窗台的晾衣架上，衣裤挂了一大排，怎么也晾不干。

晚上没有内衣换，乌热尔图把棉毛衫从窗台收进来，搬来电火盆开始烘衣服。他手里拿着一件粉色的棉毛衫，蹲在书桌的电火盆旁边，不时地为衣服翻面。那件棉毛衫是我的，穿了好几年，很旧，而且领口、袖口也松了。我拥着被子坐在床上，看着看着，就开始嫌弃那件内衣。

"那件衣服不要了。"我说。

"为什么？"他问。

"旧了，想换新的。"

"旧了就要换？老公也是旧的，也换了！"他义正词严地教训我。

"我是说东西，老公又不是东西。"我的申辩刚一结束，立刻意识到不对劲，伸手一拍被子，笑得直不起腰来。

"我怎么就不是东西了？"乌热尔图捧着棉毛衫蹲在那里，哭

· 245 ·

笑不得地质问我，"你这人怎么这样，说我不是东西，我干什么了。"

两个人在卧室里笑闹了一通。棉毛衫烘干了，穿在身上暖乎乎的。乌热尔图关掉电火盆，去客厅拿玻璃瓶，准备给我拔火罐。

自从屋子陷入阴暗潮湿之后，我原本就羸弱的身体毛病百出，今天腰疼，明天背疼、关节疼，当真成了一个瓷瓶儿。乌热尔图忧愁地搂着我，说我是小姐身子丫头命，自责不能给我一个好的生活环境。他想到酒火可以驱寒，立刻出去买来一瓶白酒，倒在小花碗里用打火机点着。在我胆战心惊的眼神中，他右手中指、无名指并拢，快速插入燃烧的碗内，指尖带出一簇蓝色的火苗，飞快地往我后背上揉搓。乌热尔图说他老家就是这样驱寒的。可惜，我的身体寒气太严重，这个土方没有奏效。

乌热尔图又想到火罐可以驱寒，想给我拔罐。拔火罐我不陌生，小时候生病，家里请郎中给我拔过。那是一个细长的薄铁罐，点燃绵纸放进去，再往身上一扣，罐子就吸在身上了。可是，现在市场上买不到传统的拔火罐，没办法，乌热尔图去超市买了一瓶酱菜，把瓶子倒空洗净，给我拔罐用。

"你会拔罐吗？"那天下午，我靠着书桌，有点担忧地看他用毛巾擦瓶子。

"拔罐很简单的，我会！"他答得认真肯定。

我放心了，不由得满足地感叹：自己真是个有福的人，身体毛病多，丈夫却正好掌握这些治疗技能，而且，他愿意这么麻烦地伺候我。拥有这份福气，是我今生最大的温暖和安全。

乌热尔图很快从客厅把瓶子取来，随手把瓶子放在床上。他把我的棉毛衫拉到肩部，露出后背，然后去书桌前取了一张抽纸。他把纸叠起来卷细，过来拿走床上的瓶子，走到我背后。接下来的动作我看不见了，我听见身后打火机咔嚓一声，知道抽纸被点着，心里有点紧张。我怕挨烫，毕竟他很久没有操作过火罐了。我老实地在床上坐着，不敢动弹，片刻，我只觉后背上一热一缩，像是被什么东西给紧紧地咬住了。我明白，乌热尔图已经把瓶子扣在我背上。没被烫着，我放心了，但是瓶口咬得很紧，后背好痛。

"好痛啊！"我叫。

"忍一下，我要多按一会儿，瓶子大了，怕吸不住。"他在我身后紧按着瓶子不放。过了一会儿，他小心地松开手，"你先往前趴点，别坐直，万一瓶子掉下来，趴一会儿。"他走出房间。

我背着个玻璃瓶子俯身坐在床上，想象着自己的模样，越想越滑稽，一个人在床上哧哧傻笑。可是，几分钟过后，后背上还是好痛，却没有人安慰。我有点受不了了。

乌热尔图从卫生间出来，回到房间。一见他过来，我不由得向他撒娇。

"好痛啊！"

"好痛忍着！"

他严肃地站在床前看着我。我讨宠没讨着，哭笑不得。

他看看我后背的瓶子，又温存地说："坐直吧，不会掉下来了。忍一忍啊，多拔一会儿效果好。"他摸摸我的头。

"背个玻璃瓶子坐着，好搞笑啊！"我在床上笑着、嚷着。

"背上有点紫了，寒气出来了，再等两分钟拿下来。"

我才不管身上寒气出来多少，在床上又笑又叫地抗议，好像真的很疼。其实，我自己也分不清，我是真的很疼，还是在半真半假地撒娇？我就是想喊、要喊，我在忍受疼痛、在遭罪呢。我要他心疼我，就要他心疼我，要他把我搂在怀里温存地哄我。我朦胧地察觉到，自己不知是被他宠坏了，还是过去因为残疾的重负，导致内心幸福感缺失？一旦有了可以撒娇的对象，而且是可以肆无忌惮地撒娇，我内心的渴求就再也关不住了。我就是要向他索取关爱和心疼，我就是喜欢这样，多少次都不够。有时候，我真的是自己也管不住自己。乌热尔图是聪明体贴的，他站在床边，轻轻搂过我的双肩，亲亲我的额头，把我抱住。于是，潮湿阴凉的房间，立刻变成温暖的阳光天堂，我忘了疼痛，依偎在他身上笑了。

第七章

爱是不计得失的付出

他生病了

这天吃午饭，乌热尔图端起饭碗就说没胃口，头还有点昏沉。我前两天听邻居说，最近感冒频发，生病的人很多。我有点担忧，叫他去看医生。他立刻就摇头，这个怕见医生的人，说什么也不肯去。

收拾完厨房，他照例去客厅玩电脑。我以为不要紧，他一向体质好，于是，我和平时一样在电脑前开始写作。

从高楼缝隙射过来的一缕阳光，洒在卧室的窗帘右侧，时间大概是下午三点半左右，乌热尔图忽然进房间来："秦华，我难受，想睡觉，你怎么办呀？"

他在书桌边发愁地看着我，脸色有点难看。我正在打字的两根食指，瞬间僵在电脑键盘上。我惊慌地看着他："去买药吧，光睡觉怎么行呢？"

"不吃药！睡一觉就好了。"

"买点药吧！"

"不买！"

"这么固执，唉……"我无奈地叹了口气，"那，你赶紧睡吧。"

和他结婚之后我才发现，他不但怕见医生，而且还像孩子一样排斥吃药。每次身体不舒服，他都是用睡觉来自我疗愈，睡觉就是他的医生、他的药。

乌热尔图没有马上去床上睡觉，而是呆立着，脸上有一种不知所措的茫然。片刻，他反应过来："我抱你上个厕所，再给你弄点吃的，我这一觉不知道睡到什么时候。"

把我从卫生间抱出来之后，乌热尔图就去厨房忙碌了。我靠着书桌，心里很乱，不知道自己该做点什么。

不一会儿，乌热尔图把一只热气腾腾的小碗放在我面前，里面漂着两个白白的水煮蛋："我把房间灯打开，不然天黑了，没人帮你开灯。"说着，他打开卧室的灯，立刻就上床睡了。

从端碗进房间到躺在床上，乌热尔图的动作非常连贯，好像多一秒都不能停顿。他一躺上床，立刻就进入昏睡状态，就那样躺在被窝里一动不动。我靠着书桌，扭头看着床上的他，心里很发愁。我想过去摸摸他的额头，万一发烧了，可以及时知道。"如果他真的发烧，一会儿告诉我他难受，我该怎么办？"这个问题让我心惊肉跳。我立刻想到了邻居们，她们离我最近，彼此关系也很好。乌热尔图真要难受了，我得找邻居帮我叫医生。我急忙拿起书桌上的手机，查看手机通讯录，邻居们的号码都在，我放心了些。

窗外的建筑工地依旧嘈杂，工人们喊来喊去的声音，真实而又遥远。乌热尔图一生病，生活的链条立刻就中断了，我和世界的距离瞬间很远。这个发现，在我心里蒙上一层忧郁的阴影。

"要是我有台电动轮椅就好了"，忧虑中，我突发奇想，"那样，我就可以接手家务，维护家庭的正常运作。我要出去给他买药、买菜……"

"我仿佛看到自己坐在一辆电动轮椅上，慢慢开出家门，然后把门虚掩上。我沿着门口的小路开出院子，来到马路边，这条马路横贯县城南北，车流不少。往马路的北面走，大约二百米就有一家药店，乌热尔图曾经推我去买过药。现在，我可以开过去为他买药了。我怕车，警惕地沿着马路旁边往前开。到了药店门口，我停下来冲店里喊：'老板，我要买感冒颗粒，请帮忙拿给我。'那位男老板认识我，他会把药拿出来给我。买了药，我开着电动轮椅，去对面的小摊上买菜、买面条。'大姐，我要一把小青菜。'可是，菜放哪儿呢？我又拎不动。我顿时有点冒汗。没事，有办法，我可以叫卖菜的大姐把菜系在轮椅扶手上，装面条的袋子放在我大腿上，这样就可以带回家了。我为自己的机智有点得意。

回到家，我把药和面条放在客厅的饭桌上，然后开着轮椅到卧室门口看看乌热尔图，他睡得正熟呢。我调转轮椅去厨房，拿剪刀剪开捆扎的青菜，放到水池里。我的手没有力气掰开菜帮子，就用剪刀把菜叶一片片剪下来，然后，用我的一根右手食指仔细地抚摸菜叶，在水龙头下面冲洗。这种劳动的感觉很舒服，当然，水流我会开得很小，千万不要吵到乌热尔图，让他多睡一会儿，病早点好。我这会儿把能做的事情做掉，乌热尔图起来直接煮面条就省事多了……"

从隔壁人家传来的动静，把我从幻想中拉了回来。窗外面远处阳光正好，书桌上，小碗里的鸡蛋快凉了。我小心地把鸡蛋吃掉，没有发出一点声音吵他，也没有喝一口水。我不知道他这一觉会睡到几点，不想因为中途上厕所而叫醒他。我靠着书桌默默祈祷，希望他睡得舒服，一觉醒来，病就好了一大半。他一直都是这样的，睡一晚，感冒就好了。

"以后有条件一定要买台电动轮椅，至少在乌热尔图生病的时候，可以帮到他一点，而不是靠幻想安慰自己。"我对自己说。

我每隔十几分钟就回头看看乌热尔图，观察他的脸色和表情。万一他要是不舒服，我能及时发现，这样自己也不会瞎担心。做好观察和打电话叫邻居的准备，是我此刻唯一能做的事情。

黄昏来临的时候，乌热尔图在被窝里翻了个身，他的脸色比之前好看了一些。由于他提前开了灯，当窗外黑下来，房间里也亮了起来。明亮的灯光，让我在寂静中不至于太孤单。

晚上八点多钟的时候，邻家孩子的玩闹声弱了下去，乌热尔图醒了："几点了？饿了吧？"他问。

"八点半。我不饿，你好点了吗？"我假装平静坚强，实际上担心得心都发颤了。看到他好了一些，我好像获得劫后重生，紧绷的神经放松下来。

"好点了，我起来做饭。"

乌热尔图起床了，走路却有点虚浮。他很快在厨房里开灯、淘米，忙碌着。难熬的时刻过去了，生活的链条重新运作起来，一切又回归真实和温暖。书桌前，我的眼泪忽然忍不住在眼里打转。

彻夜长谈的快乐

这天晚上，我躺在被窝里玩手机。乌热尔图洗完澡进来，他径直在床尾掀开被子，一头钻了进去，几秒钟的工夫，他就像地鼠似的在我身边又一头钻了出来，一把将我搂住。我被他逗得，在他怀里笑得停不下来，这个调皮可爱的人儿。"有那么好笑吗？嗯？"他亲昵地亲亲我的脸颊。"太好笑了，你那动作，真滑稽。""傻瓜。"他笑笑，温存地搂着我。

关了床头灯，我和乌热尔图躺在黑夜里闲聊。我和他说起少女时代听了无数遍的一支乐曲——《秘密花园》。"那时候我整天一个人坐在家里，是一个孤独、烦闷、暴躁的女孩，满腹的痛苦。但是，我只要一听到《秘密花园》圣洁忧伤又神秘安静的旋律，我很快就能静下来。我跟你说，这支曲子很神秘，它能触摸到一个人内心本真的东西，让你去想一些事情。我觉得，这样的音乐里有神灵的声音，能够带人脱离现实的痛苦，去想生命中更深层次的东西。""那就是天堂的音乐"，乌热尔图敏锐地接过我的话题，"天堂的音乐（作用）也不过如此。""对的，天堂的音乐。"乌热尔图的话让我意识到《秘密花园》给我的灵魂带来的抚慰和引导，是构成我性格品质的重要养分之一。

"现在像这样的好音乐不多了。我在哈尔滨的时候，喜欢去那种安静的酒吧，有大的玻璃窗，放的音乐很好听，淡淡的忧伤，声也不高。我喜欢找靠窗的位置坐，点一杯红酒，听着音乐，一个人品味孤独。特别是在下雨的时候，水珠从玻璃上流下来，看着雨幕后的车和人。这个时候，感觉自己和世界是脱离的。你知道吗？那是一种享受，因为我能看到很多别人看不到的东西。"

"你很智慧，懂得抽身审视自己，审视生活。但我是完全被隔离在生活之外，永远也进不去，我的孤独中多了一种绝望。"

"嗯，我理解。"他怜惜地在被窝里抚摸我纤细的手。

"你知道吗？我不喜欢城市生活"，感觉气氛有点沉重，乌热尔图转移了话题，"我喜欢农村。嗯，有一所房子，每天磨墨，写写毛笔字。屋外有菜地，不远处要有小溪……"

"溪边有粗壮的柳树，有大片的野花，你练书法，我填词、写作……"我兴奋地接过他的话，一股暖流在全身涌动。我从小就喜欢诗人笔下的田园意境，他说的正是我内心渴望已久的生活呀！

"我喜欢田园，我们去隐居吧！"

我天真迫切的话语，让乌热尔图笑出了声。我也为自己傻乎乎的反应笑了。

"如果有条件是可以的"，片刻，他也憧憬地说，"到深渡去买块地，盖个房子，围个大院子，种点菜，养点鸡……"

我扑哧笑了："深渡山水紧凑，哪有大块的地皮，去内蒙古差不多。"

"内蒙古当然是有地了，可是，那边的气候怕你不适应……"

　　两个人在被窝里越聊越热烈，越聊越兴奋，甚至还好笑地规划起新家的布置细节，屋里装修要什么风格，墙上挂什么画，院子里种什么菜和花，好像我们明天就能去实施这个遥不可及的美好规划。夜应该很深了，楼上的邻居，在嘎吱作响的床上起来又躺下好几次了。老房子隔音不好，楼上有点动静，就跟在自己屋里一样。但是，这丝毫不妨碍我和乌热尔图聊天的兴致。怕吵到别人，我们收敛了说话的音量，话题却依旧是越聊越广泛随性。美好的未来设想和憧憬聊完之后，又聊起我的朋友、他的死党，以及彼此对生活的感悟和人生哲学。每每聊到共鸣之处，两个人就在被窝里快乐地一阵傻笑，一种发自内心的快感也像电流一样一次次涌遍我的全身。这感觉很像恋爱时听对方说情话，实际上，比爱情中的甜言蜜语更富激情，使得身体轻盈，血液欢畅。我很享受这种身心交融的奇妙快感，这种电流一般袭来的强烈幸福感。从两个人挤在被窝里克制不住的欢笑，我能感觉到，乌热尔图的感受也是和我相同的。

　　眼前这种心灵深处的交流，在我过去漫长孤寂的单身时期，是无比渴望又触摸不及的。我曾经偷偷地在夜里幻想过，自己与一位博学多才的蓝颜知己倾吐忧伤、畅谈所有。为什么这个想象中的知己是男性？因为我始终认为，我内心丰富而沉重的情感，只有智慧的男性才能懂得。要是再深究一点原因，呃，我得承认，我残疾，可是我也渴望爱情，渴望有一位知心爱人啊！如今，我已然跨越了曾经不敢想象的——残疾人与爱情婚姻的距离，真实地拥有了幸福的小家庭。此刻，我正亲密地和爱人头靠头、肩挨肩依偎在一块儿，感受着彼此身心的温度，畅谈着心中所有。这种灵魂交融的幸福和快感，超越男女间的欲望千百倍，使得黑夜仿佛绽放光芒，引领着我们在心灵的伊甸园获得更深入的交汇。

"秦华，我接触过那么多人，你是唯一一个能和我在心灵层面沟通的人。"乌热尔图抱着我，我们俩的头紧挨着。

"真的吗?"我依偎在他的怀中，满足地低吟出一句废话。一种被认可、被需求的感动，让我浑身的每一个细胞都沉醉不已。我发现，人生最幸福的事情，不是我和乌热尔图摆脱了生命的种种局限，拥有了大富贵，而是我们在局限之中，却依然能够去感知和享受生活的细微之福。人生最珍贵的莫过于细微温暖的感情，这才是真正属于自己的东西，这种细微之福，是老天安放在每一个人心里的"秘密花园"，而我和乌热尔图幸运地找到了通往花园的密道，拥有了人生最简单、最真实的幸福。

"天亮了。"乌热尔图说。

我惊讶地回过头，发现原本黑乎乎的窗口已经发白了。再仔细看看身旁的乌热尔图，已经可以在黑暗中看到他的脸庞轮廓。这是我们第几次彻夜长谈，我已经记不清了。

"天亮了，快睡觉吧。"我说。

昏暗的房间沉默了片刻，然后响起两个人扑哧傻乐的声音。

就算末日来了也要在一起

　　这天午饭后，我和往常一样在书桌前打开电脑，习惯地登录 QQ，然后打开书稿文档。我还来不及沉思今天要写的内容，一位网友妹妹的头像忽然冲我直闪：

　　"姐，你有没有听说玛雅人的预言？"

　　"真的有世界末日吗？姐，我们只能活一年了吗？"

　　"我很害怕，都无心工作，影响生活了……"

　　一打开对方的 QQ，聊天框里便冒出一连串惶惶然的话语。我靠着书桌，第一反应是好笑，我能够理解她的担忧和恐惧。俗话说，蝼蚁尚且贪生，何况为人。不论日子过得如何，人们大都希望在这个世界多待几年，追求各自认可的事业，享受生活的快乐。当然，也会为了生活的烦恼和危机而忧虑，我也是一样的。可是，为了一个没出现的危机忧虑至此，难免就让人发笑了。我曾经被残疾封闭在屋子里三十六年，这么漫长的时光，足够我把生死的问题，反复地想了几个轮回。我很少为没有到来的危机而忧愁（除了乌热尔图的养老问题），但同时，我又见不得别人受忧虑的折磨，便立刻敲打键盘回复她：

　　"妹妹，没有世界末日，不要怕。其实玛雅人的预言，只是一个重新计时的意思，和我们的春节或者周一早上，重新开始一年或一周生活是一样的。同时，也可能是指精神与意识方面的觉醒及转变，从而进入新的文明。"

"哦……"我曾经在网络上看过玛雅人和他们的预言，大致知道是怎么回事，于是，便利用自己了解到的去安慰她。而我找的这个有理有据的说法，立刻稳住了她，让她松了口气。

我接着敲打键盘说下去："妹妹，我也了解过佛教的一些经文，佛经上说，我们现在生活的时代是末法时代，末法时代有三千年，现在是第一个千年。按这个说法，世界最起码还有两千年呢。"

"是这样呀，姐。"

"所以呀，不要作无谓的忧虑，好好上你的班，开开心心的。"

"好的，姐，我放心了，我就相信你。"

成功解决了朋友的心事，我很高兴地结束与她的交谈，内心不由得有点小小的成就感，我喜欢被人信任的感觉。但是，不知怎么回事？片刻之后，我自己反而忽然有点不踏实了。毕竟我说的那些，只是我个人的肤浅认识，万一玛雅人的预言真的是指灭亡，世界真的要毁灭呢？我立刻想到自己的长篇小说，现在初稿还没完成，更不确定什么时间出版。如果我的书还没出版，世界就毁灭了，那不是太遗憾了，我的写作又有什么意义呢？

我正在书桌前沉思，乌热尔图走进房间来，他移动我的座椅，俯身抱我。我惊讶地看着他："干吗呀？出去玩吗？"我立刻又猜到了，兴奋地亲吻他黝黑的脸颊。

十几分钟后，我和乌热尔图出现在县城最繁华的老街上。穿梭在欢声笑语的人潮中，看路边摊老板与顾客讨价还价，头顶上天空碧蓝，白云飘荡，街边黄叶飘落。有人挑来一担菊花在街边卖，一盆盆黄白红紫的花儿盛开在阳光下，娇艳动人。世界这么美好，哪里有末日的迹象呀？可是，玛雅人曾经准确地预言了很多事件，这似乎表明一些人的担忧是有道理的。于是，我又纠结起我的书还没有出版，我还有很多事情没来得及做。

"乌热尔图"，我叫道，"玛雅人预言明年是世界末日。如果世界真的毁灭，我们现在赶紧要做些什么呢？"

"正常生活了，我做饭，你写作。"他推着轮椅，在身后随口答道。

乌热尔图一句话，让我醍醐灌顶。我瞬间领悟到：哪怕世界真的毁灭，我们也要完成自己来这个世界的使命，做好当下的每一件事，并享受其中的快乐。因此，我写作的结果并不是最重要的，重要的是，我活着的每一天都在努力去写；我和乌热尔图每一天都在用心经营、品味生活点点滴滴的美好和甜蜜。这就够了。人生有限，生命的每一天都在等待我们去活出滋味和意义来，这才是人生的真相。

"你说得太对了！不管世界怎么样，都要活好现在，做好现在该做的事情，享受每一刻的感觉，人生就无悔了。"我在轮椅上说着，顿时精神振作，"乌热尔图，你咋这么聪明呢？这么复杂的问题，到你这儿一下就给破了。"

"就是这样的嘛。"

　　乌热尔图推着我穿过老街高大的八脚牌坊，来到徽州府衙广场。在广场边上，他找了一条石凳坐下来，把我拉到身边。

　　"假如真的有世界末日，那是很壮观的景象，天空、大地都是不一样的，到时我要带你一起去看看。"他说。

　　我坐在轮椅上扑哧一声笑了："可是，那也很吓人的。"我的脑海里立刻出现电影里看到的镜头，通红可怕的云层，海啸、火山爆发什么的，"我……我要远远地看，看完了赶紧回家。"

　　这下他笑了："当然是在远处看了，哪能走近看？火山、岩浆来了，很猛的。到那天，看完了就带你回家，哪儿也不去，一人换一身新衣服，给你穿你最喜欢的那件民族风的红衣服。然后我们两个躺在床上，抱在一起，静静地等待最后的时刻。"

　　我看着明媚的阳光照在乌热尔图黝黑的脸上，听他自然地说着，被他所描述的景象深深地感动了。在生命的最后时光，和爱人相拥着去迎接，这是多么幸福的一件事。我的内心热潮涌动，全世界似乎都消失了，眼前只剩我和他。而且，奇妙的是，之前我对末日的慌张，竟然变成了一种莫名的期待，我期待那美好的相拥时刻！我并非天生勇敢的人，其实，我平时看见一只老鼠爬过都会紧张。但是此刻，我不仅没有一丝害怕，反而沉浸在乌热尔图的描绘和爱里，陶醉了。

　　我是一个被正常的人生轨道抛弃多年的人，长久以来内心孤独凄凉，是一股不认命的倔强，是乌热尔图无私的爱情，让我的生命发生了翻天覆地的改变。甚至，连世界末日这样恐怖的事情，因为有了乌热尔图的爱，也变得奇妙浪漫、让人感动向往。

我相信了：有爱的地方，地狱也会变成天堂。我看着身边的乌热尔图，忽然甜蜜而固执地认定，没有人对爱情的感受能有我的丰富和圆满。

抱着我，摔倒也不撒手

2012 年春末的一个中午，蓝天一碧如洗。弟弟开着一辆红色雪佛兰进了院子，他来接我们去搭火车。三年的努力没有白费，我的书稿《马头墙里的向阳花》终于出版，我们要去北京参加新书发布会。

带着一个身体瘫痪的人远行，有很多常人不知道的困难。杭州这条路线，是乌热尔图精心挑选的，他说那里的站台可以直接推轮椅上车。乌热尔图和弟弟一路聊着，很兴奋。我表面平静，心里却莫名的复杂和紧张。真没想到，这辈子我还能去首都北京，国际化的大城市啊！四年前，我还以为自己会老死在深渡的屋子里。命运多么奇妙，老天真的不负有心人。

车子载着胡思乱想的我，穿越了一处又一处的高山茂林，下午三点的时候，我们从安徽黄山到达杭州。很快，我复杂紧张的情绪变成了焦灼不安，车子开几米就停，开几米就停，被堵在了路上。大半个小时的拥堵，简直比一天还要漫长。我透过车窗往外看，绿荫覆盖下的繁华城市，几乎见不到行人，马路上全是密集的车辆。由于等得太久，旁边一辆白色的奥迪车上走下一位男青年，淡定地吸起烟来。我从来没有经历过这样长时间的堵车，在我们歙县城里，堵车最多几分钟，更不会一路堵个不停。

三十年没有出过远门，外面的世界早就和我小时候不一样了。

一个小时之后，车子终于到达杭州火车站，弟弟围着火车站兜了几圈也没有停车位。我怕误了火车，同时又内急了，心里越发似火烧。兜了十几分钟，车子终于在一个偏僻的马路边停下。两个男人带着我，在一家小店吃了饭，然后步行赶往火车站。过了候车厅的安检门，我还没来得及对乌热尔图说内急，一个女工作人员就过来带我们去站台。时间紧，上车是头等大事，我们立刻跟着她走。

一出候车厅，我就被又大又复杂的站台搞蒙了，一行人到了火车前，我也没分清东南西北。世界真的变了。乌热尔图把我抱上火车安顿好，很快，人潮就涌上了火车。

我们的车厢里进来一男一女两个中年人，男的住在上铺，女的住在我们对面。当火车开出杭州，乌热尔图在火车的摇晃中，抱着沉重的我穿过长长的车厢过道，解决了我的内急。

我们住在车厢头，厕所在车厢尾，有十几米远，抱着一个因为身体瘫痪而分外沉重的人，在重心不稳的火车上穿行，是一个很危险的举动。而这种危险，没有照顾过瘫痪者的人，丝毫也不能了解。

早上八点，火车快到北京了，乌热尔图给我穿衣起来，我要求他给我穿纸尿裤。乌热尔图也意识到抱我去厕所太冒险，于是，他伸手去拿背包……

"别穿那个，去厕所。"忽然，卧铺对面的中年女人叫了起来。

我和乌热尔图一愣，这才注意到，从乌热尔图给我穿衣服开始，这个女人就一直在盯着我们看。

"去厕所吧。"她叫着，一副见不得别人穿那玩意儿的表情，"现在过道里没人，要不我帮你看着，叫人走开。"她同时又很热情。

乌热尔图的手从背包上缩了回来，他尴尬地对我说："去厕所吧。"

我只好点头，毕竟车厢是公共场合，要顾及他人感受。在呼啸的火车上，乌热尔图抱着我深一脚浅一脚地进了厕所。我的脚刚一沾地，袜子立刻就湿透了。

"怎么有水？"我叫。

"谁倒的这是？真没公德心！"乌热尔图小心地把我弄到坐便器上，看着湿答答的厕所生气，双脚不知往哪儿踩。

厕所的门很窄，地上有水，很滑。乌热尔图抱着我，侧着身子小心地挤出来，他刚一脚跨出厕所门，突然砰的一声巨响，我头脑一空，从高处砸了下去。几秒钟后，我才从空白中回过神来，惊魂未定地发现，乌热尔图单膝着地，跪在过道的铁板上。刚才那声巨响，就是他膝盖着地发出的声音。我没有摔出去，还在乌热尔图的臂弯里。乌热尔图咬紧牙关，死死地抱着我，浑身哆嗦，一脸痛苦。在我们左边两米外，一名男乘务员被惊得呆若木鸡。

乌热尔图抱着我，挣扎着想站起来，但是没有成功。

"你怎么样了？"我吓坏了，连忙向那位呆立的男乘务员求救，"快拉我们一把，帮帮我们！"

男乘务员这才回过神来，连忙过来抓住乌热尔图的胳膊往上拽。乌热尔图咬紧牙关，抱着我努力站了起来，他刚起来，脚下就一个趔趄，连忙又咬牙挺住。

我知道他的腿受伤了，心里一阵剧痛："厕所里谁倒的水？"没有人回应我气愤的声音。

"你行不行？"男乘务员扶着乌热尔图的胳膊，他有点吓着了。

乌热尔图全身的力气，都用在抱紧我站稳上，一个字也说不出来。他抱着我在原地定了定，然后咬牙往车厢走去，每走一步，他的腿就瘸一下。我无助地任由他抱着往前走，心疼得只想哭。

乌热尔图把我放在铺位上，刚才还一声不吭的他，立刻痛苦地呻吟起来。我一眼就看到，他的膝盖处有血迹，裤子都磕破了。

"伤得重吗？要紧吗？"我心疼又心慌，声音在发颤。真想立刻过去抚摸查看他的伤口，给他安慰，可我还是只能无助地在铺位上看着他。

乌热尔图倒抽着冷气，小心地把裤腿拉高，一片殷红映入我的眼帘。

"流血了。"我立刻哽咽了。

"哎哟，流血了。"铺对面的女人在过道里目睹了我们摔倒的一幕，有点尴尬。

我满眼泪水地逼视了她一眼，心里有些怨她，那女人赶紧走到车厢外头去了。

"你动动腿，感觉一下哪里痛，看有没有伤到骨头。"我泪眼婆娑，还算镇静地指挥他。

他站在铺位前，小心地抬起伤腿活动："应该没有，没事，就是痛一下，你别怕。"他说。

我这才略微放松了一些，看他弯腰用纸巾擦拭伤口，我仍然什么也做不了，心里越发的心疼难过，真想抱住他哭出来。我对不住他，尽让他吃苦头。

乌热尔图把沾染了血迹的纸巾扔进车厢垃圾桶。我瞥见他右手背上一个褐色的小疤痕，那是炒菜时被油花烫的；为了把饭菜做好，他的手不知被油花烫过多少个泡。面对我这个瘫痪的妻子，这些年，他硬是把自己逼成了厨师、保姆、按摩师，一个全能的丈夫。他怕南方的闷热，但是在家里没买空调之前，睡觉他一定是睡在床里侧，把靠窗的外侧让给我。我心疼他，要他睡外侧，我不怕热。他就不肯，光着身子躺在床里侧摇蒲扇，一边吩咐我："别挨近我，不然一脚把你射窗外去。"他霸气又搞笑的话，逗得我在床上笑个不停，同时又十分的歉疚和心疼。但凡家里我用的东西，他都要加上一个老婆御用，把我这个瘫痪女人，宠得像一个高贵的女王，是他成全了我的幸福、自由和成就。而在我所取得的这一点点文学成绩里，不止有他的辛劳、汗水和期盼，此刻，还渗进了他的伤痛和滴滴鲜血。这叫我的心如何能不颤抖、不疼痛。所有的这一切从不为外人所知，他一直不求回报的付出，他太不容易了！

我含着眼泪，颤抖地看着乌热尔图放下裤腿，盖住血糊糊的伤口。我深刻地明白，如果没有他博大无私的爱和付出，就没有我以及我们今天的生活和幸福。乌热尔图对我的这份厚重感情，我真的三生三世也报答不尽！

被人羡慕有个好老公

新书发布会的大厅人头攒动，摄像机无数，气氛热烈。我激动地见到了亲爱的大诺老师和他的妻子，还有一起写作的残疾同学。

幸福辉煌的时刻总是短暂的，来不及去回味，生活很快又回到原点。

我们像之前打算的那样，一边经营网店，一边在网上轮留做客服，日子倒也温馨平静。很快又到了冬天，寒冷的季节来临了。我们的住所长年不见阳光，累积的阴寒使得屋内格外冰冷，小心又小心地保护着，我的右腿还是得了冻疮。在这个冬季里，我的残友小英病情加重，急需筹款治病。我和乌热尔图义不容辞地加入义工队伍，每天忙到后半夜。越忙我们越兴奋，因为这意味着小英治病有希望。

这天晚上睡觉，我的衬裤一脱下来，我和乌热尔图都惊呆了：我得冻疮的右腿肿得有两条腿粗。

脚上溃烂的冻疮，导致了淋巴管炎，我住进了医院。在医院大楼十一层的一间病房里，并排间隔着三张病床。我躺在靠近房门的二十一床，从我的左边依次看过去，二十二床是一位做肾结石手术的年轻姑娘，二十三床是一位做肠道手术的六十多岁的老太太。

每天早上六点，保洁员推门而入的时候，乌热尔图很快也进了病房。他把手里的不锈钢饭盒，放在白色的床头柜上，立刻过来抱我去洗手间。

"急了吧？"他问。

"还好。"我说。

从洗手间出来，乌热尔图在病床上为我穿衣服、梳头发、洗脸、刷牙、吃早饭。他就像在家里一样，每一件事情都做得熟练有序而自然，仿佛身边就没外人。实际上，早已经有无数双眼睛盯在我和他身上。病房里的人们先是惊讶安静地看着我们，然后开始一声声地称赞乌热尔图，说这个男人真好、真细心，说我真有福，找了个好老公。这照顾可不是一天两天，是一世啊！病房里的人们相互说着、感叹着，既觉得不可思议，又明白看到的是事实。

这样的情景，在病房里每天必现。我表面不动声色地微笑，心里却涌动着巨大的幸福和自豪。五年了，终于有人认可乌热尔图，称赞他的爱和付出。五年的日日夜夜，乌热尔图默默的行动终于赢来社会的尊重，太不容易了！我在幸福感动的同时，又有一丝心酸。

上午八点半，医生来查房之后，一个圆脸的小护士来给我打吊针。我的双手残疾，血管细得像一条线，每次都要扎好几针才能扎进去。几天下来，右手已经肿得像个馒头，今天开始扎左手。我在心里祈祷右手快点消肿，不然等左手也肿起来，就没法扎针了。

"她的手不好扎，你看看能不能扎进去，没把握就叫护士长来扎。"乌热尔图站在病床边，双手紧紧抓着我的手，不肯把它交给稚气未脱的实习护士。

小护士看看"护犊子"般的乌热尔图，再看看我细弱的手，她犹豫了片刻，转身去找护士长了。

一袋又一袋冰冷的液体慢慢滴进身体里，手臂冷冰冰的，小肚子很快就发胀了。一上午，乌热尔图抱我去了三趟洗手间。挂着点滴，在洗手间不好弄，每次要护士帮忙举着输液袋，或者请邻床的家属帮忙。在照顾我的生活起居上，抱着我来回走，是最吃力的一件事。即使体力不错的男人，抱着我最多走十步路就到极限了。尤其是这样一天抱上好几趟，一连坚持好多天，每天还要给我洗漱，回家还要做饭、洗衣服、收拾家务。这对乌热尔图这样历经练习、熟知技巧的男人，也是一个很大的考验。这几天，我脚上的疼痛在减轻，乌热尔图脸上的疲惫却在增加，我看着好心疼。

乌热尔图照顾我吃完午饭，洗好饭盒，在病床边坐下休息。我内疚地说："乌热尔图，累吧？你都瘦了。"

"说不累是假的，一天这么多事。"他握着我冰凉的手，给我取暖，"不过，我只要晚上能睡个好觉就没事的，你别想那么多。"

"这脚还不好，烦死了，不知道哪天才能出院！"我叫起来。

"你别这样，生病了，心情要好，这样病才好得快。你脚上已经好多了，估计三五天就可以出院。"乌热尔图抚摸着我的手，安慰我，片刻，他又一脸遗憾地说，"你一住院，外面这天可好了，天天大晴天，一点云彩都没有。本来这天气，推你出去走走多好。”

“好可惜啊！”我叫着，抬头看看蓝莹莹的窗外，失落地说，“等我出院，天又要下雨了。”

乌热尔图笑了，他想了想说：“出院带你去市里，买衣服过年。”

“好啊！”说到出门玩，我兴奋起来，立刻和乌热尔图聊起去市里的事情，去哪儿玩，买什么样的衣服等，好像病房里只有我们两个人。

小护士给我换上了今天的最后一袋水，一天的折磨终于快结束了。乌热尔图从床头柜里拿出一个苹果：“削个苹果给老婆吃，每天一个苹果，补充维生素，给老婆保鲜，老婆要保鲜，要嫩嫩的，水灵灵的。”他一路抛着果子，边说边玩进了洗手间。

邻床的姑娘和老太太，还有家属们，被乌热尔图逗得笑个不停。大伙儿一个劲儿地夸他：这个男人真难得呀！真好呀！我听着大家的赞美，微笑着拼命装淡定，心里却要流出蜜来了。

在我病床旁的白色柜子上，有给我阅读的书籍，擦手的纸巾、湿巾，吃东西的小碗，柜子里则装着苹果、芒果、桔子，包括削水果的刀。乌热尔图把吃的、用的，各种东西都给我备齐全了。在这张病床的区域内，仿佛就是我的家，想要的东西随手都有。

水还没有挂完，怕针歪掉，我躺在病床上不敢动。乌热尔图把苹果切碎装在小碗里，用牙签扎着喂我。

“老婆，来来，吃块苹果。”他坐在病床前，笑嘻嘻地噘起厚嘴唇哄我，好像我是个三岁小孩。

我躺在枕头上扑哧一声，笑骂他："十三点。"

"老婆笑了，老婆笑了，老婆开心就好。"他捡到宝似地叫。

"你也吃，一起吃！"人多，我克制地撒娇。

我的乌热尔图，每天辛苦地照顾我，还一天到晚逗我笑，有这么好的丈夫，我真的是个好有福的女人啊！邻床的病友和家属们纷纷羡慕我找了这么好一个男人，在边上赞叹不已。我在病床上满足地吃苹果，又开始心里流蜜，表面拼命装淡定。

把幸福说给他们听

十一层的病房窗外，天空蔚蓝一片。在我住院期间，天气真是好极了。这天下午一点多钟，我的水一挂完，乌热尔图就把我换下的衣服拿回家去洗。我坐在病床上，借着床上的小桌翻看王国维的《人间词话》。病床上，手机忽然响了，是两年前为我和乌热尔图拍摄纪录片的刘老师打来的，他告诉我，央视记者明天来歙县采访我。

全国知名媒体到家里来采访我，这个突然的消息让我有点发蒙，也有点小激动。乌热尔图一回到病房，我立刻把这个消息告诉了他。乌热尔图很高兴，我则有点局促，我忽然不想在医院待了。我极不情愿躺在医院的病床上，挂着水，神情狼狈地被镜头拍摄和采访。因为身体的残疾，我曾经两次在街上被人当作要饭的打发。这个遭遇让原本就爱美的我，更加注重自己在他人面前的形象。尤其出现在公众视野里，我的形象就是大众对残疾群体的印象，不能马虎随意。乌热尔图理解我的想法，加上我的脚伤也好了很多，于是，他便为我提前办理了出院。

第二天中午时分，我们穿着整洁的衣服，等来了刘老师、志愿者梦姐和小林，以及气质高贵的美女——何记者，还有摄像小张。一行人进了小屋，我们的卧室立刻就被挤满了，记者的摄像机和三脚架只能摆放在房门口站岗。何记者乌发披肩，一张漂亮的鹅蛋脸，眼睛黑亮，说话轻柔。她的气质不像记者，倒像一位艺术家。摄像小张很活跃，他像熟人一样和我们随意地聊着。刘老师、梦姐、小林则与我们相识已久了。

"看了刘老师拍的纪录片，为你们的爱情而感动，你们现在过得还好吧？"

何记者亲切地问候我们。在温暖明亮的眼眸碰撞里，初见的一点拘束很快烟消云散。乌热尔图给大家倒来茶水。大家像拉家常一样，轻松愉悦地聊了起来。

对于习惯了二人世界，习惯了诸多质疑和冷漠眼光的两个人，突然之间屋子里来了很多人，然后被一双双信任关心的眼睛所包围，这本身就给我们带来一种精神上的温暖和愉悦。他们尊重而亲切地询问我们的现在和过去，以及生活中点点滴滴的事情。他们的热情和关注，使得屋子里弥漫着家人般的温暖，好像他们和我们，早就是一家人。并且，他们对我们爱情婚姻中细枝末节的追问，不是出于某种难以言表的窥视，而是怀着热情、崇敬和祝福的探究。这使得我们夫妇俩的情绪又增添了一份激动和幸福感。

在随后三天的采访拍摄中，这种亲切温暖的感觉一直陪伴着我们，令我们身心愉悦。记者们亲眼见证了我和乌热尔图的生活，看到他早上如何抱我起床，如何为我这个瘫痪的女人穿衣裤、洗脸，为我擦面霜、梳头发。他把灌满水的热水袋用毛巾包起来，放到我垫脚的垫子上，再把我的两只脚摆放在热水袋的两边，距离不能远，远了不暖和，也不能太近，会烫到脚。乌热尔图琐碎而细致地照顾我这个大宝贝，洗衣服、收拾家务。忙忙碌碌中，他还坚持要给记者们包一顿东北饺子，以表心意。他的热心和不易着实感动了大家，于是，除了我还是做个看客，所有人都去了厨房，加入包饺子的队伍中。

何记者挑了一个下午单独采访我。关于残疾人的爱情婚姻，我面对镜头说了很多心里话，我是在讲述自己——也是残疾群体——曲折动人的爱情经历。我好希望通过自己的心声，架起残疾人与世俗沟通的桥梁。我和乌热尔图的感情，在过去无人信任、无人问津，我可以把幸福洋溢到眼角眉梢，但同时又少人分享，只能深藏心底。而现在，我可以尽情地讲诉给信任、关心我们的人听，无需防御，没有避讳。这是一种建立在人格平等上的交流，它让我感到一种心理上的享受和欢畅。我几乎抵御不住这种倾吐的欲望，就像我对乌热尔图毫不掩饰的爱恋，总也不顾忌场合一样。

我这种爱恋表现得大概太过明显，在深渡的老屋门前拍外景时，何记者与我相对而坐。她微笑着，谨慎而又直率地问我："你们两个，感情很好，说话很甜蜜，自己会不会觉得肉麻吗？"

我在轮椅上惊讶地瞪圆了双眼："我不觉得肉麻呀，我表达的是内心真实的感受，没有必要掩饰。我觉得，作为一个重度残疾的女人，我能够拥有幸福的婚姻家庭，是我这辈子最伟大的作品。有时候，我恨不得大声告诉全世界，我好幸福，我有世界上最好的丈夫！"

背对阳光坐在收折椅上的何记者，脸庞上露出美丽的笑容，她笑着冲我点头。看着温婉的何记者，我忽然为自己的率性有点

害羞了，我在轮椅上冲她甜蜜而羞涩地微笑。但是我知道，何记者应该是理解我的情感了。我和乌热尔图收获的这份幸福，不是廉价的付出能够收获的，它是真心相爱的我们历经磨难和苦痛得来的。

完美呈现残疾人的爱情

二〇一三年的岁末，我们从县城回娘家过年。除夕下午，母亲早就买了一大堆菜，乐呵呵地在厨房里做饭。乌热尔图和弟弟忙着贴春联、铺饭桌，弟媳带着我那宝贝的小侄儿在玩。家人团圆，其乐融融。我在轮椅上看着这温馨的画面，忽然很怀念父亲，他若看到这一幕，不知该有多高兴。

正月里的天气很好，蓝天白云，阳光明媚。初六这天中午，我们在亲戚家吃饭出来，刚走上深渡桥，我的手机响了。是刘老师，他高兴地叫我们快看中央十三台，二十分钟后播出我们的节目。更意外的是，刘老师还说，我们的节目已经入选中央电视台的《新闻联播》，今晚播出。天啊，中央一套《新闻联播》，那是轻易能上的吗？在这个古老的小镇上，大家都是晚上在家里看《新闻联播》，有谁上过《新闻联播》呀！我简直不敢相信自己的耳朵。

乌热尔图推着我在桥上大步往家走，清冷的河风不停地掀起我额前的黑发，我丝毫也不觉得冷，只想快点到家。深渡桥不算宽，但是有四百多米长，过了桥，还要走一段路才能到家。乌热尔图边走边打电话通知家人收看，我生怕错过播出时间，心里火烧火燎的，恨不得三脚两脚赶到家。

　　我们不是第一次在电视上看到自己，但是，哪一次都没有这一次期待和紧张。为了把画面看得更清楚，我的轮椅距离客厅的电视机只有半米远，乌热尔图站在我身边，两个人紧盯着电视机，目不转睛。这一刻，全世界都浓缩在这一方小小的屏幕上。我看到了屏幕中的自己，看到乌热尔图在里面说话、干活，看到我辛苦出版的两本书。在何记者温婉的画外音里，我的心颤抖着在半空里飘浮，何止是心，我的身体也在跟着颤抖飘浮，手心冒汗。这短短几分钟的节目，却讲述了我和乌热尔图所有的爱恋、坚持和不易。节目最后，端庄的女主持在屏幕上微笑着祝福了我们。这时候我才明白，自己的这种颤抖和飘浮感，其实是一种发自内心的动情，我感动……感动自己和乌热尔图获得的尊重与认可，感动这份真诚的祝福！这些年了，对于我们的婚姻，我并不想刻意去寻求他人的认同，我已经习惯和乌热尔图独立天地的生活，不管生活难与易，我们感情的融洽就是最大的圆满。可是此刻，当赞美以这样一种尊贵正式的方式不期而至的时候，我还是被感动得不知所以。

　　"节目做得很好。"乌热尔图在客厅的沙发上坐下来。

　　"确实不错。"我答道，只觉鼻梁发酸，热泪盈眶。

　　"何记者用心了！"他说。

　　我在轮椅上，内心波澜起伏，还没有从这股感动的情绪中缓过来。我温情脉脉地看着对面的乌热尔图，这个被中央电视台所称赞的男人——我亲爱的丈夫，此刻，他坐在沙发上，正目光温存地看着轮椅上的我。看得出，他的内心也是思绪起伏，不能平静。我和他的目光，不约而同地在客厅里相吸、交汇，平静温馨得像结婚多年的夫妻，再自然不过了。看着他，我忽然想起他第一次来我家的情景：他风尘仆仆，手提行李箱，紧张地站在大门边望着我，我瘫坐在屋内，慌得不敢多看他；我想起刚结婚时，他笨拙而耐心地给我穿衣服、穿鞋子；他一边锅里烧着菜，一边冲出屋子去买酱油；他远离故土，一个人带着我在这个陌生之地生活，承受着外界的种种流言蜚语，这些流言像雾霾一样让人讨厌又挥之不散，纠缠了我们很久；他生病了，还要带病给我做饭、伺候我；他在火车上摔倒，跪在铁板上，痛得浑身哆嗦，双臂却紧紧地抱着我不放……我们结婚后所有的甜蜜和艰辛，所有经历的一切像过电影一般在我的心头掠过。我忽然想哭，同时，我又很理智，明白过年是不能哭的，最后，我还是淡淡地微笑了。

阳光温暖地照在屋子里，乌热尔图倒退着把我连人带轮椅一起推下大门台阶，到院子里晒太阳。他洗了一个红苹果，坐在我身边的收折椅上，咔咔地啃掉果皮，咬下一口脆生生的果肉，但他并不把果肉吃进嘴里，而是喂到我嘴边。我张口一叼，一块香甜的果肉就到嘴巴里了。他这才咬下一口苹果自己吃。自从我的门牙坏掉，咬不动苹果，出门的时候，他就这样喂我吃苹果。我一口一口地叼过乌热尔图咬下的果肉，在嘴巴里细细地咀嚼，浓郁的香甜一直弥漫到舌根深处。

我口中吃着苹果，双目深情地凝视身边的乌热尔图，看着这个外形粗犷，却心细如发的男人，看着他坐在阳光下，很自然地一口一口咬下苹果喂我，好像母与子的哺育，我心里涌动着深深的感动和幸福。我这样一个被世俗认定不能有婚姻的瘫痪女人，却拥有了世上最朴素最纯粹的爱情，这是上天的垂怜，也是我和乌热尔图真心相爱的见证。而且，我们的爱情还被中央电视台播出，晚上还会在中央电视台一套《新闻联播》里播出，全国人民都看得到……想到这里，我忽然意识到一件非常重要的事情：我完成了上天赋予我的使命，打破了世俗固有的思维模式，用事实告诉命运，一个瘫痪女人如何把日子过得幸福还有价值，我已经把残疾人的爱情婚姻完美地呈现给世人！

赖上你一辈子

第二天早上，我和乌热尔图在屋里吃着肉丝面，屋后突然有人大呼小叫："老太婆，你女儿不得了啊，上《新闻联播》啦！"显然，村里人在昨晚的中央电视台一套《新闻联播》上看到了我们。我没有听清母亲如何回答村人，只看到她推门进屋时掩不住的得意。

晴好的天气，为拜年的人们提供了极佳的便利，也为我上街提供了方便。吃过午饭，乌热尔图带我去逛街看热闹。走过枇杷山下的公路，拐上长长的深渡桥，迎面走来三五成群、走亲访友的人。有认识我的，热情地和我打招呼："回家过年啦。"我微笑着说："是呢。"走在深渡的街上，遇到的熟人也笑脸相迎："你们回来过年啦，在家待多久呢？"

这些热情的问候，使我感到了一种久违的温暖和柔情，天地也呈现一种宽阔的感觉。这感觉增加了我内心的幸福感，让我轻松而愉悦。

乌热尔图推着我在街上走着，他开玩笑说："我老婆这么受欢迎，大家都问候你。"

我不知如何作答，淡淡地微笑了。生活就是这样吧，有些事情只有经历过时间的洗礼，才能显露光彩。当初，面对世俗的质疑，我和乌热尔图都说过：让时间证明一切！现在，这证明正在光阴里一点点显露出来。何止是故乡人的变化，就连外地的网友、读者，也为我们的爱情婚姻所感动，时常给我们寄来书籍和礼物，有的读者还特地来歙县看望我们。这些变化，是我结婚之初不敢多想的。而这些年，我所做的就是好好做自己，好好努力而已。不经意间，那些我不敢多想的东西，却都拥有了。

我们沿着热闹的正街随意地走着，穿过正街下坡就是深渡大道，这里到了下午人就少了，地上随处可见散落的爆竹碎屑，散发着年的味道。这条连通县城的深渡主干道，在五年前，也是一个艳阳高照的天气，我们的婚车就是从这条路开出深渡，去到城里的酒店。那时候的我，被残疾拴在屋子里三十六年，仿佛"小龙女"从墓洞里出来，对新的生活既期待又不安；四年前，我又坐客车从这条路走出深渡，和乌热尔图离开故乡，独立生活。这条沉默的路，承载着我生命的重要轨迹，见证着我和命运的抗争。为了追求自己想要的生活，我也不止一次地哭过、痛过、绝望过……所有的改变都来之不易，但是同时，我也收获了很多，我正拥有并享受着人世间最美妙的爱情，以及过去无法触摸的生活，凡此种种，使我黯淡的生命焕发出极大的热情与光芒，我感觉自己经历了一次重生。

我知道，自己从来就不是命运的宠儿，所以，我一定要自己开辟想要的生活。这个意识支配着我，促使我用行动去颠覆残疾人有口饭吃、有件衣穿就应该满足的传统观念。如今，我和乌热尔图已经有尊严地站在社会上，而生活也以完美的方式拥抱了我们。

"到家喽！"乌热尔图忽然说。

我们不知不觉地走到了结婚时租住的小屋面前，还是那扇蓝色的卷闸门，边角微微有点生锈，我们结婚时贴在门上的大红喜字，仍然依稀可见。据说这屋子已经被一户外地人买下，此刻，门安静地锁着，主人显然不在家。

"推你过去看看？"乌热尔图说。

"不，不要过去。"我连忙摇头。

"为什么？"

"不过去，门后面就还是当初的样子。电脑放在书桌上，边上是书橱，墙上挂着画，地板被你拖得闪闪发光……"我感叹着。

乌热尔图明白了，他温存地笑了。我们就这样站在屋子面前，静静地看着它，回忆着屋子里发生的美好过往。我和乌热尔图新生活的起航之地啊，它狭小普通，连厨房也要挤在卧室里，就像我们的人生虽然局限很多，但是，我们依然把生活过成了自己想要的样子。不管将来我们走得多远，我会永远怀念最初的起点。

过了出租屋，走几步就是深渡码头。两个人在码头的石凳上坐了一会儿，聊着以前夏天在这里纳凉的情景，感怀过去的酸甜岁月。

玩尽兴了，我们开始往家走。快到深渡桥的路上有个很陡的坡，他一口气就把轮椅推了上来，然后呼哧直喘。

"乌热尔图，累了吧？这坡太陡了。"我说。

"还好。"他答道。

"腿走酸了吧？"

"老婆自己又不走喽。"他忽然一本正经地说。

我扑哧一声笑了，连忙转动脑筋接他的话题："老婆……没长大嘛。"

"都这么大了！"他丝毫不让。

"哪里大了，我，五岁还不到呢。"我急中生智，把年龄浓缩了十分之一。

"四岁也该会走了！"他一口咬定，"我看你就是不想走，老公腿走疼了，你也不下来走，你倒是下来走啊，你下来走啊……你怎么这么赖呢？"

"俗话说了，走得早一岁半，走得晚要五岁半呢。"

"那这么说，明年要自己走啰？"

我胡编乱造，却被他抓住把柄，在轮椅上一时语塞，口中哧哧笑着，赶紧找理由开脱。反正我就是要赖了，就是死也不说自己下来走。我赖上他了，我还要赖一辈子！不对，我要赖他无数个一辈子，我要生生世世做他的小女人，做他欣赏疼爱、娇羞勇敢又有才情的小妻子。我们走在街道上，在人群中没遮没拦地说着、笑着，仿佛置身事外。此刻，身边所有的一切喧闹都与我们无关，全世界只有我们，我在他的爱里，他在我的情里。阳光从澄蓝的天空照射下来，暖得人想脱棉衣。我们一路笑闹着走上深渡桥，我再一次感受到世界的美好，感受到我和乌热尔图的甜蜜爱情。

第八章

幸福从未远离

我想坐着活下去

又一个春光明媚的三月，我应邀来到社区，配合省城来的医生调查残疾人康复情况。医生热情地为我做了检查，说通过康复治疗可以恢复一部分身体功能。我不指望站起来，但是很希望双手能恢复一些功能，这样我就可以做点事了。

于是，按医生说的，乌热尔图带我去省城做了进一步检查，结果却让人心情沉重。除了残疾的问题，我还有严重的骨质疏松，容易骨折，腰椎畸形也很严重。难怪我总是容易疲倦，身上骨头老响。

回到家，我有点垂头丧气，这个病的治疗是长期的，哪来那么多钱。黄昏的阳光照在远离屋子的地方，室内很凉。我和乌热尔图坐在书桌旁。我假装没事地说："不治了，没检查之前不是好好的吗？"

乌热尔图手扶书桌，他想了想，认真地说："要治疗，你腰椎弯得厉害，要是骨折的话，就不能坐了。"

他声音温和，却让我悚然一惊，医院里拍的片子浮现在眼前，我的腰椎弯得仿佛随时会折断。乌热尔图说的不是没道理，万一发生骨折，腰椎首当其冲。不能坐可怎么办？我失神地盯着乌热尔图，脑海里浮现出躺在床上的惨淡景象。

乌热尔图看出我的恐惧，他赶紧笑着安慰我："没关系的，就算你躺在床上，我也能照顾你，也可以带你上街玩，我把你抱到轮椅上，用带子绑好，就能出门了，不影响生活，没事。"

他的安慰让我放松，可是，我随即想到，真那样了，乌热尔图会很累，而我，再也不能随时随地平视这个世界了。我决定，要治疗，我要坐着活下去！我立刻想到众筹平台，拨打电话联系了市、县的媒体记者，简明扼要说了我的身体情况和想法。当天晚上八点多，我就把众筹发起了，目标十万元。能不能成功不知道，总之，能筹多少就治多久吧。一开始给我捐款的是我的家人和好友，这在我的意料之中，为了减少胡思乱想，晚上我睡得比较早。

次日清晨，我醒来时，屋里已经亮了，我下意识地先打开手机，心里七上八下地有点慌。当我点开众筹页面，我一下子惊呆了："老公，两万多了！"我激动地对身边的乌热尔图大喊一声，热泪涌了出来。才一晚上的功夫，筹款速度完全超出了我的想象。我再翻看微信朋友圈，市里和县里的政府官员、媒体记者、我的好友们，都对我的众筹进行了捐款和宣传转发：

"我市'中国好人'，残疾女作家秦华，她想有尊严地坐着活下去……"

"真的让人尊重，秦华获得的荣誉很多，但是，她在众筹里一点也没有提及荣誉……"

"我认识了十年的网络好友，事情绝对真实，大家帮她一把，聚沙成塔……"

"这是我现实中的朋友，一个坚强的女人，让人敬佩，希望通过大家的努力实现她治疗的愿望。"

每一位转发者对我的介绍都是那么真诚自然，此刻，没有职务和身份之分，没有熟悉程度和距离远近的区别，仿佛我就是他们的亲人，他们只是在帮自己的家人。我瞬间感受到四面八方的温暖向我汇集，我被这股温暖拥抱着，分外感动，眼泪一下子又涌出来，滚落在枕头上。都说生病的人是敏感脆弱的，我不认为自己脆弱，但是，我真的比平时敏感，这里的敏感——指的是对事物和情感的感知力和感动之情。这一刻我感到全世界的真善美，还有慈悲，化作无边无际的光芒包围了我，把我从疾病中拉出来。

"哎呀，这'水晶'……她这是忙了一夜没睡啊！"乌热尔图坐在床上惊叫，"哎呀……'水晶'……真让人感动，秦华，这样的好人，有机会我们一定要去见见她。"

我立刻也在众筹留言里看到了，"水晶"在很多很多的捐款者底下，一一地留言道谢，从道谢中可以看出，捐款者都是她的家人和朋友。留言道谢的时间从昨晚一直持续到今天早上。我和"水晶"是相识六年的网友，我们从未谋面，只是偶尔聊聊，她却为了我一夜没睡！这么真心辛苦的付出，和亲人无异！我竟然这样被人关爱着，我的心仿佛停止跳动，脑海里一片空白。过了片刻，我才恢复过来，感动之情又促使眼泪往下流，我毫无顾忌地用睡衣袖子去擦，别说在自己的被窝里，就是在大庭广众之下，此刻我也不会顾及其他，我只想尽情地宣泄我内心的激动。微信上，我多年的网友"无心"留言，他已经捐助了两千，并且他的朋友也捐助了一千，朋友还委托他再次捐助两千给我。

乌热尔图高兴地安慰我:"秦华,十万块钱应该只是个时间问题,即使筹不到十万,五六万应该是可以的,你肯定能治疗了!"

这个早晨,我沉浸在温暖里,眼泪是幸福的金豆豆。市里和县里的电视台、报社紧跟着对我的情况进行了报道,为我众筹助力!我感动得一天都不能平静。我看到了治疗的希望,但我没想到接下来的事情来得这么快。

第二天中午十一点多的时候,县妇联吴婷婷主席一行人来到我家,吴主席笑容满面,她说:"秦华,长江商学院的一位老总看到你的众筹,他打电话和我们联系了,愿意出这十万元给你治疗。你的众筹可以停止了。"

前两天还在想可能要筹上十天半个月,一转眼间却成功了。我激动得有点头晕,立刻不假思索地答应了。我高兴得连午饭都食不知味了。谁知下午,县委统战部部长程兵和同事一起来看我,把他参加诗歌比赛获得的六百元钱捐给我,祝福我治疗顺利。同行人员也捐了善款。随后,社区张敏书记也送来了社区的捐款,祝福我早日康复。我的心感动得都要化了,面对这些熟悉的和陌生的爱心,想着那位长江商学院老总,不知道他长什么样子,只听说他也是徽州人,有机会我一定要当面感谢他才是。我沉浸在这股强大的爱心气场里,体会被慈悲包围的感觉,无限恩情在心中弥漫。

几天后,县妇联收到长江商学院二十七期二班全体同学的捐款十万元。收到妇联打过来的第一笔住院费一万元时,我立刻就在乌热尔图和弟弟的陪同下出发去省城医院。弟弟开车带我们前往市高铁站，我透过车窗，深情地看着白墙黑瓦的古徽州，从县城到市区，这路上经过的每一个行人，我都用目光默默地向他们行礼问候。我并不认识他们，但是，他们都或许和我有关，也许这路上的哪一个行人就是为我捐款的人，即便不是，那他（她）的家人、同事、朋友也没准就是这次帮助过我的人呢。这感受让我的心分外柔软，我忍不住地在心底感叹一声："谢谢你们，我爱你们！生活很美好，世界很美好！"

给县长写信

我坐在宽敞的榻榻米上晒太阳，宽大的玻璃窗关着，窗外阳光灿烂，远山如黛。这里从客厅到房间都铺着厚实的红色木地板，漂亮喜庆，房间干爽舒适。我坐的榻榻米是利用客厅的室内阳台改建的，有八十公分高、一米多宽，坐在榻榻米上，我在屋里就能晒太阳了。一张精致的小炕桌摆在我面前，上面放着我刚读过的书。榻榻米两侧洁白的纱帘，给屋子增添了几分古典雅致。这一切都是为了我的身体量身定做的，是的，这么干爽美观的房子——是我的家！

四年后的春天，我搬出了那个阴冷潮湿的老房。新住所位于城东渔梁社区，建于唐朝的古代拦河坝——渔梁坝就在这里，是歙县有名的风景区。从我家的窗子望出去，前面是渔梁古街密密麻麻的屋顶。景区不允许盖高楼，也就是说，只要老天爷开心，照进我屋里的阳光再也不会被遮挡了，我的住所可以一直干爽温暖！这令我的心情十分舒畅，同时，也对一个人——之前的县长——现任县委书记李忠先生，充满了深深的感激之情。

前两年的康复治疗，使我的肢体功能和骨质疏松得到了改善，但是最近两年，我又患上了严重的体寒，经常头痛、头昏、背痛、流汗，一点寒气也受不得，严重影响写作和生活。那天下午，乌热尔图推着虚弱的我从医院回来，一路上都在发愁。医生说，我的毛病和环境有关，潮气重的地方不能住，要多晒太阳。乌热尔图急坏了，恨不得立刻带我离开这房子。我明白，不搬离这个地方，我的身体就完了。可是，我不能完，我的书稿还没有完成，我的古典诗词梦也没有完成，我还有很多事情没有做，我对社会的回报也不够。

在得知渔梁社区有保障房源之后，我大胆地决定给县长李忠先生写封信，请求将我的住所换到渔梁。李县长公务繁忙，我的信写得很简短，介绍了我是谁，直奔主题说明身体情况，以及自己渴望健康地写作，回报社会。多年的电脑写作，使我打字很快，但是，我的心跳得更快。这是一件关系后半辈子生活质量和写作梦想的大事，但我不确定李县长会看到我的信，也不知道这个请求是否能实现，未免心情忐忑。字斟句酌确定信的内容，我开始往信纸上抄写，我的两根手指写字很慢、很吃力，但是我觉得，手写的字迹是有温度的，我想让李县长感受到我的诚意和迫切。

电脑写信只花了十几分钟，抄写的过程却漫长得让自己都着急，当乌热尔图来卧室看了两次，又去市场买回晚餐的蔬菜时，我才两手瘫软地把信抄写完毕。

"你说，李县长会看我的信吗？"我靠着书桌，有点忧心。

乌热尔图站在旁边，他迟疑片刻，然后肯定地说："我觉得会看！"

他的肯定让我心里松快了点。人大了都是这样，对于不太确定的事情，总是企图通过其他人的肯定来获取一点信心和力量，这也是自我镇静的一种方法。我仔细把信纸折好，塞入信封。乌热尔图这个性急的人，立刻就去邮局寄信了。

信寄出三天后，还没有消息，我心里没底了，各种胡思乱想都冒了出来，而这胡思乱想也忽然激发了我的果敢，我决定不等了，下午就给李县长发短信，告诉他，我给他写信了，希望他百忙中抽空看一下。下午，我在单位上班前的几分钟，编辑短信发出了。这个时间点不会打扰李县长工作。大约两三分钟后，书桌上的手机叮的响了一下，有短信！想着这信息可能是广告，也可能是李县长的回复，我镇定了一下心情，然后才拿起手机。短信里，李县长的回复赫然出现："方华清女士您好：来信已阅，并转县房管中心处理，请您耐心等待几天。"末尾署名：李忠。

"乌热尔图，有消息了！"我克制不住内心的激动，冲客厅大喊一声。

我和乌热尔图都很高兴，又怕高兴得太早，有点手足无措。但是，李县长的回复，让我相信房子的问题会解决，心情放松了一些。

哪知道第二天中午，我就接到县房管中心打来的电话，一个男声在电话里说："我们已经收到县里的公文，正在给你办理换房的事情，李县长非常关心你，昨晚打了两个电话给我们主任，嘱咐尽快给你安排，你要感谢李县长呀……"

我激动得晕乎乎的，心里有几分歉意，原来李县长接到我的信，马上就阅读批示了，而且在接到我的短信后，又亲自打电话给房管中心叮嘱尽快办理。李县长真是个务实亲民的好干部啊！

　　两天之后，县房管中心的一位青年男士过来带我们去渔梁看房子，这是一栋三层的新楼房，位于一楼的单元只剩最后一套了。我真是打心眼里感恩、感谢李县长雷厉风行的办事风格，假如再晚几天，或许一楼的房子就没有了。拿到房子钥匙之后，我满怀深情地给李县长发了一条感谢的短信，李县长的回复很简单："不用谢，这是我们应该做的。"看到这句朴素的回复，我被深深地感动了。望着手机屏幕，我在心里默默地念叨：李县长真是个好人，遇到李县长是我的福气，我一定要好好写作。

　　当这本书写到这里的时候，我已经搬进新居两年了，洒满阳光的房间让我的体寒得到了好转，虽未痊愈，但已经不影响写作和生活。每当我坐在宽敞的榻榻米上晒太阳、喝茶，或者写作，我就会想起李忠先生对我的关心和帮助，内心的感动就像渔梁坝的河水荡漾起伏。

　　在这个温暖清净的环境里，我完成了一部以我和乌热尔图为蓝本的幸福婚姻的长篇小说，并且，这部书稿还获得了中国作协副主席——知名作家贾平凹老师的认可和夸奖。那一刻，我眼里泪花闪闪，我对李忠先生的承诺没有失信，我用写作给予了社会最好的回报。

这一生没有虚度

二〇一八年十月下旬，一个风和日丽的午后，县人民政府门口。明亮的阳光下，我早早地穿上了一件柿子红的薄款棉外套、黑色的羊毛长裙，披肩的乌发，神清气爽地坐在轮椅上。

县文明办的车子一到政府门口，乌热尔图用力把我抱上了车。车子带着我们歙县的几位"中国好人"，前往市里参加"好人进校园活动"。这次活动，我是带着任务去的，市文明办点名，请我做一个八分钟演讲。接到通知的时候，也是我最忙的阶段，我的电商创业，到了下半年工作量就很大，还有几位残疾人徒弟，经常需要我指导。但是，接到文明办的通知，我毫不犹豫地答应了这场演讲。对于政府和社会，我有很深的感情，这么多年，市委、县委给了我很多帮助，为我做了大量的宣传，大家对我就像亲人一样爱护有加。因此，凡是我能做到的事情，我都会全力去做，以回报政府和社会对我的厚爱。

这次演讲稿我是忙里抽闲写的，没有来得及去背，好在是我自己的故事，时间也不长，把几个重点段落记住就可以了。我们在黄山学院下车，到达演出大厅之后，我才知道这次活动不光有市委领导，省委宣传部领导也来了，而且整台节目进行网络直播。为了演出成功，我们到达不久就开始了彩排，主办方安排了两位大学生志愿者，负责推我上下场。没想到，年轻的小伙子没有推过轮椅，遇到小障碍就卡住过不去。乌热尔图赶紧过来，他手把手地示范给小伙子们看，热情地教他们如何下压轮椅，抬起前轮越过小障碍，尤其是在推我上台走坡道的时候，要用手托住我无力的脖子，不然我的脖子会往后栽。他再三说着，指导着，然后才让两个小伙子试着推我，那样子，就好像一个父亲在把婴儿交给别人抱之前，要把一些重要的注意事项嘱咐到位了才松手。

我被志愿者推着上台走了两遍，忽然发现，这个大厅不就是我十年前第一次做演讲的那个大厅嘛。那时候我还是一个青涩的女孩，一眨眼，十年过去了。这十年，我的人生发生了翻天覆地的变化，我觉得自己确实是创造了一个奇迹。

演出在晚上八点开始了，我是最后一个上场的。最后上场是有压力的，一般演出到最后，观众往往因为要散场了而放松，看得也就最认真。不过我很平静，十年，我为社会大众做了一百多场演讲，自认为心理素质不错，舞台感也很好。当两位志愿者把我推上舞台，望着场下黑压压的人群，我感觉整个舞台都是我的，我要在这八分钟里好好展示——一个轮椅女作家的风采。

我在轮椅上微笑着对观众鞠躬，开始了演讲。相对十年前，我的演讲风格成熟了很多，台风大方，神情自然。演讲过程中，台下非常安静，这说明我的演讲是吸引大家的，全场观众都在认真听。安静的场合最益于演讲者发挥，我的状态很放松，在演讲结尾，我即兴发挥，加了几句对于相隔十年，第二次在同一个大厅作演讲的感慨，十年前我在这里许下的承诺，如今都做到了！

这个结尾把演讲推向了高潮，我在鞠躬道谢的时候，耳边听到了热烈的掌声，我微笑了。乌热尔图从志愿者手中接过我，他满脸都是笑，笑里全都是满意和自豪。

后来我才知道，省委宣传部以及市委领导对我的演讲评价很高，说我的演讲是整台演出最出彩的，这让我很激动，我总算不负所望。

第三天的晚饭之后，我照例在微信上工作，忽然收到大学生志愿者发来的微信：

"方老师，我也不知道怎么称呼您才好，就称呼您方老师吧！我发自内心地感动，很欣赏您，您身上的精神和品质，还有那种奋进的信念打动了我。很荣幸能够那么近距离地在您身边当个志愿者。看到你们，我没有再坚持不下去的理由，感谢您！"

"特别特别欣赏您，您和您的爱人如此恩爱，看上去很和谐、很幸福，真的太好了！我要做您忠实的粉丝……"

读完信息，我微笑了，内心也很感慨，每次演讲我都会收到类似信息，而每次收到这样的反馈，我就会不由自主地想起美国诗人艾米莉·狄金森的诗句："如果我能使一颗心免于忧伤，我就没有虚度此生。假如我能使痛苦的生命有所慰藉，在酸辛中获得温情，或是让一只昏厥的知更鸟重回巢穴，我就没有虚度此生。"而我这一生，能够激励到一个又一个的人，就没有虚度！我喜欢演讲这种极富感染的语言传播方式，它和写作一样，让我能够把内心的爱和力量散发给大众，这种爱和力量的传递，也让我充满了幸福感。

来自市委的关怀

二○一九年一月底，农历春节前夕。这天下午，我坐在客厅收拾书桌，把书堆好，又打开电脑，把最近的稿件归类。忽然，书桌上的手机响了，我瞅了一眼，显示县文明办来电，连忙接听：

"秦华，这几天你都在家吗？市委副书记黄林沐——黄书记要来看你，黄书记点名要来看你！"

县文明办小谢的语气亲切而兴奋，就像自己的家人即将受到高贵的接见一样，我受到她的热情感染，一颗心立刻也跟着激动起来。市委副书记黄林沐先生要来看我，这的确是一种高贵的礼遇。我期待的心情，忽然有点像小孩盼过年似的。

为了迎接新年，乌热尔图已经把家里打扫了一遍，因为黄书记要来，这个勤快的人把家里又擦了一遍。客厅的桌子挪了方向，桌上放着洗得发亮的茶具，横铺的米白色茶巾上，乌热尔图特意摆了几个金黄的佛手，香气幽幽。整个屋子都充盈着迎接贵客的温暖气氛。

离过年还有一个星期的时候，这天上午，我接到县文明办和社区的电话通知，黄书记明天下午来我家看望我。我连忙高兴地喊乌热尔图，把过年的果子盒装起来。他已经心有灵犀地摆在客厅桌上了。

第二天午饭后，我没有坐榻榻米，直接坐在客厅桌子前迎接黄书记。乌热尔图用电茶壶煮红茶，茶里还加了两颗大枣，茶汤咕嘟着，清香四溢。我们把桌子的首位空出来留给了黄书记。

黄书记进门的时候，仿佛是一位朋友来串门一样，自然随和。我则有些微微的拘谨，微笑着喊了一声："黄书记，请坐！"陪同黄书记一起来的，还有市宣传部主任蒋凌将、县委副书记蒋晓放、县文明办主任胡鸿鑫、社区书记张敏等。每进来一位，张敏书记就细心地为我一一介绍，并为大家倒上暖暖的红茶。

大家在桌前围坐下来。黄书记气质儒雅，有学者风度，他亲切地对我说："秦华，你的事迹让我很感动啊，我们都要向你学习。"

这个高度的表扬，让我有点不好意思了，我脸颊发热，谦逊地微笑说："我只是做了自己该做的，我觉得，一个人从社会上获得的东西，和她给予社会的要成正比。"

黄书记高兴地夸奖说："你给社会的已经很多了，你写的书激励了很多人，我们和你在一起就是一种正能量的吸收。你是我这次点名要来看的，你是'中国好人'，是我们身边的榜样！"黄书记对围坐的各级领导说："秦华的事迹和张海迪一样，值得大家学习，要加大宣传力度，让更多人学习秦华自强不息的精神。"

言毕，黄书记又微笑着询问我："最近在忙什么，写新作品吗？"

我高兴地笑着说："黄书记，有个好消息，我的第三本书，一部长篇小说已经完稿了！我把书稿寄给贾平凹老师，贾老师看了，说我写的很感人，他还会给我的书写推荐语。"

"得到贾平凹的好评，那不容易，出版了，我们都要好好读一读！"黄书记很高兴。

我也高兴地笑了。上天知道，这本书从创作到完稿，前后历时三年，其中有一年我都在生病治疗，平时和乌热尔图做电商谋生，写作时间是碎片化的，好在多年的写作，让我的自律性比较好，我会挤出时间写作，要求自己完成！创作这本书的辛苦，感觉就像一位母亲怀胎了十二个月似的，真的不容易！

黄书记热情洋溢，和我聊了将近半个小时，他几次跟大家强调："和秦华在一起说话，就是正能量的吸收啊！"我深知，政府领导工作繁忙，可是，黄书记和各级领导们却陪了我这么长时间，对我这个轮椅写作者这么关怀，对文化事业这么重视，让我的心里好像装着一把火，翻腾着温暖、感动和激情。我再一次意识到，我的身体残疾了，但我的心没有残，我人格健全，好学上进，我这一生的拼搏和写作成绩，是我生命中最闪亮的光芒。

徽州的三月，正是赏花时节，只是今年细雨绵绵，不方便我出行。到了三月中旬，天气忽然大好，乌热尔图一早把我伺候起床，赶紧洗被子、床单，他边忙边说："吃过饭带你上街。"

我在榻榻米上高兴地喊了起来："出去玩呀？"

"再不玩，过两天又下雨了！赶紧的，出去浪！"

他的幽默和娇宠让我很温暖，我看着他忙碌的身影，甜蜜地微笑。原以为天晴了，洗晒要紧，可是，乌热尔图还是把带我出去玩放在了第一位。下午一点多，乌热尔图推我出门去老街，路很远，我想打车，他却坚持步行，让我欣赏一路的春光。江岸边，桃花一树树红的娇艳，练江的水也绿了，春风暖暖的。

"乌热尔图，今年，我们结婚十周年了。"我说。

"十周年了，要好好过一下，我想去深渡，邀请大家做个诗会活动。"他憧憬地说，"我们再拍一套照片，给老婆买一身汉服，我也买一身，我们在榻榻米上拍照，一定很好看！"

"好，好！要把我拍得美一点哦！"我低喊着，幸福而兴奋，"可是为什么要去深渡，路远，有些朋友不方便去。"

"因为深渡是我第一次见到你的地方。"

我在轮椅上说不出话了，汹涌的感情淹没了我。记忆立刻回到十年前，他冒着北方的风雪跨越大半个中国来找我，他说："走到深渡镇上，山清水秀，好像到了另一个星球。"这个普通的男人，他跨越六千多里的遥远，把自己整个融入我的人生，彼此不分。他的爱是这么的感天动地——是的，他用温暖的爱感动着我的天地！

时间真快，转眼十周年了，记得刚结婚的时候，我们一无所有，根本不敢想这些久远的事情，偶尔想到，也是浮光掠影的。然而，不知不觉间，这个曾经遥远的隆重时刻即将到来了。

我们边走边聊，到了老街，乌热尔图推我去买衣服，他知道一家店有我喜欢的汉服。"这家伙，都踩好点了！"我嘴角一翘，心里涌出蜜来。

坐在轮椅上，我还没有衣架高，进店就被衣服包围了。我眼花缭乱，这感觉，很像十年前我来城里买嫁衣，甜蜜，还有点不安。只不过，十年前的不安是对新生活的未知，现在，是因为衣服已经很多了……

　　乌热尔图给我选了一款红色的棉麻汉服，宽袖长裙，裙摆很大，配着薄薄的白围巾。我已经不是十年前那个瘦小的姑娘，人胖了，裙子腰围不确定合适，乌热尔图看看我，把裙子往自己身上一套。只要他穿上宽松，我穿就合适。女店主看着不伦不类的乌热尔图，疑惑不解。我克制着心底的骄傲，微笑地解释："他帮我试大小。"女店主释然，眼神忽然多了一分柔软。

　　我和乌热尔图带着新衣服，穿行在悠长的老街，十年前，我们从这里带着新嫁衣回深渡结婚，如今，我将再次带着新衣服回到深渡，再一次去做一个新娘，等待他的拥抱。我忽然发现，命运之前剥夺走的一切，都在加倍地还给我，并且一次次的让我重温这幸福！而每重温一次，我和乌热尔图的心就贴得更近。一个人只要用心去爱，命运就会垂青于她！

　　走在阳光灿烂的老街上，我们只是人群中普通的一员。只是，乌热尔图俯身的温存低语，以及我唇边克制不住的甜蜜，承载着我们的幸福。

后记

梦想仍在继续

残疾人的爱情，在普通的百姓家庭，在普通的日常生活之中。爱没有残缺，爱和其他一切都无关。

一

我之所以写这本书，因为有太多残疾人走不出家门，导致与健全群体缺乏沟通。很多健全人无法理解残疾人的爱情婚姻，更不理解残疾人的对象，"干吗要找个残疾的?"并由此延伸出种种猜测和疑问。这对残疾人和他（她）的对象是不公的。世界上的爱情有很多种，有条件的爱情是最常见的——即便两情相悦；而纯粹的爱情如同稀世珍宝，同样存在。

在精神、心理层面，残疾人大多被家庭所放弃，有照顾、有饭吃、有衣穿就很好了，爱情婚姻那是非分之想。而爱上残疾人——尤其不能自理的重度残疾人，本身就需要极大的勇气，毕竟，生活是现实的。没有足够的真诚和勇气，没人敢爱一个残疾人。然而身体残疾，已是孤独不便，若还没有爱情婚姻，人生是多么苍白清寂! 基于此，作为一个不能自理的已婚重度残疾人，我决定把一个残疾人的爱情婚姻生活，真实地写下来，架起沟通

· 304 ·

的桥梁。当某一天，残疾人——尤其重度残疾人的爱情婚姻，成为一件司空见惯的事情，世界将多么美好！

决定写这本书，我清楚地明白一点，我只能在谋生的间隙里完成它。这很辛苦，但我愿意！生命总要有些高于生活的东西，来赋予它意义和价值。

写这本书，要克服的难题，最主要的有两点：

一、如何集中思想。我开网店，还兼顾做微商，不定时地会有客户询盘。一旦从写作的状态被拉出来，就很难再进去。这种情况持续了一段时间，后来，我给自己做了一个规划，当我开始写作，这一个小时或者两个小时，网店打烊，手机静音，屏蔽所有工作信息。虽然生意蒙受损失，但是唯有舍弃，才能平衡生活与理想。

二、身体疾病。当身体处于不佳状态，并且是长期不佳的时候，人是慵懒的，思想也昏昏沉沉。除了喝药，每天做艾灸调理就要花费大量时间，做完这些人就不想动了。时间一长，写作时就出现了拖延症。如今想来，我还是很敬佩自己，一旦发现问题，意识到它的严重性，我会强迫自己去改变。我强迫自己去写，哪怕一天只写一段，甚至几句话都不要紧，就是得写。就这样一边调理身体，一边让自己恢复写作。

我的爱人阿春（乌热尔图）佩服我的坚强毅力，给我起了个外号：方坚强。我无比强烈地排斥这个外号，在书桌前冲他探身大叫："我不坚强，我不要坚强，我只是个普通的女人，一个普通的小女人！"我的抗议有一丝无奈，他依旧时不时地叫我方坚强。有一天，我们在书桌前吃晚饭，我和他聊天，感慨一位病友

低落的情绪，我说："人啊，不能生病，一生病就脆弱了，像我这样坚强的人有几个呢?!"这下被阿春抓住把柄了，他立刻说："承认自己坚强了吧！自己都承认了吧！"我哑然失笑。是的，不管我愿不愿意，承不承认，我确实是坚强的，并且是一路走来，越来越坚强了。尽管我多么渴望做个柔软的小女子，我依然无比自觉地把自己变成了一个坚强的"大女人"！

这辈子命运的改变，我首先要感谢自己的坚持不放弃，感谢父母亲几十年来的抚育之情。虽然父亲的早逝让我很遗憾，好在还有母亲和兄弟姐妹可以见证我的逆袭，还有我的爱人陪伴在身边。同时，我特别感恩我的老师——张大诺先生。这本书的创作历时三年，其中有一整年我都在医院、理疗馆等地治病。我清楚地记得那一年，交给老师的书稿总共才一万来字。联系老师恢复写作，我战战兢兢："这么久了，老师会不会生气，不收我了?"事实上，大诺先生真是天下最好的老师，他每次都平静地在微信上回复我："调养好身体，好好写，保证书稿质量！"我被老师的宽容与耐心感动得热泪盈眶。

我和大诺先生做师生十二年了，虽然只匆匆见过几次面，但老师在我的生活中又无处不在。在写作、演讲、为人处事等方面，老师给了我很多指点；虽然有时候，我说话做事依然是傻傻的简单。今生遇到大诺老师，是我最感恩、最幸运的事情之一。

二

作为一名残疾人作家，我深深地感谢黄山市政府、歙县政府对我写作的关心和重视，我为自己生在黄山这块文化宝地，感到幸福和自豪！这本书能够出版，离不开黄山市委、县委的关怀，以及市、县文明办，残联，妇联，各级文明单位，文明乡镇，社会爱心企业、爱心人士，人民出版社的支持和厚爱。尤其是县文明办的同志，为我出书的事情跑前跑后，十分辛苦，让我感受到娘家人一样的温暖。我热爱并感恩这片土地上善良热情的人们，这片养育了我生命的多情热土！内蒙古的方丽娜女士，曾经无私地给予我半年的支援，让我拥有了一段无忧的写作生活，那半年，写作对我是一种享受。这本书稿的前8万字，就是在那半年完成的。

在写作期间，二〇一五年的年底，我爱人失明的右眼感染，五十元一只的进口眼药水都不起作用，无奈去省城合肥做了检查，决定手术安装义眼。去医院之前，阿春把我托付给了三家邻居，还叫了我的小姐妹二十四小时陪我，以免我孤单。三家的女人费劲抬着，才能勉强照顾我。她们不停地感叹："你家老公真本事哦，一个人就把你照顾得好好的，你真有福，嫁了个好老公。"而我，顾不上这些感叹，心里白天黑夜想的都是阿春，他一个人在医院多孤单，他胆小，害怕手术却无人照顾。也许是心有灵犀，阿春发来的短信吞吞吐吐："我后天要手术了，我很想你，你要在身边多好。"我的心立刻揪了起来，我要去合肥，我要陪他手术！可是，我怎么去？就在这天下午，上海网友小王联系我，问我阿春怎么样了？我把心事告诉了他。小王停顿片刻，说："姐，我去合肥照顾春哥，我明天一早就去单位请假，你那边能找到人送你去合肥吗？我可以去车站接你。"我立刻急迫地联系邻居龚丽，恳请她陪我去合肥，阿春需要我！龚丽叫了四个男人，才把我抬上高高的高铁站台，我终于出发去陪伴我的爱人了。

我们到达合肥的时候，小王和阿春已经见面，在高铁站等我们。阿春见到我的一瞬间，好像流浪的孩子见到亲人，喜悦得眼睛都发光了。他立刻接过轮椅，下巴亲昵地蹭蹭我的头，推着我就走。接下来的半天里，小王和龚丽在医院里为阿春跑前跑后，办理手术前的事情。我真想不到，手术前有这么多的事，幸亏有小王和龚丽来了。第二天早上，小王推着我，和龚丽走在医院树木凋零的小道上，想着阿春一会儿就要手术了，这是我第一次面对家人手术这种大事，我心里惶惶然。到病房的时候，阿春老实地坐在病床上玩手机，一见我们，立刻把手机放下，接过小王带来的早点吃起来。这一刻，他仿佛真的变成了病人，等待着大家的关心和照顾。我看着他，眼里忍不住有泪，我的爱人啊，只有这次生病的时候，他才享受到了作为病人应该得到的关怀。

这辈子，我最感谢的人——是阿春，他是我的爱人，也是我的恩人！就是在他手术的时候，他也只享受到我的家属签字和短暂的陪伴。阿春眼睛包着厚厚的绷带，靠在病床上，麻药还没完全过劲儿，而我必须要回家了。龚丽推我走的时候，我回头看了一眼又一眼，舍不得啊，但我还是含着泪走了。小王把我抱上高铁，他还要赶回医院看护阿春，挥别的时候，大家的眼里都有热泪。这一刻，不是亲人胜似亲人。

每次想起那两天的经历，我心里就充满了感动和温暖，对小王和龚丽怀着深深的感激。而那次，是我们和小王的第一次见面。在这期间，我的闺蜜青青知道我们条件不好，和她的朋友们转来一笔钱，助力阿春手术。我和阿春的微信好友们，也纷纷发来红包，祝福阿春手术顺利。我和爱人这辈子，要感谢的人真的很多很多，多到无法一一列举，但是，每一位给予我们温暖和帮助的人，我永远记得你们的善良和恩情。

三

我的爱人为我付出了太多太多，他每天照顾我这个长不大的大孩子，没有一句怨言。我身体不好，每次给我做艾灸，都熏得他眼泪直流。一天晚上，他在卫生间给我洗脚，我动情地说："老公，下辈子我们还做夫妻，我做男人，赚钱给你用，你爱怎么花怎么花。"

谁知，他却大声抗议："下辈子还想让我洗衣服做饭啊，我不干。"说着，他起身就走。

我扑哧一声笑了，赶紧声明："不是的，下辈子你做甩手掌柜，什么也不用管，我洗衣服做饭，要不，还是你做男人吧，我伺候你，你饭来张口，衣来伸手。"

他呵呵笑出了声，手里拿条干毛巾，从卧室回来了："下辈子你怎么伺候我？"

"热饭给你端上桌，洗脚水端到你面前，蹲下来亲手给你洗！"我严肃地说。

他乐得眼睛都成了一条缝了。我看着他笑，多希望真的为他洗洗脚呀！

有很多人问过我："你们两个不吵架的吗？"

"姐，你们肯定不吵架的，对吧？"

对不起，我们当然也会吵架，只是，我们吵架不偏激、不攻击，很快就会冷静。通常是他生气，我回敬，他再说，我就不吱声了。我发火，他回敬，我再发火，他也不吱声了。在婚姻里，我们都懂得及时闭嘴。吵完一会儿，他会若无其事地问我："你要吃东西吗？"我说："想吃瓜子。"他立刻给我拿来、拆开，双方做没事人一样，自然和解。

夫妻相处，理解包容很重要，还要时常反省。跳出婚姻看自己，你会发现自己的不足，从而获得改进和提升。再就是，要有共同爱好。

我和爱人都喜欢诗歌，有一次，阿春写了两首诗送我，让我很惊讶。他说："你是诗人、作家，我要是不能在文学上和你有交流，你会失落的。"

我说："没事呀，我们有很多共鸣点可以聊。"

他说："不，我要写诗，你教我写诗吧，你做我的先生，让我可以跟上你的脚步。"

那一刻，我被他感动了，他不但为我牺牲了很多男人应有的东西，而且还在文学上努力追随我。白天他要忙家务，我们的课堂基本在上床休息之后开课。刚开始，我会随意写几句诗歌，让他往下接，主要是让他找感觉。训练一段时间后，我就只命题，让他自己写。如果他实在没灵感，我再写一首发给他看，触发他的感觉。于是，他就能写出来了。有那么几天晚上，他连续写了几首诗歌，获得了我九十分以上的褒奖。把这家伙高兴的，开始骄傲起来。我一看，不对，得压压。于是，我随手写了一首《百字令》，让他仿写。

他惊讶了："这是什么诗？怎么这样排列的？好玩儿，教我写。"

这一教不要紧，他诗兴大发，买了韵书，要写一个"琴棋书画，诗酒花茶"的《百字令》组诗。每天一上床，他就抱着韵书靠在床头学习，不懂的就问我。甚至白天他也会沉醉其中，有时候正在忙别的，忽然灵感来了，他立刻就用手机记录下来，晚上再接着写。每完成一首诗，他必先问我好不好、怎么个好法，得到我的肯定和讲解之后，他就骄傲老半天。

他说："老婆，我喜欢写诗，我要写一本诗集送给你！"

我高兴地笑了："好，好，我期待，老公很有才华！"

"是吗？"那人又骄傲了。

虽然，生活对于我们，局限性很大，考验也很多，但是，我们学会了在平淡中享受简单、丰富的幸福。写作让我们真诚深入地面对自己，让我们的生活更纯粹。比起那些困难，平凡生活中的幸福更重要。

这就是我们的故事，如果你想亲身感受我们的美好，欢迎你来徽州做客，品尝阿春亲手泡的暖茶，在这本书完成的时候，我和阿春决定转行茶市场。阿春说，他想让我自由地写作、填词，不为生活忙碌。他想让我有条件终身接受康复治疗，保持生活质量。同时，也圆他自己一个诗歌梦。这是他——一个男人耿耿于怀的梦想！我和阿春的父亲都不在了，我们非常希望，能让两位年近七旬的母亲过得幸福。我的茶项目注册商标为

"入荒榛"，这个名称来源于唐朝诗人袁高的《茶山诗》："扪葛上欹壁，蓬头入荒榛。"说的是古人采茶的情景。茶和人性有相通之处，长在深山，扎根石缝，寂寞吃苦后才成就了生命的精华。我们还梦想做一个民宿，名字也取好了。我们的梦想很多，而生活也需要梦想，有梦想的人生才有希望！

方华清

2019 年 4 月 14 日

写于歙县渔梁小居

责任编辑：宰艳红

责任校对：白　玥

图书在版编目（CIP）数据

走向阳光的爱情／方华清 著 . —北京：人民出版社，2019.10

（中华自强励志书系）

ISBN 978－7－01－021146－6

I. ①走… II. ①方… III. ①传记文学－中国－当代

　IV. ① I25

中国版本图书馆 CIP 数据核字（2019）第 175017 号

走向阳光的爱情
ZOUXIANG YANGGUANG DE AIQING

方华清　著

人民出版社 出版发行

（100706　北京市东城区隆福寺街 99 号）

北京汇林印务有限公司印刷　新华书店经销

2019 年 10 月第 1 版　2019 年 10 月北京第 1 次印刷

开本：880 毫米 ×1230 毫米 1/32　印张：10.125　插页：2

字数：220 千字　印数：0,001－5,000 册

ISBN 978－7－01－021146－6　定价：40.00 元

邮购地址 100706　北京市东城区隆福寺街 99 号

人民东方图书销售中心　电话（010）65250042　65289539